Katrin Bongard lebt in Potsdam. Dort arbeitet sie als Drehbuchentwicklerin für Film und Fernsehen und als Autorin. Für ihren Debütroman »Radio Gaga« erhielt sie den Peter-Härtling-Preis, den Preis der Jury der Jungen Leser Wien sowie den Jugendbuchpreis Goldene Leslie.

Katrin Bongard

KISSING

Oetinger Taschenbuch

Außerdem bei Oetinger Taschenbuch erschienen:

Schattenzwilling
Loving

Für meine beste Freundin Ute

FSC
www.fsc.org
MIX
Papier aus verantwortungsvollen Quellen
FSC® C014496

Das für dieses Buch verwendete FSC®-zertifizierte
Papier Danube liefert Salzer Papier, St. Pölten, Austria.
Der FSC® ist eine nicht staatliche, gemeinnützige Organisation,
die sich für eine ökologische und sozialverantwortliche
Nutzung unserer Wälder einsetzt.

1. Auflage 2015
Originalausgabe

Umschlaggestaltung: Zero Werbeagentur
unter Verwendung eines Motivs von
plainpicture / Thomas Degen
Druck: GGP Media GmbH, Pößneck
ISBN 978-3-8415-0363-3

www.oetinger-taschenbuch.de

EINS

Unsere Lippen liegen aufeinander, ich öffne meinen Mund, unsere Zungen umspielen sich sanft. Ich spüre die kleine Narbe an der Innenseite von Julians Oberlippe und streiche vorsichtig mit meiner Zungenspitze darüber. Ich kenne sie, ich bin schuld an dieser Narbe. Ich war mit sechs ein ziemlich wildes Mädchen und habe ihn beim Ausholen mit meinem Tennisschläger im Gesicht getroffen. Julian wollte mir eigentlich nur zeigen, wie das geht. Der hohe Aufschlag. Ich erinnere mich noch an all das Blut auf seinem weißen Poloshirt und seine Mutter, die herumgeschrien hat, als ob ich ihren Sohn töten wollte. Unsere Münder wandern seitlich, seine Lippen sind an meinem Hals. Er atmet den Duft meiner neuen Körperlotion.

»Was für eine Marke?«, fragt er leise an meinem Ohr.

Ich grinse und antworte ebenso leise. »dm-Markt, zweiter Gang, unterstes Regal.«

»Du riechst phantastisch, Emmy!«

»Danke.«

Ich tauche aus der Mulde seines Halses auf. »Und du küsst umwerfend. Der Junge, der dich einmal bekommt, kann sich sehr glücklich schätzen!«

Julian grinst. »Dito, Prinzessin.«

Ich sehe mich unauffällig um. »Meinst du, es reicht?«

Er nickt. »Wenn ich mir die Blicke der Leute hier so ansehe, würde ich sagen: *Mission accomplished.*«

Julian und ich haben einen Deal, der zurzeit ziemlich

gut funktioniert: Er tut so, als ob er auf Mädchen steht, und ich tue so, als ob ich eine feste Beziehung hätte, und so halten wir uns eine Menge Fragen, Probleme und Annäherungsversuche vom Hals, die uns beide im Moment überfordern würden.

Er zieht mich mit in die Küche. »Was willst du trinken?«

Ich sehe nur eine Kiste Berliner Bier, einen billigen Rotwein, einen noch billigeren Weißwein und eine Batterie von Alcopops. Da hatte ich mehr erwartet.

»Gibt es Corona?«, frage ich, da ich Tacos in einer großen Schüssel entdecke und etwas, das wohl Guacamole sein soll.

»Ja, im Kühlschrank«, sagt ein Typ, den ich noch nie vorher gesehen habe. Er hat halblange blonde Haare, trägt ein aquamarinfarbenes T-Shirt und hat die schönsten blauen Augen, die ich je gesehen habe. *Sorry, Paul Newman.* Für einen Moment bin ich verwirrt, dann drehe ich mich weg und reiße den Kühlschrank auf. Er ist ein supermodernes Modell und bis oben mit den Körperteilen eines Schweins gefüllt. Typisch Mediziner. Wo ist das Bier? Ich ziehe eines der Gemüsefächer auf. Joghurtbecher mit Post-its. *Fiona.* Meine beste Freundin ist wohl mal wieder auf Diät. Anderes Fach: vier Flaschen Corona. Ich nehme zwei heraus und reiche eine Flasche blind nach hinten.

»Gefunden!«

Als mir die Hand fast abfriert, drehe ich mich um. Der Blonde nimmt mir die Flasche ab und lächelt.

»Danke.«

Ich bin zu verblüfft, um sie festzuhalten.

Er lächelt. »Noah!«

»Emmy«, antworte ich automatisch.

Er gefällt mir. *Flirtet er mit mir?* Ich drehe mich zurück, schließe den Kühlschrank und entdecke Julian mit hochrotem Kopf dahinter. *Bingo!* Ich grinse und ziehe ihn schnell in den Flur.

»Alles okay?«, fragt er unsicher.

»Alles bestens.«

Wo ist Fiona?

Ich entdecke sie am Ende des Flurs, wo sie mit einem Typen mit braunen Locken knutscht, den ich vom Sehen aus der Uni kenne. Aber das hier hat Vorrang, und ich winke ihr. Sie fängt meinen Blick auf, entschuldigt sich mit einem charmanten Fiona-Lächeln und kommt zu uns herüber.

»Was?«

»Es ist passiert!«

»Echt?«

»Eindeutig.«

»Habe ich es nicht gesagt, Emmy?! Ich wusste es! Gott, ich *liebe* es, wenn ich recht habe.«

Ich nehme Fiona beiseite. »Jetzt müssen wir nur noch herausfinden, ob er auf Jungs steht.«

Fiona lächelt, zieht mich an sich und flüstert in mein Ohr. »Nun, das ist mehr als wahrscheinlich, denn ich habe diesmal nur im AStA Einladungszettel aufgehängt, da, wo das Schwulenreferat ist. Und zwar rosa Zettel.«

Julian hat mit zwölf Jahren begriffen, dass Jungs ihn mehr als Mädchen interessieren. Zu diesem Zeitpunkt hatte ich mir für uns eigentlich schon eine märchenhafte Zukunft erträumt – fünf Kinder, ein Leben in einem der Schlösser seiner Eltern, Frühstück auf silbernen Tellern –, und, ja, in gewisser Weise war es die erste große Enttäuschung meines Lebens, als er mich mit dreizehn in sein Geheimnis einweihte. Allerdings bestand unsere Beziehung bis dahin hauptsächlich aus dem gemeinsamen Spielen mit Barbiepuppen. Mittlerweile ist es ganz klar: Julian steht auf Jungs. Unserer Freundschaft hat das nicht geschadet, im Gegenteil. Julian ist mein bester Freund. Ich würde alles für ihn tun. Aber ich bin nicht das Problem. Eher Margret, seine Mutter. Julian ist ihr einziger Sohn und damit alleiniger Nachkomme einer Familie, die ihren alten Adelstitel hochhält, doch leider kurz vor dem Aussterben steht. Seine Mutter wartet praktisch täglich auf einen weiteren männlichen Nachkommen. Aus diesem Grund und weil Julian der sanfteste und empfindlichste Mensch ist, den ich kenne, war sofort klar, dass seine Mutter erst einmal nichts davon erfahren durfte. Mit zwölf war das Thema leicht zu vertagen, doch in den letzten Jahren und besonders seit wir die Schule beendet haben, ist die Sache schwieriger geworden. Denn seitdem erwartet Julians Mama Entwicklungen und Entscheidungen. Und schleppt ihn immer öfter auf Wohltätigkeitsveranstaltungen und Debütantinnenbälle. Und hier kommen nun Fiona und ich ins Spiel. Denn wenn Julian nicht mein Prinz sein kann, dann will ich zumindest diejenige sein, die ihn mit seinem Traumprinzen verkuppelt. Und Fiona ist dabei.

»Wie sieht er aus? Wo ist er?«, wispert sie, und ihre Augen funkeln auf diese Art, die ich gut an ihr kenne. Abenteuerlustig und entschlossen. Das Funkeln, mit dem sie auf Männerjagd geht.

»Blonde, halblange Haare, unwahrscheinlich blaue Augen. Küche!«, sage ich leise.

Julian ahnt, dass wir etwas vorhaben. »Nicht so!«

Fiona legt den Kopf schief und sieht ihn nachsichtig an. Der Blick, den sie für Julian und seine Umständlichkeit reserviert hat. Seine Bedenken und Ängste.

»Ich bin natürlich ganz diskret. Aber ich muss doch sehen, um wen es geht.« Sie mustert Julian und mich streng. »Und Schluss mit dem Knutschen. Ab jetzt gefährdet ihr das Projekt.«

Ich nicke. Wenn ich ehrlich bin, habe ich nicht daran geglaubt, dass Julian hier einen Jungen treffen könnte, der ihm gefällt.

Fiona huscht in Richtung Küche.

»Bring noch Corona mit!«, rufe ich ihr hinterher.

Kolja schlendert vorbei. Groß, dunkelhaarig, attraktiv. »Hallo, das Pärchen!«

Er grüßt lässig, und wir nicken zurück. Er studiert mit mir Psychologie, arbeitet im Schwulenreferat, ist engagiert und hilft Jungs, sich zu outen. Oder, wie Fiona gerne spitz bemerkt: mit ihm ins Bett zu gehen. Er war unsere erste Option, eigentlich der ideale Partner, aber Julian kann ihn nicht leiden. Das wäre dann wohl auch zu einfach gewesen.

»Lass uns auf den Balkon gehen«, schlägt Julian vor, aber es ist zu voll, um sich von der Stelle zu bewegen. Die Partys in Fionas Mediziner-WG haben sich mittlerweile in allen Fakultäten herumgesprochen.

»Er sah nett aus«, sage ich.

Julian lächelt unsicher. »Ja, er sah nett aus, aber vielleicht ist er ganz anders, und überhaupt.«

Ich weiß, was Julian denkt. Vielleicht steht dieser nette, gut aussehende Typ nicht auf Jungs.

»Eher unwahrscheinlich, meinte Fiona.«

Julian nickt nervös.

Ich biete ihm den Rest meines Corona an. Er greift zu, trinkt aber nicht, sondern hält sich nur aufgeregt an der Flasche fest. Ich verstehe seine Panik, doch langsam wird es Zeit für ein Outing.

Julian studiert Jura und wird sicher einmal ein ganz großartiger Anwalt oder sogar Richter werden. Aber egal, ob er Anwalt oder Richter wird, die Wahrheit wird in seinem Beruf eine große Rolle spielen. Ich verstehe, dass er sich jahrelang nicht vor seinen Eltern geoutet hat. Allerdings sehe ich auch, dass er langsam anfängt, unter seinem Geheimnis zu leiden. Er musste mir versprechen, mit seinen Eltern zu reden, sobald er sich verliebt und Beziehung ein Thema wird. Denn ganz im Gegensatz zu Fiona, die One-Night-Stands zu ihrem neuen Hobby gemacht hat, glauben Julian und ich an die große Liebe und eine lang andauernde Beziehung. Auch wenn mein Glaube daran zurzeit stark erschüttert ist, da meine Eltern seit einem Jahr in einer üblen Ehekrise stecken.

»Und wie läuft es bei dir?«, fragt Julian, obwohl er es genau weiß. Warum sonst würden wir auf jeder Party ein Paar spielen?

»Einsam, aber schneller«, sage ich.

Unser Motto.

Ich lächele. »Was sich bei dir ja vielleicht bald ändert.«

»Hier!« Fiona drückt mir ein nasses Corona in die Hand, das offenbar in der Badewanne gekühlt wurde, und strahlt.

»Der ist es«, sagt sie befriedigt. »Habt ihr diese blauen Augen gesehen? Die sind ja der Hammer. Meinst du, er trägt gefärbte Kontaktlinsen?«

Wir kichern albern.

»Okay!«, sagt sie und schaltet von lustig auf ihren Feldwebelton. »Die Mission geht in Stufe zwei. Was wissen wir über ihn?«

»Nichts. Was ist, wenn ihn niemand kennt? Er einfach zufällig hier ist und dann geht?«, sage ich.

Fiona drückt ihren Rücken durch, senkt den Blick. »Dafür habt ihr mich. Ich habe die Netze schon ausgeworfen. Er studiert Psychologie, geht in Richtung Sportpsychologie und überlegt, ob er dieses Semester nach Berlin wechselt.«

»Du hast ihn angesprochen?«, sage ich fassungslos.

»Nun ja, er stand da, und wir kamen ins Gespräch.«

»Fiona!«

Sie wirft beide Arme hoch. »Ich war ganz neutral. Ich bin schließlich die Gastgeberin. Oder zumindest eine davon. Da kümmert man sich um die Gäste. Aber keine Sorge. Ich mische mich nicht ein. Wobei ... also, Julian, falls er nicht ... Habt ihr diese Hammer-Oberarme gesehen?«

Julian und ich seufzen gleichzeitig genervt. Fiona hat in den letzten Monaten mehr Jungs vernascht, als wir angeschaut haben.

»Manche Menschen haben ein Herz, solltest du als angehende Medizinerin eigentlich wissen«, sage ich.

»Ja, und letztens im Präpkurs habe ich mal eines in der Hand gehabt. Echt viel schwerer, als man so denkt.«

Julian verzieht das Gesicht, ich nehme einen Schluck vom Corona, um den komischen Geschmack herunterzuspülen. Fiona schneidet Leichen auf. Alles Teil ihrer Ausbildung. Und man braucht keine ausgebildete Psychologin zu sein, um einen Zusammenhang zwischen Fionas Präpkursen und ihrem neuesten Umgang mit Sex zu sehen. Denn auch ihr ist das Aufschneiden von Toten am Anfang nicht leichtgefallen. Nach der ersten Stunde stand sie unter Schock, und wir haben zwei Stunden darüber geredet, ob Menschen eine Seele haben. Wobei Fiona wohl am meisten verunsichert hat, wie schnell man von einem vitalen, gesunden Lebenden zu einer runzeligen, ledrigen Leiche werden kann. Ein Unfall oder achtzig läppische Jahre reichen. Woraufhin sie sofort beschlossen hat, ihren jungen und gut gebauten Körper nicht mehr länger nur dem Medizinstudium zu widmen.

»Fiona?« Ruth, ihre Mitbewohnerin.

»Was machst du denn schon hier?«, fragt Fiona entgeistert, die diese Party nie hätte feiern können, wenn Ruth davon gewusst hätte oder da gewesen wäre. Sie sollte eigentlich in Marburg bei ihrer kranken Oma sein. »Irgendwas dazwischengekommen?«

»Ja, der Tod«, sagt Ruth eisig.

Ich sehe, wie es um Julians Mundwinkel gefährlich anfängt zu zucken. Ich blicke zu Fiona, die sich auf ihre Unterlippe beißt, um ein Grinsen zu unterdrücken, und starre angestrengt ins Nirwana, damit ich nicht als Einzige loslache.

»Euch wird das Lachen noch vergehen!«, sagt Ruth.

ZWEI

»Soll ich noch mit reinkommen?«, fragt Julian und parkt seinen Beetle vor dem Haus meiner Eltern. Eine riesige Jugendstilvilla im Grunewald. *Reichtum XL* nennt es Fiona, die ich manchmal um ihr normales Leben beneide. Ich sehe zu den beleuchteten Fenstern im Untergeschoss. Ich müsste eigentlich nur noch aussteigen.

»Gott, sie ist so deprimiert!«

Ich habe etwas zu viel Bier getrunken, und wie immer macht mich das traurig. Julian schweigt.

»Schon okay«, sage ich, bleibe aber sitzen. »Ich brauche nur noch einen Moment.«

»So lange du willst.«

Unsere Mütter sind beste Freundinnen, auch wenn es immer wieder Phasen gibt, in denen sie nicht miteinander sprechen. Wie jetzt. Aber ich bin kein guter Freundinnenersatz, schon gar nicht, wenn der Mensch, der sie betrogen und verlassen hat, mein Vater ist. Was soll ich sagen? Ich bin ihm viel ähnlicher als meiner Mutter.

»Und was will sie jetzt machen?«, fragt Julian, der über alles Bescheid weiß.

Ich verstehe, er meint vor allem das Haus. Gut, es war schon vorher viel zu groß für drei Leute, aber nun sind wir nur noch zu zweit, und ich möchte eigentlich auch so schnell wie möglich ausziehen.

»Meinst du, ich kann sie jetzt allein lassen?«

Julian hebt minimal die Augenbrauen. »Hey, Emmy, du

bist einundzwanzig. Es ist vollkommen normal, dass du ausziehen willst.«

Ich mag sein Beetle Cabriolet, die weichen Sitze, es ist ein Platz außerhalb der harten Welt. Ich lege den Kopf zurück auf die bequeme Kopfstütze und schließe die Augen. Wie kann es sein, dass sich in einem Jahr so viel verändert hat? Hätte ich nicht wegfahren dürfen? Wäre das alles dann nicht passiert?

»Du denkst doch nicht wieder daran?«, fragt er leise.

Natürlich denke ich daran. Immer, wenn etwas in meinem Leben nicht gut läuft, taucht die Erinnerung auf.

Es war meine Schuld.

Ich reiße die Augen auf. »Nein, nein, ich schöpfe nur Kraft. Ist das Licht im Wohnzimmer noch an?«

»Schätze, ja«, sagt Julian. »Willst du lieber bei mir übernachten?«

»Nein, schon okay. Wir sehen uns Montagabend. Heimkino?«

»Klar doch.«

»Soll ich was mitbringen?«

»Gute Laune«, sagt Julian und grinst.

Ich steige aus und beuge mich noch einmal zurück in den Wagen und grinse auch. »Und Informationen über Noah!«

Julian wird rot, und ich muss lächeln. Meinen besten Freund hat es ordentlich erwischt.

»Bis dann.«

Ich atme tief durch und gehe auf mein Elternhaus zu. *Ich schaffe das.* Wozu studiere ich Psychologie?!

»Emilia?«

Meine Mutter sitzt im Salon. Nicht ich nenne den Raum so, sondern sie, obwohl er schon lange nicht mehr als repräsentativer Empfangsraum oder Gesellschaftsraum genutzt wird. Der Begriff erinnert an alte Zeiten, als es noch eine Ordnung gab und Männer ihre Ehefrauen nicht verlassen haben. Schon gar nicht, wenn sie in eine adelige Familie eingeheiratet hatten. Aber die alten Spielregeln hat meine Mutter selber außer Kraft gesetzt, als sie einen Rocker und Bad Boy wie meinen Vater geheiratet hat. Zwar hat sie ihren Namen behalten und auch den Reichtum nicht aufgegeben, aber ihre Familie hatte trotzdem wenig Verständnis.

»Ja?«

Sie sitzt auf der riesigen Couch, die Beine seitlich an den Körper gezogen, in der Hand ein riesiges Glas Rotwein, das beruhigenderweise nur zu einem Drittel gefüllt ist. Sie ist immer noch sehr schön und hat eine aufrechte Haltung, die sie jünger erscheinen lässt als fünfzig. Sie könnte einfach neu durchstarten, sie hat Geld, sie hat dieses Haus, sie hat eine riesige Verwandtschaft, die ihr immer prophezeit hat, dass dieser Mann sie irgendwann verlassen wird, und die sie sicher gerne wieder in ihre Arme schließen wird. Andererseits – die sind alle verrückt.

»Hat Julian dich nach Hause gefahren?«

»Ja.«

Sie dreht das Glas in ihrer Hand, nippt.

»Er ist so ein Netter …«

Ja, ich weiß. Es hängt in der Luft, sie hat es mir schon viele Male erzählt. Damals, am Rand der Buddelkiste, als wir immer so schön zusammen gespielt haben, da war es eine großartige Vorstellung. Wir beide ein Paar. Nun, vergessen wir kurz, dass ich Julian immer die Schippe weggenommen oder auf den Kopf gehauen habe, aber ich verstehe schon. Man will, dass die Dinge so werden, wie man sie sich einmal erträumt hat. Alles klar, mir geht es ja genauso. Doch daraus wird nichts, und meine Mutter weiß das. Sie weiß, dass Julian Jungs liebt. Sie hat etwas geahnt, mich vor zwei Jahren gefragt, und ich habe schlecht gelogen. Sie weiß auch, dass Julians Mutter, ihre beste Freundin, davon nichts weiß. Und sie musste mir versprechen, es Julian zu überlassen, seine Mutter aufzuklären.

Ich gähne. »Ich gehe mal ins Bett, ist schon spät.«

»Gut.« Sie sieht auf, lächelt. »Wollen wir Montag ins Kino gehen?«

Ich bin so überrascht, dass ich im ersten Moment nichts sagen kann. Erstens: Meine Mutter und Kino. *Hallo?* Und zweitens: Mit mir?

»Da treffen wir uns eigentlich immer bei Julian zum DVD-Abend. An einem anderen Tag?«

Sie winkt ab. »Ja, stimmt, eigentlich weiß ich das ja. Schon gut, war nur so eine Idee.«

Oben, in meinem Zimmer, schaue ich in den großen Spiegel. Meine Mutter hat ihn mir geschenkt, damit ich am Morgen mein Aussehen kontrollieren kann. Nicht dass ich das jemals tun würde. Ich mag weder Spiegel noch Kontrolle. Doch jetzt sehe ich hinein. Alle behaupten, ich wäre meiner Mutter so ähnlich. Die Figur, die schmalen Hände, die langen Beine, die kleine Nase. Aber ich sehe etwas anderes. Ich sehe die Augen meines Vaters, seinen Mund, der immer aussieht, als ob ihn etwas amüsiert, die dunkelblonden, dicken Haare, die Haut, die schnell bräunt und sofort einen goldbraunen Ton annimmt. Meine Mutter dagegen hat eine empfindliche, durchscheinende, zarte Haut und hellblonde Haare. Und das sind nur die Äußerlichkeiten.

Ich werfe mich auf mein Bett und denke über Julians Worte nach. *Mein Leben leben.* Meiner Mutter zuliebe habe ich den Auszug hinausgeschoben, aber nun wird es Zeit. Ich freue mich auf eine eigene Wohnung, einen Neuanfang, eine Zukunft. Es ist genau wie bei Julian, es wird Zeit, dass ich zu dem stehe, was ich bin oder sein will. Mir fällt dieser Noah ein. Sein Lächeln, seine strahlend blauen Augen. Er ist der perfekte Partner für Julian. Ich sehe mich mit beiden zusammen in der Mensa sitzen, eine Radtour unternehmen, lachen. Julian ist zwar nicht sehr sportlich, aber das würde sich bestimmt ändern. Wir würden zusammen kochen und einen Film anschauen. Irgendeinen Blockbuster. Obwohl Julian lieber kleine Independent-Filme sieht. Ich kuschele mich in die Vorstellung dieser wunderbaren Freundschaft, mein bester Freund, endlich richtig verliebt und glücklich. Und ohne dass ich es richtig bemerke, bin ich auf einmal in meiner Vorstellung mit Noah allein. Liege mit ihm auf dem großen Sofa, kuschele mich an ihn, wir küssen uns, während Julian Nüsse holt oder die Blumen gießt oder – was? Ich schnelle hoch.

Holla! Was war das denn?!

Das sind eindeutig die Gene meines Vaters, die mir gerade einen Streich spielen. Denn niemals würde ich Julian hintergehen oder ihm den Freund ausspannen. *Niemals.* Und überhaupt, warum sollte dieser Noah mich wollen, wenn er Jungs bevorzugt.

Und wenn nicht?

Was ist bloß los mit mir? Ich stehe auf und renne aufgescheucht im Zimmer auf und ab. Warum denke ich überhaupt über diesen Typen nach? Ich sollte mich besser auf andere Dinge konzentrieren. Zum Beispiel auf das Chaos in meinem Zimmer, die halb ausgepackten Kisten, die Kleider, die auf dem Boden liegen. Ich bin schon seit neun Monaten wieder aus London zurück, und immer noch gibt es Kisten und Koffer, die ich nicht ausgepackt habe. Oder nicht auspacken will. Eigentlich wollte ich ja auch gar nicht wieder bei meinen Eltern einziehen.

Beim Zähneputzen fällt es mir ein. *Montag.* Der Hochzeitstag meiner Eltern. Ich erstarre, die Zahnbürste hängt in meinem Mund. *Ich muss mit ihr ins Kino gehen.*

Oder irre ich mich? Ich spucke die Zahnpastareste ins Becken und renne zurück in mein Zimmer, krame mein iPhone aus meinem Rucksack, um das Datum zu überprüfen, und finde eine SMS von Fiona.

> Morgen um 12 Lagebesprechung
> bei mir. Bring Croissants mit.
> Kuss F.

Okay. Morgen ist Sonntag, und eigentlich ist heute schon morgen, also der zweite Juni, und Montag ist der dritte. Ich rechne zurück. Zwanzig Jahre verheiratet. Ich kann meine Mutter nicht im Stich lassen. *Unmöglich.* Ich markiere es als Termin und baue eine Erinnerung ein, damit ich Fiona Bescheid sagen kann. Während ich noch tippe, klingelt mein iPhone. Es ist mein Vater. Ich kann mir denken, was er will.

»Paps?«

»Em, bist du es?«

Natürlich.

Ich höre seiner Stimme an, dass er nervös ist.

»Was ist los? *Du* hast *mich* angerufen.«

»Ja, also ...« Er lacht verlegen. »Also, am Montag ist doch ...«

»Hochzeitstag? Ich weiß«, sage ich, als hätte ich es die ganze Zeit gewusst, denn ich habe nicht vor, es ihm leicht zu machen.

»Was machen wir mit den Rosen?«, fragt er vorsichtig.

Es gibt eine sehr alte Tradition am Hochzeitstag meiner Eltern. Den Rosenstrauß. Im ersten Jahr war es nur eine Rose, im zweiten zwei und so weiter. Über die Jahre ist es ein Strauß Blumen geworden, mit dem mein Vater meine Mutter jedes Mal wieder an ihrem Hochzeitstag überrascht. Meine Eltern haben geheiratet, als ich ein Jahr alt war, und seitdem hat mich mein Vater an jedem Hochzeitstag mitgenommen, um Rosen zu kaufen. Baccararosen. Es sind die schönsten und perfektesten Rosen, die es gibt, und ich durfte sie immer einzeln in der Gärtnerei aussuchen. Als ich ungefähr sechs war, erzählte mir der alte Gärtner dort, dass die Baccararose eine der weltweit berühmtesten und erfolgreichsten Rosensorten ist. Eine Kreuzung der Sorten *Happiness* und *Independence*. Ich mochte die Geschichte sehr. Was will man mehr!

Im Jahr darauf übernahm sein Sohn den Betrieb und erzählte keine Geschichten mehr. Vorletztes Jahr konnte er die originale *Baccara*rose nicht bekommen und bestellte stattdessen die Sorte *Grand Prix*, die eine ähnliche Farbe und Blütenform hat. Ein besseres Bild für den Niedergang einer Beziehung kann es wohl kaum geben, oder? Von *Happiness* und *Independence* zu *Grand Prix*. Letztes Jahr bin ich nicht mit meinem Vater zum Rosenkaufen gegangen, denn ich war in England. Und dieses Jahr?

Mein Vater räuspert sich nervös. »Also, ich bin ja zurzeit nicht in Berlin. Also wenn du …«

»Papa«, sage ich ruhig, aber ich bin nicht gut darin, mich zu beherrschen. Schon gar nicht für diese seltsame Aktion. »Warum sollte ich das machen?«

»Wir beide haben das doch immer zusammen gemacht.«

Ja, damals, als noch alles in Ordnung war.

»Mama ist deine Ehefrau, nicht unsere. Wieso willst du ihr überhaupt Rosen schenken, ich meine …«

»Em, ich will ja nur alles richtig machen. Denkst du nicht, Charlotte würde sich über Blumen freuen? Wir sind ja noch verheiratet.«

Ich atme tief durch. Fast bin ich in Versuchung. Ich habe ihn schon oft aus Situationen herausgeritten, wenn er spät betrunken nach Hause kam oder einen Auftrag vergessen hatte. Dann habe ich das meiner Mutter schonend beigebracht. Doch jetzt? Er hat auch bei mir eine Grenze überschritten.

»Es gibt da so einen Service, der heißt *Fleurop*. Aber wenn du mich fragst: Keine gute Idee, ihr Rosen zu schicken.«

Kurzes Schweigen auf der anderen Seite.

»Aha. Gut. Danke für deinen Rat.« Er klingt beleidigt. »Also dann. Mach's gut.«

Ich lege auf. Und stöhne. Mein Vater hat diese Technik, mit der er mir immer die Verantwortung für die Gefühle meiner Mutter zuschiebt, wenn es ihm zu viel wird. Bestimmt gibt es einen Fachterminus in der Psychologie dafür, aber im zweiten Semester ist mir der noch nicht begegnet. Vielleicht gibt es ihn auch noch nicht, und er ist etwas für meine Doktorarbeit, denn man kann bestimmt ganz wunderbar über Dinge forschen, die man im Leben niemals in den Griff bekommt.

Ich werfe mich auf mein Bett, vergrabe mein Gesicht unter der Bettdecke und schreie in mein Kissen. In irgendeinem Buch habe ich gelesen, dass man so Wut abbauen kann, aber anschließend habe ich nur Fusseln im Mund, und die Wut ist mehr oder weniger die gleiche. In solchen Momenten wünsche ich mir nichts mehr, als einen Bruder oder eine Schwester zu haben. Jemand, mit dem ich diesen ganzen Wahnsinn besprechen und dann zu dem wunderbaren Schluss kommen kann, dass, egal wie dumm oder verrückt sich unsere Eltern benehmen, wir einfach zusammenhalten werden. So tue ich das, was ich immer getan habe. Ich schließe alles in mir weg und hoffe, dass es weder keimt noch vermodert, sondern sich einfach in Luft auflöst.

DREI

Sonntag. Ich schaue aus dem Fenster, der Himmel ist blau, kein Regen in Sicht. *Yeah!* Dieses Frühjahr ist einfach unglaublich.

Ich dusche, ziehe mir meine Lieblingsjeans und ein T-Shirt an und gehe leise die Treppe nach unten, um meine Mutter nicht zu wecken, die in letzter Zeit hauptsächlich schläft, aber trotzdem nie geweckt werden will. Unten schlüpfe ich in meine schwarzen Lieblingsboots und schnappe mir meine Lederjacke und den Motorradhelm, in dem Nierengurt und Handschuhe stecken.

Mein Vater hat mir zum Abitur seine alte XT 500 vermacht. Ein Motorrad-Oldtimer, oder besser gesagt die schönste Enduro, die je gebaut worden ist. Er hatte sich eine Harley gekauft, und rückblickend war das wohl der Beginn seiner *Midlife-Crisis*, die zu allem Weiteren geführt hat. Immerhin: Jetzt habe ich die XT.

Lederjacke, Nierengurt, Handschuhe und Helm hat mir meine Mutter spendiert, vor allem weil sie möchte, dass ich gut geschützt bin, wenn ich schon Motorrad fahre, es denn unbedingt sein muss. Und – ja – es muss! Ich liebe es, Motorrad zu fahren.

»Na, wie geht's?«

Damit das gleich klar ist: Ich spreche mit meinem Motorrad. *Ich weiß!* Ich spreche auch mit Blumen und Steinen und sehr viel mit mir selbst, aber das ist vermutlich alles der gleiche Tick. Es liegt wahrscheinlich daran, dass ich ein Einzelkind bin. Mit wem soll ich sonst über all die Gedanken reden, die mich beschäftigen, aber viel zu winzig sind, um deshalb ein Gespräch zu beginnen? In solchen Fällen ist meine XT die perfekte Zuhörerin. Auch Dinge wollen geliebt werden, und noch dazu haben sie einen großen Vorteil: Sie können nicht weglaufen. Ich streiche über den Tank und wische ein paar Blüten vom Sattel. Ich liebe dieses Motorrad.

Weil meine XT alt ist, muss ich sie noch antreten, was, wie alle XT-Besitzer wissen, eine kleine Wissenschaft für sich ist, da man es mit genau dem richtigen Gewicht und Schwung machen muss. Ich habe eine Weile mit meinem Vater trainiert, aber jetzt gelingt es mir meist schon nach zwei bis drei Versuchen. Heute knattert der Motor sogar schon beim ersten Versuch los. Und spätestens jetzt weiß meine Mutter, dass ich wach bin, denn das Rasseln eines XT-Motors ist unvergleichlich.

Ich mag die Strecke vom beschaulichen Grunewald durch die Stadt, den Kaiserdamm hoch, um die Siegessäule, Richtung Brandenburger Tor. Unter den Linden entlang, am Alex vorbei, bis nach Prenzlauer Berg. Dann spüre ich, ich liebe Berlin, es ist die großartigste Stadt der Welt. Groß, laut und unverschämt sexy. Ich mag auch die Vorstellung, dass hier früher Kutschen gefahren sind, wo ich nun mit meiner Enduro entlangrase. Dass sich einerseits so viel verändert hat, aber auf der anderen Seite vieles schon so lange da ist und bleibt und schön und beeindruckend und erhaben ist. Ja, erhaben, das ist genau das richtige Wort.

Ich liebe auch die Gegend, in der Fiona in ihrer Mediziner-WG wohnt. Prenzlauer Berg, obwohl ich den Berg noch nicht entdeckt habe. Nur die riesige, breite und lange Prenzlauer Allee, die scheinbar nie endet.

Das Haus, in dem Fiona wohnt, ist ein fünfstöckiges Mietshaus und steht direkt an der Prenzlauer Allee, und die WG, in der sie mit Ruth und Suse wohnt, ist ganz einfach an den vielen vertrockneten Blumen auf dem Balkon zu erkennen. Ich parke die XT auf dem Bürgersteig und hole Croissants in dem Café unten im Haus. Schokocroissants für Fiona, Marzipancroissants für Suse, Naturcroissants für mich. Und Ruth ist hoffentlich nicht da.

Ich klingele, Fiona meldet sich und drückt mir auf. Im Treppenhaus kommt mir der Junge mit den braunen Locken entgegen, den Fiona auf der Party geküsst hat. Ich verkneife mir ein Grinsen, und wir grüßen uns kurz. Er hat die Tür oben angelehnt gelassen, und ich gehe gleich hinein, ziehe meine Stiefel im Flur aus und laufe durch bis in die Küche.

»Morgen.«

Es läuft Jack Johnsons träge Surfmusik, und ich bin sofort in diesem sonnigen Sonntagvormittag und bei Fiona angekommen.

»Morgen, Emmy!«

Fiona ist allein in der Küche und – Überraschung – erstaunlich wach und komplett angezogen.

»Ich habe da jemanden auf der Treppe getroffen ...«

»Ja, Leo hat hier übernachtet«, sagt sie beiläufig und kramt in einer Schublade.

Ich lege meinen Helm auf die Holzbank der Sitzecke und sehe Fiona beim Kaffeemachen zu. Kaffee zu kochen bedeutet für sie nicht etwa Kaffeemehl in den Filter einer Kaffeemaschine zu schütten und lauwarmes Wasser darübertröpfeln zu lassen, das aus dem verkalkten Depot einer alten Kaffeemaschine kommt. Nein, Fiona nimmt Kaffeekochen ernst. Sie mahlt die Kaffeebohnen frisch und gießt das kochende Wasser in einen Kaffeefilter. Jeder Handgriff sitzt. *Old school*, der Kaffee schmeckt unvergleichlich. Ich sehe ihr zu und sauge den Geruch von frisch gemahlenem Kaffee ein. Göttlich.

»Kaffee!«, seufze ich glücklich, und Fiona strahlt.

Ich mag Fiona sehr. Wir haben uns auf dem Gymnasium getroffen und sind schnell beste Freundinnen geworden. Auch oder vielleicht weil wir so verschieden sind. Ich war mir nicht sicher, ob unsere Freundschaft nach der Schule noch halten würde, aber sie ist eigentlich noch viel besser geworden. Das Einzige, was mir sehr fremd an Fiona ist, ist ihr derzeitiger Umgang mit Jungs.

»Du hast ihn also am Abend noch abgeschleppt?«

Es soll kein Vorwurf oder Kritik sein. Es geht nicht um Moral oder sittliches Benehmen, ich habe einfach nur Schwierigkeiten damit, zu verstehen, wie sie das macht und aushält.

Fiona blinzelt. Sie trägt ihre Brille nicht und bestimmt auch keine Kontaktlinsen, ich bin also vermutlich nur ein sehr verschwommener Fleck in ihrer Wahrnehmung.

»Nein. Er hat auf der Couch geschlafen.«

Okay, das ist interessant. »Ist er schwul? Er sieht nett aus, er könnte vielleicht auch für Julian …«

»Nein!«, unterbricht mich Fiona. »Nein, nein, nein. Glaub mir, er ist kein bisschen schwul.«

Das wird ja immer interessanter. »Echt nicht? Das war doch der, den du auf der Party geküsst hast, oder?«

»Ja, na und? Er hat noch beim Aufräumen geholfen und dann eben auf der Couch geschlafen«, schnappt Fiona leicht gereizt.

Mein Mund steht für einen Moment offen, dann sinkt die Information langsam in mein Bewusstsein.

»Er wollte nicht?«

Sie zuckt mit den Schultern. Ich weiß, ich sollte schnell das Thema wechseln. Zurückweisung, verletzte Eitelkeit, narzisstische Kränkung. Nichts, was man breittreten sollte, ganz besonders nicht bei Fiona.

»Hier, ich habe Croissants mitgebracht«, wechsle ich das Thema, aber dann kann ich es mir doch nicht verkneifen.

»Äh ... er wollte nicht zum Frühstück bleiben?«

»Er hat einen Tee getrunken.«

»Tee?«

»Emmy ...«, sagt Fiona warnend, und ich schweige besser.

»Morgen!« Suse tapst in die Küche. Ihre rötlichen Haare stehen zerzaust vom Kopf ab, und sie gähnt hemmungslos. Sie trägt einen rosa Bademantel und puschelige rosa Hausschuhe, der Frotteegürtel schleift hinter ihr her. Ich stelle mir vor, dass sie eine ausgebildete Chirurgin ist und lebendige Menschen operiert, und sehe nicht nur Tupfer, sondern ganze Nadelsets und Skalpelle in den Körpern ihrer Patienten verschwinden. Ich kann nur hoffen, dass ich nie, nie unter ihr Messer gerate.

Sie greift sich die gebrauchte Teetasse vom Tisch und schlurft auf die Kaffeemaschine zu.

»Ich mache gerade Kaffee«, sagt Fiona und nimmt Suse energisch die Teetasse ab.

Fiona ist zwar in ihren Beziehungen lässig, aber nicht, was die Kaffeezeremonie am Morgen angeht.

»Ich habe dir Marzipancroissants mitgebracht«, sage ich.

Suse dreht sich verschlafen zu mir um. »Ach, hallo, Emmy. Ich dachte, du wärst der Typ.«

»Leo, er heißt Leo«, sagt Fiona scharf, und ich staune. Dieser Typ bringt meine Freundin tatsächlich aus dem Konzept.

Suse sieht zu mir. »Und wer war dieser süße Typ mit den langen Haaren gestern? Habt ihr seine Augen gesehen? So blau. Echt, der Wahnsinn.«

Fiona und ich wechseln einen alarmierten Blick.

»Hat er eine Freundin? Ist er noch ...«

»Schwul!«, rufen Fiona und ich gleichzeitig.

»Oh, schade.«

Suse lässt sich auf die Bank plumpsen und greift nach einem Croissant.

»Wollen wir nicht auf Fiona warten?«, sage ich mit Blick auf das Croissant in Suses Hand. Sie sieht mich erstaunt an.

»Wifo?« Suse hält nicht viel von Tischregeln, Kaffeezeremonien oder dem gemeinsamen Beginnen bei Mahlzeiten. Am Anfang hatte ich meine Schwierigkeiten damit, aber mittlerweile verstehe ich, warum Fiona mit ihr zusammenwohnt. Suse ist zwar eine Chaotin, aber ein guter Kumpel. Loyal, zuverlässig und extrem hilfsbereit.

Fiona gießt drei Tassen mit Kaffee auf und stellt Milch auf den Tisch.

»Danke, Em, für die Croissants. Wenn du nicht gekommen wärst, müssten wir jetzt Schnitzel essen.«

»Kein Problem. Apropos: Was macht ihr mit dem Schwein, wenn ihr es durchoperiert habt?«

Fiona zuckt mit den Schultern. »Grillabend? Wozu haben wir einen Balkon.«

»Du meinst den Pflanzenfriedhof, der am Haus hängt?«

»Hey, sorry, Emmy, das ist hier kein Herrenhaus, sondern unsere WG.«

Ich grinse. »Ist okay, ihr solltet nur dazu stehen. Ihr habt es noch nie geschafft, eure Schweine zu grillen.«

»Ja, wenn die Männer auch immer nur eine Nacht bleiben!«, sagt Suse und sieht Fiona gespielt vorwurfsvoll an, was die allerdings ohne ihre Brille kaum erkennen kann.

»Immerhin sorge ich dafür, dass hier überhaupt Männer sind«, schnappt Fiona zurück.

»Nur bleiben die leider nicht lange«, kontert Suse, die schon länger auf der Suche nach einem festen Freund ist, aber immer Pech mit ihren Partnern hat.

»Wo ist eigentlich Ruth?«, frage ich leise.

»Bei ihrem Freund.«

Fiona setzt sich endlich und legt beide Hände um ihre Kaffeetasse. Jetzt kann das Frühstück beginnen.

»Sie ist gestern sofort wieder gegangen«, kichert Suse. »Sie erwartet, dass wir die Wohnung bis Mittag tipptopp aufgeräumt haben.«

Nun, das wird nicht klappen, wenn ich mich so umsehe. Überall stehen leere Bierflaschen und Gläser herum, und wenn sie gestern wirklich aufgeräumt haben, frage ich mich, was?

Ich trinke den ersten Schluck Kaffee und nehme mir ein Croissant. Die beste Kombination aller Zeiten. Fiona mümmelt an ihrem Schokocroissant, dann steht sie auf und holt einen Joghurt aus dem Kühlschrank.

Fiona ist nicht dick. Im Gegenteil. Sie hat eine tolle Figur, lauter schöne Kurven, große Brüste, perfekte Hüften, und wenn ich Bildhauer wäre, würde ich sie ständig modellieren. Aber immer, wenn in Fionas Leben etwas nicht hundertprozentig gut läuft, macht sie als Erstes ihren Körper dafür verantwortlich und will abnehmen. Was überhaupt keinen Sinn macht und bestimmt nur damit zu tun hat, dass ihre Mutter ihr früher immer eingeredet hat, sie wäre zu dick. Frühkindliche Fehlprägung. Ich frage mich, ob es vielleicht damit zu tun hat, dass Leo einfach gegangen ist? Oder ob es eher mit dem Streit mit Ruth zu tun hat. Aber ich sollte nicht immer alles analysieren, immerhin bin ich wegen Julian hier.

»Also? Was ist dein Plan?«, frage ich Fiona, als Suse wieder in ihrem Zimmer verschwunden ist.

»Zu blöd, dass Noah plötzlich verschwunden war.«

Eigentlich wollten wir Julian und Noah schon auf der Party verkuppeln.

»Hast du eine Handynummer? Wo wohnt er? Was wissen wir, außer dass er Psychologie studiert?«

»Keine Ahnung. Hast du ihn nicht schon mal getroffen?«

»Nie gesehen. Aber er hat ja auch gerade erst gewechselt. Bist du sicher, dass er an der FU studiert? Vielleicht ist er an der HU oder TU.«

»Mist! Aber wie sollte er dann von der Party erfahren haben? Ich habe das schließlich nicht auf Facebook gepostet, sondern nur im AStA aufgehängt.«

»Wenn er an der FU studiert, werde ich ihn treffen. Irgendwann taucht er sicher im Pi-Café auf.«

Das Pi-Café ist unser Fachbereichscafé. Alle Psychos kennen es. Außerdem ist es bei allen Studenten im Hauptgebäude sehr beliebt, und da ich in den nächsten Wochen oft zum Cafédienst eingeteilt bin, ist das ein sehr guter Plan.

»Und was dann?«, fragt Fiona.

»Dann sollten wir vielleicht Julian mit einbeziehen.«

Fiona nickt begeistert. »Ja, wir grillen oder fahren an den See, oder laden ihn zum DVD-Abend ein, damit sie sich kennenlernen können. Was ist eigentlich mit morgen? Hast du schon einen Film?«

»Ich kann morgen nicht.«

»WAS?!«

»Meine Mutter hat Hochzeitstag.«

»Emmy!« Fiona sieht mich mit einem strengen Blick an, die Augen zusammengekniffen. »Das ist eigentlich der Job deines Vaters!«

»Ja, ich weiß, aber ...«

Ihr Finger schießt hoch. »Emmy, du musst deine eigenen Entscheidungen treffen. Und deine Eltern müssen ihr Leben auf die Reihe bekommen.«

»Hey, ich finde mein Leben eigentlich ganz gut!«

»Okay, aber war der Spruch nicht von dir: Was ist, wenn mir ›gut‹ nicht reicht und ich ›außergewöhnlich‹ will?«

»Der kommt aus *Hitch*.«

»*Hitch, der Date Doktor?* Gut, dann sehen wir den morgen.«

Der Film würde tatsächlich gut passen, aber es geht nicht. Fiona weiß das. Ich kann meine Mutter nicht im Stich lassen. Nicht jetzt. Passenderweise erinnert mich auch mein Handy an den Termin. Ich krame es aus meiner Lederjacke, die über einem Stuhl hängt, und schalte es ab.

»Ich kann wirklich nicht. Nicht an ihrem Hochzeitstag. Und sie hat gefragt. Aber nächsten Montag. Versprochen.«

»Okay«, grummelt Fiona. »Aber wer weiß, was sich deine Mutter dann ausdenkt. Vielleicht sechs Monate Trennung?«

Ich muss grinsen. »Könnte hinkommen.«

VIER

Wie kann man eine Hochschule *Rostlaube* nennen? Gut, es ist ein Spitzname, aber dieses Gebäude ist tatsächlich von außen komplett verrostet und vermittelt somit nicht gerade den besten Eindruck einer wissenschaftlichen Einrichtung. Ich hatte mir eigentlich auch eher gewünscht, in einer der kleinen, niedlichen Dahlemer Villen zu studieren, auf die die meisten anderen Fachbereiche der FU verteilt sind. Aber, okay, die Psychos sind nun mal in dem großen Hauptgebäude untergebracht, immerhin im hinteren Teil, der etwas neuer und nicht verrostet ist und *Silberlaube* genannt wird. Und es gibt auch Vorteile, wenn man in dem großen Hauptgebäude studiert, denn hier sind nicht nur die Romanisten und Philologen untergebracht, mit ihrer riesigen Bibliothek, sondern auch die beiden großen Hörsäle der Uni. Außerdem ist die Mensa gleich nebenan. Also tausend Möglichkeiten, Leute zu treffen. Oder Noah.

Ich stelle meine Enduro in den Schatten und nehme den Helm ab. Ein Nachteil am Motorradfahren ist eindeutig, dass es jede Frisur zerstört. Ich schüttele die Haare auf und mache den Helm am Motorrad fest, verstaue meine Boots und meine Jacke in einem der Seitenkoffer. Es ist zu heiß, um in Lederklamotten in der Uni herumzurennen. Aus dem anderen Koffer ziehe ich Flipflops und meine Crumplertasche.

Mein Seminar fängt erst in einer Viertelstunde an, ich überlege, ob ich es vorher noch schaffe, einen Kaffee zu trinken. Wie immer gibt es sehr viele Möglichkeiten, je nachdem, wie stark, gut oder teuer der Kaffee sein soll. Ich könnte sogar ins *Coffee Cross* um die Ecke gehen, aber dann komme ich sicher zu spät, also schlage ich den entgegengesetzten Weg zum Eingang ein. Und sehe Bella. Bella studiert auch Psychologie, wir haben ein paar Kurse zusammen. Sie ist klein, hat braune Haare und einen Kirschmund, den sie gerne feuerrot schminkt. Eigentlich heißt sie Bea, aber sie will Bella genannt werden. Die meisten lächeln über diesen offensichtlichen Versuch, sich ein neues Image zu verschaffen. Denn Bella, die Schöne, ist eine sehr kühne Behauptung. Aber ich verstehe das. Wie alle Psychologiestudenten ist sie ständig auf der Suche nach ihrem wahren und besseren ICH.

Ich winke in ihre Richtung. Sie wartet vor dem Eingang auf mich, und wir begrüßen uns. Wir haben heute Cafédienst im Pi-Café und vorher zusammen *Experimentelle Psychologie*.

Obwohl ich dort eigentlich nicht hinwollte, bin ich nun doch ziemlich beeindruckt von psychologischen Untersuchungen und finde, sie ergänzen den psychoanalytischen Ansatz ganz gut, den ich eigentlich interessanter finde. Warum soll ich mir also nicht beide Wege ansehen? Bella stöhnt nur.

»Emmy, wir sind noch nicht mal im Seminarraum, und du machst dir schon diese ganzen Gedanken.«

»Hey, sorry, ich dachte, dafür studieren wir?«

Wir gehen durch die Eingangstür, und sie bleibt abrupt stehen. »Schau mal!« Bella zeigt auf eine Gruppe von Jungs an der Information. »Die sehen süß aus.«

Okay, ich mache mir Gedanken über Psychologie und das Studium, und Bella ist mit dem Studium von Jungs beschäftigt. Eindeutig ihr wichtigstes Nebenfach. Sie trödelt im Eingangsbereich herum, um die Gruppe näher zu betrachten, und ich werde langsam nervös, da ich nicht zu spät kommen will. Ich sehe den ellenlangen Gang mit dem roten Teppichbelag hinunter, der einem zumindest eine Grundorientierung in diesem raumschiffartigen Gebäude gibt, und weiß, dass wir noch mindestens fünf Minuten brauchen, bis wir in unserem Seminarraum sind.

»Hey, Emmy!«

Ich bin im zweiten Semester, die wenigsten kennen meinen Namen. Ich drehe mich überrascht um, und da steht – Noah. »Hallo.«

Er lächelt, ich lächele zurück, und in meinem Magen beginnt es angenehm zu kribbeln. Diese wahnsinnsblauen Augen. Mir fällt auf, dass Noah etwas größer ist als ich. Genau passend für Julian. Er trägt ein T-Shirt zu einer tief sitzenden Jeans, die an den Knien aufgerissen ist, und ziemlich runtergekommene Turnschuhe. Er sieht aus, als ob er gerade von einer Beachparty kommt, was vielleicht auch an den nassen Haaren liegt. Irgendwie erwarte ich ein Surfbrett in seinem Rucksack.

»Äh, hast du eine Ahnung …« Er sucht in den Taschen seiner Jeans, während ich registriere, dass er blau gestreifte Boxershorts trägt, die am Jeansbund aufblitzen, oder Schwimmshorts. Seine Kleidung offenbart sein Leben, oder zumindest einen Teil davon. Locker, entspannt. Er zieht einen Zettel aus seiner Jeans. »Hast du eine Ahnung, wie ich zu KL 24/218 komme?«

Okay. Ich bin sehr stolz darauf, dass ich mich in diesem verrosteten Spaceshuttle auskenne, denn vor zwei Semestern stand ich genauso orientierungslos wie Noah an dieser Stelle. Ich bin sogar so stolz darauf, dass ich ihm am liebsten das ganze Orientierungssystem des Gebäudes erklären würde. Was unvernünftig ist, weil ich weiß, dass ich dann zu spät kommen werde, und nicht nötig, denn irgendwann kapiert man es, und vorher reicht es, Leuten wie mir zu vertrauen.

»Studienbüro?«

Er nickt.

»Liegt in unserer Richtung, komm einfach mit«, sagt Bella, auf einmal sehr interessiert am Weiterlaufen, und wir gehen zu dritt den Gang hinunter, während sie ununterbrochen auf Noah einredet.

»Weißt du, es gibt hier drei Straßen, also, Gänge, die heißen J, K und L, und dann gibt es Querverbindungen, die haben Nummern, also bei dir 24, ganz hinten, heißt das, und 218 ist die Raumnummer.«

Bella findet es offenbar nicht überflüssig, ihm das alles zu erklären, dazu flirtet sie die ganze Zeit und plappert ununterbrochen.

»Ich bin übrigens Bella. Studierst du auch Psychologie?«

»Ja.«

»Welches Semester?«

»Ende viertes. Eigentlich. Aber die erkennen die Scheine nicht alle an, ich muss das vielleicht noch mal machen.«

»Ich habe dich noch nie hier gesehen.«

»Ich bin gerade erst hierhergewechselt.«

»Mitten im Semester? Wo wohnst du?«

»Bei einem Freund.« Er sieht zu mir. »Und du?«

Ich bin etwas überrascht, dass er mich bei Bellas Wörtersturm nicht vollkommen vergessen hat.

»Emmy wohnt noch zu Hause!«, sagt Bella, bevor ich auch nur den Mund öffnen kann. Eigentlich könnte es mir egal sein, aber ich will nicht wie jemand rüberkommen, der mit einundzwanzig noch zu Hause hockt.

»Ich war in London und bin danach wieder eingezogen, ich suche gerade eine Wohnung.«

»London, wow! Was hast du da gemacht?«, fragt Noah.

»Au-pair«, antwortet Bella wieder für mich, und ich frage mich langsam, was abgeht.

»Du musst hier abbiegen, Noah«, sagt Bella, als wir bei Gang 24 sind. »Emmy und ich müssen zur anderen Seite in unser Seminar, aber komm doch nachher ins Pi-Café. Das ist hinten im Turm. Ich spendiere dir einen Kaffee.«

Als Noah außer Sicht- und Hörweite ist, klammert sie sich aufgeregt an meinen Arm.

»Gott, ist der süß, Emmy. Meinst du, er kommt nachher?«

»Wenn er Kaffee mag ...«

Sie schlägt mir auf den Arm. »Hey, Emmy, warum bist du so fies, er könnte doch auch wegen mir kommen!«

Ich beuge mich zu ihr. »Ich bin nicht fies. Ich habe nur gehört, er interessiert sich mehr für Jungs.«

»Echt jetzt?« Sie seufzt. »Warum immer die Hübschen!«

Das Seminar ist klein, höchstens fünfzehn Leute, eigentlich sind es dreißig, aber zum Ende des Semesters bleiben die meisten weg. Ich mag das Fach, und mich interessiert der Stoff, aber die Vermittlungsmethode ist vorsintflutartig. Am Anfang des Seminars sind Themen und Referate verteilt worden, jetzt werden sie wöchentlich vorgetragen, und die meisten Vorträge sind extrem langweilig. Ein schlaksiger Junge geht nach vorne, um seine Arbeit zu präsentieren. Er verdunkelt die Fenster, und Bella murmelt »PowerPoint«. Ich sehe, wie der letzte helle Strahl Sommersonne hinter den schweren Vorhängen verschwindet, und seufze unwillkürlich. Ich liebe die Sonne. Und ich hasse PowerPoint-Vorträge. *Der Untergang*. Ich habe Mühe, die Augen offen zu halten. Schließlich googele ich unter dem Tisch auf meinem iPhone und suche einen Film für heute Abend. Dann kann ich die Vortragszeit wenigstens für etwas Sinnvolles nutzen. Was für ein Film könnte für einen Kinobesuch mit meiner Mutter geeignet sein? Kein Liebesfilm, kein Drama, kein Actionfilm, keine Komödie. Das wird schwierig.

»Frau von Manstein?«

»Ja?«

Professor Steiner steht direkt hinter mir und schaut auf mein Display. Ich habe ihn gar nicht bemerkt. Ich sehe auf, reiße die Augen interessiert auf, aber natürlich habe ich keine Ahnung, wo wir gerade sind.

»Wenn Sie schon während des Seminars googeln, sagen Sie uns doch bitte, was es in der Mensa zu Mittag gibt.«

Alle lachen. Ich stecke das Handy weg und beuge mich demonstrativ engagiert über den Tisch. Professor Steiner ist nett, er hat es nur nicht gerne, wenn wir uns gegenseitig nicht zuhören, was gerade sehr schwierig ist, da das Referat extrem langweilig ist. Ansonsten stimme ich ihm natürlich vollkommen zu.

»Etwas Leckeres«, sage ich. »Wie immer.«

Wieder lachen alle, denn das Essen in der Mensa ist nie lecker. Er nickt gnädig Richtung PowerPoint-Vortrag, und ich verstehe und folge dem Referat bis zum Ende der Stunde mit allerhöchster Aufmerksamkeit.

Nach der Stunde fängt Steiner mich an der Tür ab. »Haben Sie einen Moment Zeit?«

Bella nickt mir zu. »Ich gehe schon vor«, formt ihr Mund.

Ich habe mein Referat schon gehalten und auch die schriftliche Ausarbeitung fast fertig und frage mich, was Prof Steiner von mir wollen könnte. Er hat mich doch schon ermahnt. Ich komme immerhin auch noch zum Seminar und bleibe nicht wie die anderen Studenten weg, sobald sie ihren Vortrag gehalten haben.

»Haben Sie Ihre Versuchspersonenstunden schon alle?«

»Äh, nein.«

»Versuchspersonenstunden sind Pflichtveranstaltungen, die durch nichts anderes ersetzt werden können«, sagt Steiner, und ich nicke. Ich weiß das natürlich. Nach der Studienordnung müssen Studenten der Psychologie selbst an psychologischen Studien teilnehmen, wofür sie Leistungspunkte bekommen.

»Dann sollten Sie sich mal schleunigst darum kümmern. Ich habe da eine Studie ...«

Ich bewundere wirklich, wie geschickt er mein schlechtes Gewissen ausnutzt, um mich für seine Studie zu gewinnen. Eins-a-Psychologe.

»Worum handelt es sich denn?«

»Filmsequenzen mit Gänsehautfeeling ansehen. Dabei

wird dann die Herzaktivität gemessen. Ist doch bestimmt etwas für Sie, oder? Wo Sie gerade nach Filmen gegoogelt haben.« Er lächelt charmant.

Aus der Sache komme ich nicht mehr heraus. »Okay. Wann denn?«

»Am liebsten gleich morgen, gegen siebzehn Uhr, da startet die nächste Versuchsreihe. Melden Sie sich doch im Sekretariat an.«

Ich nicke und atme erleichtert aus. Es gibt schlimmere Studien und härtere Bestrafungen.

Das Pi-Café ist ein von Studenten selbst verwaltetes kleines Café, das in dem obersten Raum eines der Türme der Silberlaube untergebracht ist. Es ist winzig, aber dazu gehören noch ein paar Dachflächen, auf die wir im Sommer Tische und Stühle stellen und von denen man weit über den Campus schauen kann. Das Gebäude ist in den Siebzigerjahren gebaut worden und sollte sehr fortschrittlich sein, mittlerweile ist alles etwas heruntergekommen, und nicht nur der Rost an der Fassade vermittelt einen leicht verwahrlosten Eindruck. Was ich an dem Unigebäude aber mag, sind die vielen kleinen Dachterrassen, die von jeder der drei Ebenen zu erreichen sind. Rund um das Gebäude gibt es außerdem hügelige Grünflächen, auf denen man liegen und lesen oder lernen kann.

Als ich ins Café komme, ist Bella mit Schrippenschmieren beschäftigt, sie hat das Café offenbar gerade erst geöffnet.

»Wo ist die Frühschicht?«

»Krank geworden. Kannst du Gurken klein schneiden?«

Bis sich irgendjemand mal was Neues ausdenkt, werden in Studentencafés Brötchenhälften mit Käse oder Wurst belegt und mit Gurken- oder Tomatenscheiben dekoriert. Und falls sich irgendjemand fragt, wer die schmiert? Wir tun das, die freiwilligen Caféhelfer. Bella backt außerdem regelmäßig Muffins, auf die ich mich schon das ganze Seminar lang gefreut habe.

»Sind die mit Kirschen?«

Bella nickt. »Kannst du die auf eine Platte stellen und Kaffee kochen?«

»Hey, ganz entspannt, die werden auch mal fünf Minuten auf ihren Kaffee warten können«, flüstere ich, da sich schon eine kleine Schlange vor dem Tisch gebildet hat, der eine Art Tresen darstellen soll.

»Was wollte Steiner von dir?«, wispert Bella.

Ich fülle Wasser in die Kaffeemaschine und Kaffeemehl in den Kaffeefilter. Von einer Kaffeezeremonie sind wir im Pi-Café weit entfernt.

»Eine Studie. Man soll sich Liebesfilmausschnitte ansehen, und dann wird die Herzfrequenz gemessen.«

»Ah, da war ich auch schon.« Sie kichert. »Ich bin mal gespannt, was sie bei dir messen.«

»Wieso?«

Bella wird rot. »Na, weil du ... ich meine ... immer so cool bist.«

»Ach ja?«, sage ich überrascht. Klar, ich komme mit dem Motorrad zur Uni, ich habe keine Angst, mit den Profs zu reden, ich melde mich bei den Diskussionen, ich komme gut mit allen Sachen hier klar. Doch wenn Bella wüsste, dass ich in London eine Woche lang vor Heimweh geheult habe, würde sie mich vermutlich anders sehen. Ich zeige meine Gefühle selten. Bella glaubt auch, dass ich eine feste Beziehung zu Julian habe und mich nichts erschüttern kann. Auch jetzt verlässt sie sich darauf, dass ich die Situation im Griff behalte und mit ein paar Handgriffen Ordnung in alles bringe. Und, ja, ich kann das.

»Brötchen dauern noch eine Weile, Kaffee ist gleich fertig«, sage ich zu den Wartenden. Dann kümmere ich mich um die Muffins und stelle die Milch raus.

»Emmy!« Bella stößt mich an und nickt unauffällig zur Tür. Ich sehe zum Eingang. Noah ist gekommen. Aber nicht allein, sondern mit Kolja. Wir erstarren beide für einen Moment, wenn auch aus ganz unterschiedlichen Gründen. Wenn Kolja es auf Noah abgesehen hat, muss ich schnell handeln. Es geht um Julian. Bella will sich dagegen selbst davon überzeugen, dass Noah auf Jungs steht. Sie greift entschlossen nach den Kirschmuffins.

»Ich geh mal rüber!«

Ich sehe ihr hinterher.

»He, bekomme ich nun meinen Kaffee?«, fragt der Nächste in der Schlange, und für die folgenden zwei Stunden bin ich mit Kaffeedienst beschäftigt.

FÜNF

»Ausgerechnet Kolja!«, stöhnt Fiona.

Wir telefonieren, während ich zur Mensa laufe.

»Er hat ihn die ganze Zeit in Beschlag genommen. Entweder er oder Bella«, sage ich. »Ich konnte nicht einmal mit ihm reden, unmöglich.«

»Aber du hast doch schon 'ne Menge rausgekriegt. Er wohnt bei einem Freund. Hm. Meinst du, das ist sein Lover?«

»Hoffentlich nicht.«

Fiona kichert. »Zumindest wissen wir jetzt, dass er schwul ist. Das ist doch schon ein Fortschritt.«

»Wegen Kolja?«

»Natürlich«, sagt Fiona und lacht. »Die Hetero-Jungs guckt der doch nicht an.«

»Wo bist du gerade?«, frage ich, da ich im Hintergrund seltsame Geräusche höre.

»Ach, nur im OP.«

»Im OP? Heißt das, du telefonierst, während gerade ein Mensch operiert wird?«

»Nein, ich telefoniere, während ein Tier operiert wird. *Dr. Mau* muss sterilisiert werden.«

»Ich dachte, sie geht nie raus.«

»Doch, über die Dächer, neuerdings. Ich war ja für Nachwuchs, aber wir haben abgestimmt.«

»Und dann musst ausgerechnet *du* mit ihr zur Sterilisation gehen?«

»Äh, ich wollte. Weißt du, ist total interessant!«

Ich schlucke. Typisch Fiona. »Schon gut!« Sie lacht. »Verstehe. Ich erzähl dir alles später. Sehen wir uns morgen Nachmittag?«

»Steiner hat mich zu einer Studie verdonnert, weil ich im Seminar gegoogelt habe.«

»Das tun doch alle. Aber seit wann wirst du erwischt?«

Ich höre ein leises Maunzen aus dem Hintergrund. »Ist das ...?«

»Ja, sie wacht langsam aus der Narkose auf. Dann Kaffee nach meinem Präpkurs? Morgen um zehn im *Coffee Cross*?«

»Okay, bis dann.«

Ich bin an der Mensa angekommen und schaue auf einen der Bildschirme, die über dem Eingang hängen.

Lammfrikadelle, Hühnerfrikassee.

Das ist nicht gerade ein Grund für Luftsprünge.

Polenta-Käseschnitte oder Käsepfanne. Auch nicht besser.

Ich seufze, dann drehe ich mich um und gehe zurück zum Café des Studentenwerks, in der riesigen Vorhalle der Mensa. Mir reicht heute ein Kaffee mit Sandwich oder ein Smoothie.

»Hey?!«

Ich sehe auf, und Leo rennt vorbei. Er bremst scharf ab und kommt zurück.

»Wir haben uns auf der Party getroffen, oder?«

»Du bist Leo!«

»Ja, und du?«

»Emmy.«

Er schaut zur Mensa. »Was gibt es denn heute?«

»Lamm, Hühner, Polenta-Käse oder Käsepfanne«, zähle ich auf.

Er verzieht das Gesicht. »Mann, wann begreifen die endlich, dass Vegetarier nicht ständig Käse als Fleischersatz essen wollen.«

»Bist du Vegetarier?«

Ich bin ehrlich überrascht, denn Leo entspricht überhaupt nicht dem Bild, das ich mir von einem Vegetarier mache, wobei das vermutlich auch ganz falsch ist.

»Ja.«

»Tja, dann kannst du noch Salat essen.«

Leo zögert und stellt sich dann hinter mir an. »Nee, dann bleibe ich auch besser hier.«

Ich grinse. »Vegetarier. Uhm, dann war das Schwein im Kühlschrank bei Fiona bestimmt hart für dich.«

Er grinst zurück. »Das war doch nicht zum Essen gedacht, oder?«

»Na ja, sie planen gerade einen Grillabend, weil sie das Fleisch nicht immer wegwerfen wollen.«

Ich bin an der Kaffeeausgabe angekommen.

»Was willst du?«, fragt der blasse Mitarbeiter des Cafés, der hier fast immer steht.

»Einen Latte macchiato, bitte, ein Käsesandwich, einen Smoothie, einen Muffin.«

»Ist das alles?« Leo grinst.

»Die Vorspeise.«

Ich weiß, ich bin da ungewöhnlich. Ich habe einen besonderen Stoffwechsel und kann extrem viel essen und nehme dabei noch nicht mal zu.

Ich packe mir alles auf ein Tablett und halte nach einem Platz Ausschau. Ein kleiner Tisch am Fenster ist noch frei. Kurz darauf setzt sich Leo mit einem Tee und einem Mozzarellasandwich zu mir.

»Und du bist auf Diät?«, sage ich und deute auf das Sandwich.

»Es gab nichts mehr ohne Fleisch.«

»Bist du schon lange Vegetarier?«

»Seit einem Jahr.«

»Die Tierhaltung?«

»Na ja, eigentlich nicht. Ich hatte vor einem Jahr eine Fleischvergiftung. Eine Teigtasche mit Hackfleisch beim Mexikaner. Seitdem bin ich einfach vorsichtig. Aber wenn ich *Vegetarier* sage, verstehen es alle.« Er lächelt. »Also? Was war das gerade mit dem Grillabend? Ich meine, man kann auch andere Sachen als Fleisch grillen.«

»Ja, natürlich. Komm dazu!«

Ich verkneife mir zu sagen, dass sich Fiona freuen wird, was ich sehr stark annehme. Aber vermutlich würde sie mich mit einem ihrer Skalpelle verfolgen, wenn ich das Leo erzählen würde. Ich wickle mein Käsesandwich aus der Zellophanhülle und denke an seine Worte. *Fleischvergiftung.* Ich lege es erst mal beiseite und trinke den Smoothie.

»Wer wohnt eigentlich in der WG?«, fragt Leo.

»Fiona, Suse und Ruth. Alles Medizinstudenten. Wollen alle Chirurgen werden, Ruth ist kurz vor dem Abschluss.«

Leo nickt. Er hat sein Mozzarellasandwich in zwei Happen gegessen und schielt auf mein Käsesandwich.

»Magst du? Kannst du gerne essen.«

Er greift dankbar zu. »Ich hab nach der Fleischvergiftung zehn Kilo abgenommen, aber ohne Fleisch kriege ich die Kilos einfach nicht wieder drauf.«

Leo sieht nicht unbedingt unterernährt aus.

»Wozu brauchst du denn die Kilos?«

»Ich mach Sport. Rudern.«

Natürlich. Die kräftigen Oberarme, der große Brustkorb. Leo ist genau Fionas Typ.

»Studierst du Sport?«

»Nein. Romanistik. Aber ich bin im Verein, noch von früher.«

Wir reden etwas über sein Studium, dann erinnert mich mein iPhone an das nächste Seminar.

»Ich muss los.« Ich stehe auf und nehme den Muffin und den Pappbecher mit Kaffee in die Hand und lege die Reste auf das Tablett.

»Kann ich wegbringen«, bietet Leo an.

»Hat Fiona deine Nummer?«

Leo sieht verlegen weg. Er mag Fiona, eindeutig. »Äh, nein.«

»Soll ich dir Bescheid sagen? Dann brauch ich deine Nummer oder Mail.«

Wir tauschen unsere Nummern, dann gehe ich zu meinem Seminar und grinse vor mich hin. Könnte sein, dass ich bald nicht nur Julian, sondern auch Fiona verkuppelt habe.

Nach dem Seminar fahre ich nach Hause. Ich genieße den Rückweg; wenn ich Motorrad fahre, fühle ich mich frei. Obwohl mir an jeder Ampel der Schweiß ausbricht, da es in den Lederklamotten viel zu warm zum Anhalten ist, möchte ich mit keinem der Autofahrer in ihren klimagekühlten Autos tauschen. Ich lächele, als mich ein Autofahrer mitleidig ansieht, und öffne das Visier. Und als es Grün wird, spurte ich vor ihm davon.

Erst als ich in unsere Straße biege und vor dem Haus halte, legt sich, wie immer in letzter Zeit, ein kleiner grauer Schleier auf meine gute Laune.

Doch meine Mutter empfängt mich unerwartet gut gelaunt, als ich das Haus betrete. »Da gibt es diesen Film ...«

Mir fällt auf, dass sie beim Friseur war. »Schöne Frisur.«

Ich lege den Helm ab und streife die Boots ab. Ich muss sofort unter die Dusche. »Wie heißt er denn?«

Ich folge ihr in den Salon und sehe den großen Strauß mit den roten Rosen. Vermutlich *Grand Prix*. Mein Vater ist also noch im Rennen, aber ich weiß nicht, ob ich das gut finde.

»*Wolke neun.*«

Ich erinnere mich vage. »Dieser Film über Liebe und Sex ... im Alter?«

Meine Mutter nickt und lächelt.

Unter der Dusche lasse ich mir das Wasser über den Kopf laufen und überlege, ob meine Eltern vielleicht wieder zusammenkommen? Ob ich es überhaupt will? Nach all dem, was geschehen ist. Mein Vater hat meine Mutter betrogen und über Monate angelogen. Ist das nicht unverzeihlich?

Nach dem Duschen stehe ich unentschlossen vor einem meiner Umzugskartons mit den Sommerkleidern. Da wir sicher mit dem Auto ins Kino fahren werden und es immer noch sehr warm draußen ist, könnte ich ein Kleid anziehen.

Außerdem ist es festlicher als eine Jeans. Immerhin Hochzeitstag. Ich wähle schließlich einen Rock, ein T-Shirt und Sandalen, die ich mir in England gekauft habe. Dann rubbele ich meine Haare trocken und zupfe sie mit den Fingern in Form. Das muss reichen. Kein Blick in den Spiegel.

Meine Mutter wartet schon in der Halle auf mich. Sie schlägt vor, vor dem Kino essen zu gehen. Ich bin mit allem einverstanden und hauptsächlich froh und erleichtert, dass sie gute Laune hat. Auch wenn es an den Rosen liegt.

Der Film läuft im *Filmkunst 66*. Das kleine Programmkino liegt in einer der Seitenstraßen des Ku'damms. Ich hätte nicht gedacht, dass der Film überhaupt noch irgendwo in Berlin läuft – obwohl er gut besprochen wurde, ist er nicht gerade ein Kassenschlager.

Meine Mutter holt die Karten, dann setzen wir uns nach draußen in ein kleines französisches Restaurant in der Nähe. Meine Mutter bestellt Wein, Oliven und eine Käseplatte, und ich frage mich, ob sie schon über meinen Vater weg ist oder sich etwa neue Hoffnungen macht.

»Sind die Rosen von Papa?«

»Ja«, sie winkt ab. »Aber das hätte er nicht tun müssen. Er denkt vermutlich, dass ich es erwarte.«

»Und ... du erwartest es nicht?«

»Nein, natürlich nicht. Emmy, ich weiß, dass es vorbei ist.« Sie nimmt meine Hand. »Aber es ist schön jetzt mit dir.«

Ich schlucke. Ich will ausziehen. Wann soll ich das ansprechen?

»Ist dir das Haus jetzt nicht viel zu groß?«

»Ach, nein. Offen gestanden genieße ich den Freiraum. Ich könnte mir ein Atelier einrichten.«

Meine Mutter hat früher einmal gemalt. Aber in den letzten Jahren hat sie nur noch in einer Galerie ausgeholfen und sonst nichts mehr mit Kunst zu tun gehabt. Sie will wieder malen?

Der Kellner kommt mit dem Wein und der Käseplatte und einem Körbchen mit Baguette. Er baut alles auf dem kleinen Bistrotisch auf und schenkt den Wein ein. Mir fällt auf, dass es sehr lange her ist, dass ich mit meiner Mutter allein essen gegangen bin.

»Am Wochenende kommt übrigens Marie«, sagt sie beiläufig und nimmt sich eine Scheibe Baguette.

»Marie?«

Die ältere Schwester meiner Mutter gehört zu dem Teil der Verwandtschaft, der meinen Vater nie akzeptiert hat, denn er steht für alle Dinge, für die sie keinerlei Verständnis haben: Freiheit, Anarchie, Rockmusik. Meine Mutter hat deshalb jahrelang keinen Kontakt mit ihren Schwestern gehabt.

»Ja, sie will ein paar Ausstellungen ansehen. Sie bleibt ein oder zwei Wochen.«

Meine Mutter hebt ihr Weinglas, um mit mir anzustoßen, doch ich zögere.

»Moment mal. Ich dachte, du hasst sie.«

»Na ja, wir hatten unserer Differenzen. Aber sie ist Familie.«

Ich stoße zögernd mit meiner Mutter an. Eigentlich freue ich mich, dass es ihr besser geht, aber ihre neuen Koalitionspartner sind mir etwas unheimlich.

Das *Filmkunst 66* ist bekannt für sein Arthouse-Programm, und *Wolke neun* kommt im Spätprogramm. Wir sind etwas zu früh und trinken im Foyer noch einen Kaffee an einem Stehtisch. Hier bin ich in der Schulzeit oft mit Julian und Fiona hingegangen. Die Filme hat dann meist Julian ausgesucht. *Film noir, Nouvelle Vague,* französische Schwarz-Weiß-Filme, in denen Nebel über verlassene Straßen zieht oder Männer in Trenchcoats nachts Katzen begegnen. Julian liebt solche Filme. Ich war schon lange nicht mehr in diesem Kino, denn seit wir alle studieren, ist es einfacher, sich zum DVD-Abend bei Julian zu treffen.

»Hallo, Johannes«, ruft meine Mutter überrascht und strahlt. Ich drehe mich um. Johannes ist der Sohn einer alten Freundin meiner Mutter. Nach London haben wir uns eine Zeit lang verabredet, sind zusammen gesegelt, ein paarmal auf Partys gegangen und haben uns geküsst, aber mehr ist nie daraus geworden. Was wohl auch an mir lag, da ich nicht richtig in ihn verliebt war und mich daher ziemlich schnell wieder von ihm getrennt habe. Doch meine Mutter liebt Johannes, er hat alles, was sie sich von einem Schwiegersohn wünscht. Er ist zuverlässig und bodenständig und gut erzogen. Was seltsam ist, denn mein Vater hat keine einzige dieser Eigenschaften. Oder vielleicht genau deshalb.

»Hallo, Charlotte!«

Johannes kommt strahlend auf mich zu. »Hey, Emmy, wie geht's?«

»Gut.«

»Du siehst toll aus.«

»Danke.«

»Und … wie geht es Julian?«

»Auch gut.«

Ich höre heraus, dass er glaubt, Julian und ich wären zusammen. Alle glauben das, seit wir uns auf Partys küssen.

Ein Mädchen schiebt sich von hinten vor. Mit ordentlich gekämmten Haaren und einer weißen Bluse. Obwohl es mir im Grunde egal ist, bin ich doch etwas überrascht, dass Johannes so schnell Ersatz für mich gefunden hat.

»Nina, das sind Charlotte und Emmy. Charlotte, Emmy: Das ist Nina.« Johannes' perfekte Manieren, meine Mutter schmilzt dahin.

»Hallo, Emmy«, piepst Nina. »Schön, dich endlich mal kennenzulernen.«

Ich sehe zu Johannes, der verlegen mit den Schultern zuckt. Hat er etwa mit ihr über mich geredet? Wir waren gar nicht richtig zusammen, und trotzdem komme ich mir auf einmal wie seine Ex vor.

»Und? Was seht ihr euch an?«, fragt er.

Meine Mutter erklärt es ihm, ein Film über Liebe im Alter. Die Geschichte eines alten Ehepaars. Sie geht fremd, zieht zu ihrem Liebhaber, er bringt sich um. So viel zu dem Unterhaltungsfaktor dieses Abends. Aber ich verstehe, dass meine Mutter ausgerechnet diesen Film ausgewählt hat. Er erzählt von der Stärke der Frauen und dass die Männer auch im Alter die Verlierer sein können, wenn es um Beziehung und Liebe geht. Ich bin mir nur nicht so sicher, ob das auch so stimmt.

»Oh, interessant«, sagt Johannes und sieht mich fragend an. Er hat keine Ahnung von der Trennung meiner Eltern.

»Dann viel Spaß! Wir wollen nämlich noch was essen gehen«, sagt er, Nina schiebt ihren Arm unter seinen und folgt ihm mit einem Schritt Abstand. Ich hätte das nie getan, und ganz sicher ist das einer der Gründe, warum es mit uns nicht geklappt hat.

»Ja, euch auch viel Spaß«, sage ich und hebe meine Hand zu einer Art Gruß.

»Wie er dich angesehen hat ...«, sagt meine Mutter, als die beiden verschwunden sind, und wirft mir einen bedeutungsvollen Blick zu. »Wenn du ihm nur ein Zeichen geben würdest ...«

SECHS

Ich liebe das *Coffee Cross* ganz in der Nähe der Rostlaube. Ich liebe den leckeren Kaffee, die kleinen Mandel- und Kokostörtchen und die Karaffe mit gekühltem Wasser und den Orangenscheiben. Und ich liebe den alten Spanier, der dort bedient und mir zum Kaffee immer das Gebäck des Tages empfiehlt.

»Er vergöttert dich«, sagt Fiona, als ich mit einem Tablett mit Gebäck nach draußen komme. Er ist siebzig, und ich mag ihn auch, und wenn mir kein besserer Mann begegnet, dann werde ich ihn heiraten und damit zufrieden sein, denn er hat zumindest Humor.

»Du klingst immer noch ziemlich getroffen«, sagt Fiona, der ich erzählt habe, dass ich Johannes mit seiner neuen Freundin begegnet bin.

»Nein. Ich verstehe nur nicht, wie er so schnell über mich wegkommen konnte? Er hat bei unserer Trennung geweint. Und jetzt? War das alles Show?«

»Wie sah sie aus?«, fragt Fiona gierig, die jede Art von Klatsch und Tratsch liebt.

»Sie hatte diese blonden, glatt frisierten Haare und ein Twinset an und diese perfekt manikürten Fingernägel. Du weißt schon, diese Art von Mädchen, die nie schwitzen. Bestimmt studiert sie BWL, und überhaupt.«

»Du hasst sie!«

»Nein! Ich frage mich nur, wie ich überhaupt etwas mit Johannes anfangen konnte.«

»Wo du doch auf ältere Männer stehst«, flüstert Fiona und grinst, als der Spanier uns den Kaffee nach draußen bringt.

Wir dekorieren den Tisch mit dem Kaffee und dem Gebäckteller. Ich setze mich und greife nach einem der Törtchen. Ich weiß, ich werde sie vermutlich alle alleine essen, da Fiona sowieso ständig auf Diät ist.

»Ja, er ist süß«, sage ich und sehe dem Spanier nach, der wieder ins Café trottet, »aber bis ich wieder bindungsbereit bin, ist er vermutlich schon tot.«

Fiona grinst. »Auf welche Männer stehst du überhaupt?«

Auf Noah, denke ich schneller, als ich es verhindern kann. *Verdammt.*

»Und wie sah er aus?«, fragt Fiona, und ich muss mich energisch daran erinnern, dass sich das Gespräch um Johannes dreht.

»Gut, wie immer. Braun gebrannt. Er hat bestimmt das ganze Frühjahr auf der Jacht seines Vaters verbracht.«

Ich biete Fiona höflichkeitshalber ein Törtchen an, aber sie lehnt ab und schweigt.

»Was? War das gemein?«

»Ja, nein, es ist nur ... er ist doch eigentlich ganz süß.«

»Wer?«

»Na, Johannes. Du hättest doch deinen Spaß mit ihm haben können.«

Ich lächele. »Ich bin nicht wie du, Fi. Und ich habe meine Lektion gelernt. Ich muss schon sehr verliebt sein, damit ich mit einem Jungen ins Bett steige.«

»Hey, ich bin immer sehr verliebt.« Sie grinst. »Nur nicht so lange.«

»Da fällt mir ein: Weißt du, wen ich noch getroffen habe?«

Fiona sieht mich arglos an. »Wen kann man an einem Tag alles treffen?«

»Leo!«

Ihre Augen weiten sich, sie greift nach einem Törtchen und beißt ab. Ich lächele zufrieden. Fiona hat wieder Appetit bekommen. Eindeutig ein gutes Zeichen.

»Er ist Vegetarier, würde aber gerne zu eurem Grillabend kommen.«

Sie nickt stumm.

»Er vergöttert dich. Und er ist nicht siebzig.«

Ich halte mein iPhone hoch. »Und ich habe seine Nummer!«

»Wir müssen den Grillabend schnell machen«, sagt Fiona plötzlich ganz ernst. »Das Fleisch muss weg.«

»Ich dachte, ihr habt es eingefroren?«

Fiona wird rot. »Ja, aber wir brauchen den Platz, äh ... im Gefrierfach. Für Eis und so.«

Ich grinse. »Na klar. Freitag?«

Ich tippe die SMS. »Wann und wo?«

»Bei uns, so um acht.«

Nach meinem nächsten Seminar esse ich in der Mensa und setze mich dann in die Bibliothek. Die Trennung meiner Eltern hat auch mein Studium ziemlich durcheinandergebracht, und ich habe einiges aufzuholen. Ich sitze eigentlich auch gerne in der Bibliothek, aber diesmal kriecht die Zeit dahin. Ich hole mein iPhone heraus und sehe auf die Uhrzeit. Wenn ich um siebzehn Uhr nicht diese Studie hätte, könnte ich nach Hause fahren, auf dem Rückweg in den See springen und später arbeiten. Aber dank Professor Steiner macht das keinen Sinn. *Vielen Dank auch.*

Endlich ist es kurz vor fünf, und ich gehe zu dem Psychologielabor, in dem die Studie durchgeführt wird. Filme ansehen, das wird ja vielleicht sogar ganz lustig, rede ich mir ein.

Im Raum stehen fünf Sessel, ein Beamer ist aufgebaut. Ich bin die Erste, außer der Assistentin.

»Hi, ich bin Jasmin«, begrüßt sie mich.

»Emilia von Manstein.«

Sie schaut auf eine Liste und nickt.

Ich gehe zu einem Stuhl mit einer hohen Lehne, den man in eine Liegeposition bringen kann. Jasmin bringt Elektroden an meinem Körper an und bereitet mich für den Versuch vor.

»Ist das bequem so?«

Ich nicke. Sie überprüft die Anschlüsse an ihrem Computer, misst meine Herzfrequenz.

Ich bin gespannt, welche Filmausschnitte mir vorgeführt werden. *Liebesfilme mit Gänsehautmomenten.* Damit kenne ich mich wirklich schlecht aus. Ich schließe kurz die Augen und höre weitere Studenten kommen. Ich muss lächeln. Vermutlich haben sie alle im Seminar nicht aufgepasst und sind von Steiner erwischt und anschließend hierzu verdonnert worden.

»Wie viele Versuchspersonenstunden bekomme ich denn hierfür?«, höre ich eine vertraute Stimme.

»Anderthalb.«

Ich schlage die Augen auf. Mein Herz galoppiert, und Jasmin sieht überrascht zu mir herüber. Zeichnet sie meine Körperreaktionen etwa schon auf?

»Hi, Emmy!«

»Noah?«

Er setzt sich in den Stuhl neben mir. »Was machst du hier?«

Er lächelt sein großartiges Lächeln und sieht mich mit seinen tiefblauen Augen an. »An einer Studie teilnehmen.«

Jasmin beginnt Noah ausführlich zu verkabeln. Wenn ich das richtig sehe, hat er einen neuen Fan.

»Wo bist du denn letztens so schnell hinverschwunden?«, fragt er.

»Wann?«, sage ich, und wieder schlägt mein Herz höher. Zum Glück schaut Jasmin gerade nicht auf ihren Computerbildschirm.

»Gestern, im Pi-Café.«

Es stimmt. Ich bin nach zwei Stunden ununterbrochenem Kaffeeausschenken und Brötchenverkaufen einfach gegangen. Kolja hat fast die ganze Zeit bei Noah gesessen. Oder Bella. Sie kam zwar zwischendurch wieder hinter die Theke, aber auch dann war sie nicht gerade eine große Hilfe. Ich war ein wenig genervt.

»Ich musste los«, sage ich vage. »Und? Wie gefällt dir die Uni?«

»Das Gebäude ist schon seltsam. Aber die Dachterrassen sind cool.«

»Ja, finde ich auch.«

»Ruhe bitte, wir machen jetzt das Licht aus und beginnen mit den Filmausschnitten. Enjoy!«, ruft Jasmin in den Raum.

Wir lehnen uns zurück. Das Licht geht aus. Ein weißes Rechteck strahlt mir an der Wand entgegen. Ich sehe kurz zu Noah, der im selben Moment zu mir schaut. Wir lächeln uns an, und mein Herzschlag macht einen begeisterten Hüpfer. *Was ist nur mit mir los?*

»Ihr könnt euch abkabeln«, sagt Jasmin eine halbe Stunde später, und ich entferne vorsichtig die kleinen Elektroden von meiner Haut.

»Hast du noch Lust auf einen Kaffee?«, fragt Noah.

Und was macht mein Herz?

»Jemand hat mir das Sportlercafé empfohlen«, sagt er.

»Ja, das ist ... super«, sage ich, und wir lachen, weil ich mich nicht gerade begeistert anhöre. Na ja, das Sportlercafé. Es ist das Fachbereichscafé der Sportstudenten und eigentlich unsere Konkurrenz auf der K-Straße. Manchmal bin ich dort und leihe mir Milch aus, oder sie kommen zu uns und essen uns Bellas Muffins weg.

»Doch, doch, es hat eine schöne Dachterrasse«, sage ich, und Noah lächelt. »Na, dann!«

Wir holen uns die Bescheinigung.

»Meine ersten Versuchspersonenstunden«, sagt Noah.

»Sind auch meine ersten.« Ich lächele.

Was mache ich? Flirte ich etwa?

Ich sollte mich sofort konzentrieren und an die Mission halten. Informationen über Noah für Julian. Darum geht es. Außerdem weiß ich doch, dass Noah schwul ist.

Als wir beim Sportlercafé ankommen, ist es geschlossen. Das hätte ich wissen können, die meisten Studi-Cafés schließen um vier. Wir stehen unschlüssig vor der Tür. Ich denke an das *Coffee Cross*, fünf Minuten von hier.

»Da gibt es ein kleines Café in der Nähe der Uni«, sage ich, und diesmal hört man meiner Stimme die Begeisterung an.

»Perfekt!«, sagt Noah.

Draußen scheint die Sonne. Ich denke an den See, an dem ich morgen mit Julian verabredet bin. Die Informationen, die ich ihm dann bringen könnte. *Die Mission!*

»Und? Wie war es nun bei der Studienberatung? Rechnen sie dir deine Kurse an?«, frage ich möglichst sachlich auf dem Weg zum Café. »Wo hast du überhaupt vorher studiert?«

»Hamburg.«

»Und? Gefällt dir Berlin?«

Noah legt den Kopf schräg und sieht mich von der Seite an.

»Ich komme aus Berlin.« Er lächelt. »Ich bin hier geboren.«

»Oh, ach so. Wo denn?«

»Steglitz. Meine Eltern wohnen ganz hier in der Nähe. Und du?«

»Grunewald.«

»Wow!«

Jeder Berliner weiß, dass im Grunewald die großen Villen stehen. Es gibt zwar auch noch Reihenhäuser und Wohnungen dort, aber, nun ja, ich wohne in einer der großen Villen.

Wir laufen an der Mensa und dann am *Capitol* vorbei.

Es ist ein kleines Kino, mit einem ausgewählten Kinoprogramm. Hier bin ich oft mit Julian gewesen. Ich schaue automatisch in die Vitrine, die vor dem Kino steht, und auf die Filmplakate.

»Gehst du gerne ins Kino?«, fragt Noah.

»Ja. Und du?«

»Meine Eltern haben im *Capitol* Stammplätze. Sie haben mich und meine Geschwister schon ganz früh mitgenommen.«

»Hey, dann kanntest du die Filmausschnitte gerade etwa alle?«

Noah grinst. »Na ja, mit Liebesfilmen kenne ich mich eigentlich nicht so aus. Aber die eine Szene aus *Once* kannte ich, in dem Musikgeschäft. Und die Szene aus *Stolz und Vorurteil.*«

Ich nicke. »Ja, die kannte ich auch, Darcy im Regen. Und dann natürlich *Vom Winde verweht* ... und die mit *Harry und Sally* an Silvester.«

»Und aus welchem Film war die Szene, wo sie auf der Straße getanzt haben?«, fragt er.

»Die ohne Musik? Ich habe keine Ahnung. Ich sehe auch nicht so oft Liebesfilme.«

Er lächelt und sieht mich von der Seite an. »Und was hat *dein* Herzschlag gemacht?«

Ich finde, er flirtet nun auch mit mir. Sogar ziemlich heftig.

»Na, das haben sie ja aufgezeichnet«, sage ich möglichst sachlich. »Das kommt dann alles in die große Studie von Steiner.«

»Was siehst du denn sonst so an Filmen?«

Ich überlege. Als Kind bin ich selten ins Kino gegangen. Erst mit Julian habe ich all die kleinen Programmkinos in Berlin kennengelernt, und meist waren wir in den Filmen, die ihn interessierten. Die kleinen Schwarz-Weiß-Filme. Doch durch die DVD-Abende habe ich herausgefunden, was ich selber gerne sehe.

»Eigentlich ist es mir egal, Hauptsache, der Film ist gut. Aber …«

»Ja?«

Es ist mir etwas peinlich, es zu sagen. Fiona und Julian ziehen mich immer damit auf, und ich kann sie selten überreden, diese Filme mit mir zu gucken. Noah schaut mich fragend an.

»Superheldenfilme. Wie *Superman, Spiderman* oder *Ironman.*«

Noah schweigt. Es ist ja auch egal, wenn er das idiotisch findet. Viel wichtiger ist, ob er auf diese kleinen Independent-Filme steht. Wie Julian.

»Hast du *Ironman 3* schon gesehen?«, fragt Noah.

»Magst du Independent-Filme?«, frage ich gleichzeitig.

Wir lachen.

»Wenn sie gut sind«, sagt Noah.

»Nein«, sage ich.

Wir sind beim *Coffee Cross* angekommen.

»Kannte ich gar nicht«, sagt Noah, wie es nur ein Berliner sagen kann, weil jeder Berliner die Verpflichtung spürt, alle Ecken seiner Stadt und ganz besonders seines Bezirks zu kennen – was praktisch unmöglich ist.

Wir setzen uns nach draußen direkt vor dem Fenster auf

eine Bank. Nebeneinander. *Damit wir die Sonne noch genießen können, die schon tief steht*, sage ich mir mit diesem leicht schlechten Gewissen, das mich verfolgt, seit ich Noah getroffen habe. Kann ich ihn nicht einfach nur nett finden?

»Was möchtest du haben? Ich lade dich ein«, sage ich.

»Was kannst du empfehlen?«

»Alles! Aber der Kaffee *Cortado* ist eine Besonderheit.«

»Okay, den nehme ich.«

Hinter dem Tresen steht der alte Spanier und grinst freundlich.

»Heute mit Freund?«, sagt er in seinem Deutsch mit spanischem Akzent, das ich so mag.

»Zwei *Cortado*. Und zwei Mandeltörtchen.«

Er legt mir noch zwei kleine Tafeln Schokolade auf das Tablett, und ich bezahle und trage alles nach draußen.

Die Sonne steht tief, Siestastimmung vor dem Café. Ich stelle die Getränke und Törtchen auf den Tisch.

»Wow, das sieht ja gut aus«, sagt Noah und blinzelt gegen die Sonne.

»Das sind meine Lieblingstörtchen. Mit Mandeln.«

Noah sieht auf, und wenn ich nicht wüsste, dass er schwul ist, würde ich sagen, er mag mich. Aber gut, er kann mich ja auch als Mädchen mögen. Natürlich. Ich setze mich und atme tief ein. Denn eigentlich weiß ich doch, was ich vorhabe: Ich werde so viel wie möglich über Noah herausfinden. Für Julian.

SIEBEN

Der Juni ist außergewöhnlich. Auch für Berliner Verhältnisse. Ich erwarte die Sonne schon, wenn ich aufwache, es ist ganz selbstverständlich geworden, jeden Tag Hitze und Sonnenschein.

Mittwoch ist mein freier Tag, meist gehe ich dann in die Bibliothek, aber heute bin ich mit Julian am See verabredet. Wer kann bei diesem Wetter in einer dunklen Bibliothek hocken?

Trotzdem habe ich kurz bei der Uni haltgemacht, die auf halbem Weg liegt, und mir ein paar Bücher ausgeliehen, die ich vielleicht am See lesen kann.

Ich treffe Julian am S-Bahnhof, wo die große Liegewiese ist. Ich bin mit dem Motorrad gekommen und schwitze wie verrückt in meinen Ledersachen, und als ich den Helm abnehme, kleben meine Haare nass am Kopf. Julian grinst.

»Du kannst alles bei mir ins Auto packen«, schlägt er vor, als er sieht, wie voll die Seitenkoffer des Motorrads sind.

»Geht schon«, sage ich und nehme die Bücher und mein Schwimmzeug heraus.

»Schlechtes Gewissen?«, fragt Julian, als ich die Bücher mit an den See nehme.

Er kennt mich gut. Er weiß, dass ich mein Studium ernst nehme und dass ich das letzte Semester sehr unkonzentriert war.

»Ich muss noch so verdammt viel aufholen.«

»Du hast doch deine Scheine alle gemacht. Und du hast mit einem Super-NC einen Studienplatz bekommen.«

Er hackt gerne darauf herum, dass ich in den letzten Schuljahren eine richtige Streberin geworden bin, was vorher nicht unbedingt der Fall war. Aber für Psychologie brauchte ich einen guten NC.

Wir stehen einen Moment oben an dem Grashügel, der sanft zum See hin abfällt, und suchen nach einem passenden Platz. Überall liegen Leute, bei diesem Wetter sind schon früh alle guten Plätze auf dem Rasen belegt.

»Da drüben!«, sagt Julian, und ich folge ihm zu einer Stelle, an der ein Pärchen gerade geht. Der Platz ist ideal.

»Fiona hat erzählt, du hast Johannes getroffen?«

Natürlich hat sich das schnell rumgesprochen.

»Ja, mit seiner Freundin.«

»Und? Wie sah sie aus?«

»Perfekt.«

Julian grinst. »Wer steht schon auf Perfektion?«

»Du zum Beispiel?«

»Nicht bei Freundinnen.«

»Oh, danke!«

»Hey!« Er nimmt mich in den Arm. »Perfekte Menschen gibt es nicht. Und ich liebe dich so, wie du bist.« Ich atme sein Aftershave ein, vermutlich etwas sehr Teures.

»Ich liebe dich auch.«

Julian breitet sein Handtuch aus und zupft es ordentlich in Form. Ich lasse meine Decke fallen, und Julian breitet sie ebenfalls aus, er braucht eine Ordnung. Ich eigentlich auch, aber ich kann sie nicht so leicht wie er herstellen und schon gar nicht lange aufrechterhalten.

Ich lege die Bücher ab und betrachte sie kritisch. Perfekt wäre, wenn ich vor dem Schwimmen zum Lernen in die Bibliothek gegangen wäre. Aber ich bin nicht perfekt. Kein bisschen. Ich lasse mich auf die Decke plumpsen, werfe mich auf den Bauch und vergrabe das Gesicht in meinem Badehandtuch.

»Entspann dich einfach«, sagt Julian.

Wie denn?

»Komm, wir gehen schwimmen!«

Ich blinzele zu ihm hoch. Julian trägt Schwimmshorts, er ist leicht gebräunt. Sein braunes Haar fällt ihm locker ins Gesicht. Er sieht gut aus, er ist mein bester Freund, warum kann er nicht Mädchen lieben? Alles wäre so einfach.

Er reicht mir seine Hand und zieht mich hoch.

»Nicht hängen lassen, Em. Alles wird gut. Neuer Bikini?«

»Hat mir meine Mutter geschenkt.«

»Du siehst unglaublich aus.« Julian beugt sich zu mir. »Und alle Jungs hier starren dich an.«

Ich boxe ihn auf die Schulter, und er rennt los und zieht mich mit ans Wasser. Am Ufer ist das Wasser lauwarm, und ich tauche sofort ein und unter und dann wieder auf. Julian ist neben mir und grinst. Er deutet über den See, und wir schwimmen weit hinaus, um uns von den Schwimmern am Ufer abzusetzen.

»Meinst du, jemand klaut meine Bücher?«, frage ich, als wir fast in der Mitte des Sees sind.

Julian lacht laut. Er hat ein unverschämt dreckiges Lachen, was man bei ihm gar nicht erwarten sollte, und ich mag es sehr.

»Em, deine Bücher werden noch da liegen, wenn alles

andere weg ist. Ich schätze, die nehmen als Erstes mein *Möve*-Handtuch, dann meine *Calvin Klein*-Jeans, dann deine Kleider.«

»Sehr witzig.« Ich schaufele eine Ladung Wasser in seine Richtung, und er weicht geschickt aus.

Julian trägt im Winter nur Anzüge und selbst im Sommer teure Jeans und meistens Hemden. Er hat einen guten Geschmack und Style, und er gibt viel für seine Kleidung aus.

Er macht einen Schwimmstoß in meine Richtung, aber ich bin schneller, und erst am Ufer holt er mich ein.

»Super Kondition«, schnauft er.

Ich will Julian immer überreden, mit mir zum Unisport zu gehen, aber das ist nicht seine Sache. *Rumhüpfen und Schwitzen* nennt er es, dabei ist es ein erstklassiges Aerobic-Training mit sehr guter Musik.

»Heute Abend könntest du wieder mitkommen.«

»Wohin?«

»Sport«, sage ich und grinse.

»... ist Mord«, ergänzt er.

Wir laufen zurück zur Lagerstelle und lassen uns auf unsere warmen Badetücher fallen. Meine Bücher sind noch da, aber als ich sie vergilbt in der Sonne liegen sehe, wird mir klar, wie unsinnig es war, dass ich sie mitgenommen habe. Natürlich werde ich hier am See weder lesen noch lernen.

Wir legen uns mit geschlossenen Augen nebeneinander auf den Rücken und tanken Sonne. Endlich entspanne ich mich.

»Ich habe übrigens Neuigkeiten«, sage ich.

»Worüber?«, murmelt Julian träge.

»Noah!«

Stille. Ich sehe schließlich zu Julian hinüber, aber er liegt unbeweglich, die Augen geschlossen.

»Interessiert dich das gar nicht?«

»Doch, schon. Erzähl mal.«

Es klingt eher desinteressiert.

»Willst du gar nicht wissen, was ich erfahren habe?«

Julian richtet sich auf, stützt sich auf seine Ellenbogen und blinzelt zu mir herüber.

»Hör mal, Em. Ich habe den Typ vielleicht fünf Sekunden gesehen. Ich weiß weder ... und selbst wenn. Ich müsste ihn schon etwas besser kennenlernen.«

Natürlich. Julian hat recht.

»Ich habe ihn zufällig im Psychologielabor getroffen. Und dann waren wir im *Coffee Cross*. Hey, er ist Berliner! Hier geboren. Er war nur wegen dem Studienplatz in Hamburg. Er wollte Sport studieren, hat sich dann aber doch für Psychologie entschieden. Also, Richtung Sportpsychologie. Seine Familie wohnt in der Nähe der Uni, und er wohnt bei einem Freund in Mitte.«

Ich merke selbst, wie ich die Informationen herunterrattere. Julian wartet ab, ob noch etwas kommt, dann zuckt er mit den Schultern und sieht mich ernst an.

»Hat er dich nach Hause gebracht?«

»Wie?«

»Ob er dich nach Hause gefahren hat?«

»Nein, er ... äh ... hat gar kein Auto. Die U-Bahn fährt doch gleich da, er ist dann zur Station gelaufen.«

»Und hat er dich eingeladen? Kino, Essen, Party?«

»Nein.«

Ich lege meine Hand über die Augen, dann richte ich mich ganz auf. Wühle in meinem Rucksack nach meiner Sonnenbrille und setze sie auf.

»Du bist dir sicher, dass er schwul ist?«, fragt Julian ernst.

»Wie genau kann man das wissen?«

Julian lächelt. »Sehr genau.«

»Na, dann finden wir das heraus. Fiona macht am Freitag ihren Grillabend. Ich habe gesagt, dass er kommen kann, wenn er Lust hat.«

»Aha. Und? Kommt er?«

»Keine Ahnung.« Ich lächele. »Und? Kommst du? Fiona taut ihr Schwein auf, aber es wird auch Gemüse geben, denn ich habe auch Leo eingeladen.«

»Leo?«

»Mit dem sie auf der Party geknutscht hat.«

Ich erzähle von meiner Begegnung mit Leo. Erst im Treppenhaus bei Fiona, dann an der Uni.

»Ihr neues Opfer?«

»Ich glaube, diesmal ist die Sache etwas komplizierter. Sie waren nicht zusammen im Bett. Er wollte nicht! Und Fiona wird rot, wenn ich seinen Namen erwähne.«

Julian und ich sehen uns verschwörerisch an, denn wir haben auch einen Plan. Wir wollen, dass Fiona mit den One-Night-Stands aufhört und sich richtig verliebt. »Okay, das klingt interessant«, sagt Julian.

»Du kommst?«

»Warum nicht.«

Er holt seine *Ray Ban*-Brille aus seiner Retroledertasche

und setzt sie auf. »Und was machen wir jetzt? Ich schwitze mich tot.«

»Noch mal ins Wasser«, schlage ich vor. »Und dann bei dir Eis essen.«

Margret von Hagen ist eine disziplinierte Frau. Sie nimmt ihre gesellschaftlichen Verpflichtungen sehr ernst. Sie hat den Vorsitz in einer Reihe von Stiftungen und Wohltätigkeitskomitees, organisiert Spendenbälle und sonstige Veranstaltungen für gute Zwecke. Anders als meine Mutter, die sich immer eher aus den konservativen Fesseln ihrer adeligen Herkunft befreien wollte, geht Margret ganz in ihrer Funktion als Gräfin auf. Justus, ihr Mann, hat einen hohen Posten bei der Bank, und wenn sie nicht mit ihren eigenen Veranstaltungen beschäftigt ist, begleitet sie ihn auf Empfänge und Geschäftsreisen. Man sollte nicht denken, dass da noch Zeit für ein Hobby bleibt, aber in ihrer Freizeit beschäftigt sich Margret mit ihrer Rosenzucht. Es ist vermutlich der Ersatz für Reiten, Tennis und Golf, den Aktivitäten ihrer Freundinnen, denn die Unsportlichkeit liegt bei Julian in der Familie. Trotz all dieser Aktivitäten hat Julians Mutter in den letzten Jahren noch ein Masterprojekt, und das heißt Julian. Genau wie meine Mutter hätte Margret am liebsten eine ganze Riege von Kindern gehabt, aber es hat nicht geklappt, und so konzentriert sich ihr ganzer mütterlicher Ehrgeiz auf ihren einzigen Sohn. Mir ist das immer etwas unheimlich, daher bin ich nicht oft bei Julian. Eigentlich nur an den Montagen zum DVD-Abend, wenn Margret ihren Mann zum Vereinstreffen in den Segelclub begleitet.

Ich halte mit meinem Motorrad hinter Julians Beetle und sehe Margret trotz der Hitze mit einer kleinen Giftspritze im Garten stehen und die Rosen auf Schädlinge untersuchen. Einmal in der Woche kommt ein Gärtner, der den riesigen Garten in Ordnung hält, aber die Rosen rührt er nicht an.

»Sie beißt nicht«, sagt Julian, als er meinen skeptischen Blick sieht.

»Nein, sie verschlingt mich am Stück.«

Julian lacht und winkt seiner Mutter zu, deren Kopf hinter den Rosenhecken aufpoppt, als sie uns kommen hört. Ich wechsle wieder meine Sachen, bei der Hitze ist die Lederkleidung wirklich kein Spaß.

Als wir durch das Eingangstor gehen, ist Margret schon da. Sie schlüpft aus ihren Gartenhandschuhen und küsst mich sanft auf beide Wangen. Sehr französisch.

»Emilia! Schön, dich mal wieder zu sehen. Was macht das Studium?«

Sie mustert mich. Ich bin barfuß, trage den Helm und halte die Lederjacke und die Boots in der Hand. Ich kann mir denken, was sie davon hält.

»Alles gut.«

»Und wie geht es Charlotte?«

Obwohl meine Mutter gerade nicht mit Julians Mutter spricht, würde Julians Mutter das niemals als Streit bezeichnen. Sie nennt es *eine Phase des Rückzugs*.

»Auch gut.«

»Das ist schön.«

Natürlich geht es meiner Mutter nicht gut, aber Margret will keine Details. Nicht von mir, nicht hier im Garten. Auf der anderen Seite wäre es unhöflich, sich nicht nach meiner Mutter zu erkundigen, also haben wir das auch erledigt.

»Wir gehen rein und duschen. Wir nehmen von dem Eis«, sagt Julian. Es ist mehr eine Feststellung als eine Frage. So redet er meist mit seiner Mutter. Sie nickt.

Wir gehen ins Haus. Es ist noch riesiger als das Haus meiner Eltern. Ich lege meine Sachen an der Garderobe ab und folge ihm nach oben. Julian bewohnt die gesamte obere Etage. Mein Handy klingelt.

Während ich als Erste ins Bad schlüpfe, nehme ich den Anruf von Fiona an. Sie klingt atemlos.

»Hat Leo schon zugesagt?«

»Hallo, Fiona!«, sage ich entspannt. Ich kenne Fiona in dieser Stimmung, meist ist ihre Nervosität überflüssig.

»Emmy, ich versuche dich seit zwei Stunden zu erreichen!«

»Ich war am See mit Julian.«

Sie weiß, dass ich mein Handy dann im Koffer am Motorrad lasse.

»Okay.« Fiona hat sich wieder unter Kontrolle. »Ruth macht Stress. Sie ist gegen die Party, das Grillen, eigentlich gegen alles, was Spaß macht.«

Ich setze mich auf die Holzbank in dem großzügigen Bad.

»Es ist doch auch eure Wohnung.«

»Ja. Ich krieg das hin. Na klar. Wir machen die Grillparty. Es darf sich nur nicht rumsprechen. Kleiner Kreis.«

»Ja, sicher. Das wird schon mit Leo.«

»Leo? Es geht doch auch um Julian und Noah. Am Ende kommt Kolja! Der kann uns alles kaputt machen.«

»Ja, bin absolut deiner Meinung. Du musst vor allem Suse Bescheid sagen, sonst lädt sie den ganzen Fachbereich Medizin ein.«

»Und Jura, sie hat ihr Jagdrevier ausgeweitet.«

»Typisch. Soll ich noch was mitbringen?«

»Brot?«

»Okay.«

Ich gehe unter die Dusche, die Abkühlung tut gut. Ich grinse, als ich an Fionas Aufregung denke. Sonst ist sie doch so cool. Aber Leo geht ihr unter die Haut.

Nach mir geht Julian unter die Dusche. Er könnte theoretisch auch in einem der anderen vier Badezimmer des Hauses duschen, aber ich verstehe, dass es ihm lieber ist, in seinem Teil des Hauses zu bleiben. Für seine Mutter ist es ein Sperrgebiet, das sie nie betritt, nur die Putzfrau hat hier Zugang. Doch bei der Sonne will ich nicht drinnen hocken und überrede Julian, dass wir uns nach draußen auf die Terrasse setzen.

Von dort sehe ich in den riesigen Garten. Selbst hier zeigt sich die Trockenheit. Julian hat Mineralwasser und Gläser rausgestellt, bevor er duschen gegangen ist, und ich nehme mir ein Glas. *Aqua Panna*, das beste Mineralwasser der Welt.

Margret kommt auf die Terrasse und lächelt. »Emilia, ist das nicht ein wunderbarer Sommer?«

»Ja.«

Ich weiß, Margret sagt das nicht einfach so, sie leitet damit nur etwas anderes ein, und tatsächlich.

»Ach, und – ich habe eine Bitte.«

»Ja?«

Sie setzt sich, angelt nach meiner Hand und hält sie sanft. Wenn sie mich auch nicht für die vollkommen geeignete Schwiegertochter für ihren Sohn hält, bin ich doch ihre allerbeste zweite Wahl, solange kein anderes Mädchen in Sicht kommt.

»Wir haben im Segelclub unser großes Sommerfest. Und dieses Jahr habe ich eine Wohltätigkeitstombola organisiert. Ich möchte so gerne, dass Julian mitkommt, aber du weißt, wie er ist. Kannst du nicht mitgehen? Wenn du mitgehst, kommt er bestimmt auch. Die Karten kosten hundertfünfzig Euro, für einen guten Zweck, aber die würde ich natürlich bezahlen.«

»Tja, ich weiß nicht ...«, sage ich unverbindlich, da ich Julian nicht in den Rücken fallen will.

»Es ist ja noch etwas hin. Überleg es dir. Ich würde mich sehr freuen.« Sie tätschelt meine Hand kurz und steht dann auf.

»Alles okay?«, fragt Julian, der mit nassen Haaren aus der Dusche kommt. Er trägt eine Jeans und T-Shirt und sieht extrem lässig aus.

»Ja, ja«, flötet seine Mutter und geht schnell ins Haus.

Ich grinse. »Du solltest dich öfter so anziehen. Steht dir.«

Er zieht skeptisch die Augenbrauen hoch.

»Was wollte sie?«

»So ein Wohltätigkeitsding. Dass ich mitgehe.«

Julian verdreht die Augen.

»Ich weiß. Ich habe nicht zugesagt.«

Er deutet auf mein iPhone, das auf dem Tisch liegt.

»Und war das gerade Fiona?«

»Ja, wegen dem Grillabend. Ruth macht Stress.«

Wir tauschen einen wissenden Blick.

»Aber sie kriegt es hin. Ich soll Brot mitbringen.«

»Okay, dann besorg ich Corona.«

ACHT

»Eine ganze Kiste?«

Ich starre überrascht in den Kofferraum von Julians Beetle.

»Es soll doch nur ein kleiner Kreis werden: Suse und Fiona, wir beide, Leo, Noah, vielleicht sind wir nur zu sechst.«

Ich lege meine Baguette-Stange auf die Kiste mit Corona. Aber vielleicht ist eine Kiste auch für uns sechs nicht so falsch. Ich sehe schon, wie ich mich in einer Ecke mit Suse betrinke, während die beiden Pärchen sich näherkommen.

»Ja, keine Ahnung, ich wollte da jetzt nicht mit einem Sixpack ankommen«, sagt Julian. »Aber ein Baguette kommt mir auch etwas wenig vor.«

»Ich habe das letzte gekauft.«

Wir lachen beide. Typisch. Wir sind nervös und unsicher, und so sieht das Ergebnis aus: ein kleines Baguette und eine große Kiste mit Bier.

Ich steige in Julians Beetle. Da ich heute zwar nicht eine Kiste, aber zumindest ein oder zwei Bier trinken möchte, lasse ich mein Motorrad zu Hause. Ich trinke nie, wenn ich Motorrad fahre, viel zu gefährlich. Julian öffnet das Verdeck. Und ich liebe es, im Sommer Cabrio zu fahren.

»Wir geben für heute natürlich unsere Tarnung auf«, sage ich.

Julian grinst. »Kein Knutschen? Oh, wie schade!«

Mein Herz klopft. Die Tarnung aufzugeben heißt auch, dass ich mich nicht mehr hinter Julian verstecken kann.

Aber wenn Noah tatsächlich der Richtige für Julian ist, dann muss ich mich sowieso daran gewöhnen.

»Und es gilt die Survivor-Regel.«

Julian nickt. Die Survivor-Regel ist für Julian bisher nur eine theoretische Sache gewesen, aber heute könnte sie auch für ihn zur Anwendung kommen. Damals, als ich Johannes kennengelernt habe, hat diese Vereinbarung mir geholfen, mich ganz auf ihn zu konzentrieren, ohne dass Julian beleidigt gewesen wäre. Das hatten wir vorher geklärt. Und nun ist es umgekehrt. Wenn Julian und Noah sich annähern, dann werde ich nicht im Weg stehen und die beleidigte oder besitzergreifende Freundin spielen. Und wenn die beiden die Party zusammen verlassen, dann schlage ich mich allein wieder zurück nach Hause oder übernachte bei Fiona. Nun, es sei denn, Leo übernachtet bei Fiona. Ich seufze.

»Was ist?«, fragt Julian, wie immer sehr aufmerksam.

»Ich stell mir vor, du hast einen Freund ...«

»Na und?«

»Wir bleiben Freunde. Egal, was passiert, ja?!«

Julian grinst. »Na logisch. So war es doch auch bei Johannes. Und im Übrigen: So schnell wirst du mich nicht los.«

Wir kommen nicht weit. Die Avus ist voll, und wir stehen im Stau. Es ist immer noch sehr warm. Julian schließt das Verdeck und schaltet die Klimaanlage ein.

»Ist Messe? Was ist hier los?«

»Wir werden nach neun ankommen.«

Stimmt, wir sind viel zu spät losgefahren. Ich hole mein

iPhone raus, um Fiona Bescheid zu sagen. Ich sehe fünf verpasste Anrufe von ihr und rufe zurück.

»Fiona?« Im Hintergrund höre ich laute Musik und Stimmen.

»Was ist los?«

»Emmy? Ich versteh dich kaum. Hier ist die Hölle los. Offenbar ist unsere WG gerade zum öffentlichen Grillpatz mutiert.«

»Ist Leo gekommen?«

»Ja, Gott sei Dank. Er kümmert sich um das Fleisch und den Grill.«

»Wie passend.«

Ich will nach Noah fragen, dann lasse ich es doch.

»Wir sind gleich da – wenn der Stau sich auflöst.«

»Ja, lasst euch Zeit. Ich wollte euch nur vorwarnen.«

Ich lege auf.

»Was war?«, fragt Julian und wechselt die Fahrspur, in der Hoffnung, dass es dann schneller geht.

»Die Sache ist wohl etwas außer Kontrolle geraten. Auf der geplanten kleinen Feier drängen sich die Leute.«

Julian zieht leicht die Schultern hoch. Ich kenne die Bewegung.

»Hast du keine Lust mehr? Sollen wir umkehren?«

»Können wir Fiona denn da allein lassen?«

Wir schweigen. Im Grunde wird uns die Entscheidung abgenommen, da wir im Stau stehen. Julian deutet auf das Handschuhfach, und ich verstehe. Dort sind seine CDs für gute Stimmung. Ich wähle *Woodkid* aus, eine CD, die ich ihm gebrannt habe, und lege sie ein. Schon bei den ersten Tönen habe ich wieder Lust auf die Party. Ich sehe zu Julian, und er nickt. Wir werden Fiona nicht hängen lassen. Den Stau stehen wir durch.

»Scheint ein Unfall zu sein«, sagt Julian.

Ich sehe aus dem Fenster, meine Gedanken wandern, ich denke an Noah. Ich weiß noch nicht mal, ob er heute kommt, da wir uns seit dem Tag im Café nicht mehr gesehen haben. Ich drehe die Musik etwas leiser. Julian schaut zu mir.

»Julian? Warst du schon mal richtig in einen Jungen verliebt?«

Sein Blick schnellt nach vorne. Wir haben noch nie darüber gesprochen, aber auf einmal interessiert es mich brennend. Ich weiß, dass Julian sich schon öfter für den einen oder anderen Jungen interessiert hat. Meist war es eine Zeit lang Thema und hat sich dann von selbst erledigt, weil der Junge auf Mädchen stand oder Julian das Interesse verloren hatte.

»Ja.«

»Und in wen?«, frage ich leise.

Obwohl es jetzt nur stockend vorangeht, schaut Julian angestrengt nach vorne und hat die rechte Hand die ganze Zeit am Schaltknüppel.

»Ein Junge im Internat.«

Die Internatszeit. Gut, das hätte ich mir denken können. Als nach der sechsten Klasse der Schulwechsel auf die weiterführende Schule anstand, waren Julians Eltern der Meinung, er solle auf ein Internat wechseln. *Salem*. Ein teures Privatinternat, auf dem die Kinder reicher und einflussreicher Familien frühzeitig Beziehungen untereinander knüpfen können. Für Julian und mich war es ein Schock. Wir waren immer davon ausgegangen, dass wir die gesamte Schulzeit zusammen verbringen werden. Beste Freunde. Und obwohl oder gerade weil Julian sich mir gegenüber geoutet hatte, war es wichtig, dass wir zusammenblieben. Ich konnte mir nicht vorstellen, ohne Julian auf eine Schule zu wechseln. Doch Julians Eltern zogen es durch, und zum ersten Mal gab es einen großen Streit zwischen unseren Müttern. Meine Eltern wollten mich auf ein Gymnasium mit einem kreativ-künstlerischen Schwerpunkt geben, und ihrer Meinung nach gehörte der sensible Julian auch dorthin. Julians Eltern war die Karriere ihres Sohnes wichtiger. Dass *Salem* nicht der richtige Ort für Julian war, sahen seine Eltern dann ein Jahr später ein, nachdem sie festgestellt hatten, dass Julian dort todunglücklich war, und selbst die Lehrer in *Salem* zu einem Schulwechsel rieten. Morgenlauf um 6.30 Uhr oder herbstliche Schlammschlacht – eigentlich war klar, dass Julian nicht auf diese Schule passen würde. Also kam er zurück. Ich hatte mich zu dem Zeitpunkt schon sehr gut auf dem Gymnasium eingelebt und mit Fiona eine beste Freundin gefunden.

Julian sieht in den Rückspiegel, wo ein Polizeiauto sich den Weg durch den Stau bahnt. Er lenkt an den Rand, und die Polizeisirene schießt an uns vorbei. Also doch ein Unfall.

»Magst du es mir erzählen?«, frage ich.

Wir haben uns schon immer die wichtigsten Dinge an seltsamen Orten und in seltsamen Momenten erzählt. Das hier passt also. Julian zögert. Ich nicke aufmunternd.

»Er war einer der Älteren. Ich habe ihn nur in den Pausen gesehen.«

»Wie sah er aus? War er auch ... ich meine, wusstet ihr ... oder überhaupt?«

Es ist seltsam. Homosexualität sollte heutzutage eigentlich kein Thema mehr sein, aber ich bin mir sehr sicher, dass in Salem damit nicht offen umgegangen wurde und wird. Wohl in keinem Internat. Und dass Julian sich seinen Eltern gegenüber noch nicht geoutet hat, sagt auch eine Menge. Vielleicht habe ich Julian deshalb auch bisher nicht danach gefragt. Also, nach seiner ersten großen Liebe. Vielleicht auch, weil ich immer hoffen wollte, dass ich das gewesen bin. Obwohl ich jetzt weiß und akzeptiert habe, dass ich es nicht war. Doch wenn ich jetzt an Noah und Julian denke, dann wird es auf einmal wichtig, und ich will alles wissen.

Julian lächelt. Ein Lächeln, das ich selten bei ihm sehe und das mir sehr gefällt. Vorsichtig und zart.

»Er war groß und hatte dunkle Haare. Ziemlich arrogant, aber ich glaube, das gefiel mir an ihm. Er war Deutscher, hat aber meistens englisch geredet, weil seine Eltern Diplomaten waren und er drei Jahre in London gelebt hat.« Julian lacht. »Eigentlich ein ziemlicher Snob.«

»Was mochtest du besonders an ihm?«

»Er war Dienstesprecher. Es gab da diese Reglung, dass jeder ab der neunten Klasse ein Amt übernimmt, also Sozialdienst oder Umweltschutzdienst oder was weiß ich, und die Dienstekapitäne haben über die Dienste gewacht, und er war der Sprecher der Kapitäne. Ziemlich idiotische Hierarchie, aber irgendwie hat mir das imponiert. Und ich mochte, dass er zu jedem freundlich war. Arrogant, aber freundlich.«

»Auch zu dir?«

»Ich glaube nicht, dass er mich überhaupt bemerkt hat.«

»Und? War er auch schwul?«

»Klar. Das wusste jeder.«

Ich nicke. »Du hattest also Liebeskummer und hast mir nichts davon erzählt?«, sage ich gespielt empört. Ich bin auch ein wenig verletzt. Seit wann hält er so große Geheimnisse vor mir verborgen?

Julian lächelt. »Em, ich habe bisher mit niemandem darüber geredet. Du bist die Erste, der ich es erzähle, okay?«

Ich nicke. Julian hat recht, das ist alles neu für uns.

Wir schweigen einen Moment. Ich will die Musik wieder aufdrehen, aber Julian hält mich zurück.

»Und was ist mit dir?«

»Mit mir?«

Die Röte zieht langsam in mein Gesicht, und ich hoffe, dass Julian es für die Hitze und den Sommer hält.

»Wer war deine erste große Liebe?«

Ich schweige, eigentlich weiß Julian es doch. Oder nicht? Ich sehe aus dem Fenster, zu den Schrebergärten neben der Autobahn, den kleinen Häuschen, die hier schon immer stehen.

»Du«, sage ich leise.

Sein Kopf fährt erstaunt herum, und ich lache verlegen, auch um die Sache etwas abzuschwächen. Es stimmt, ich habe es ihm nur noch nie so deutlich gesagt. Ich bin wirklich nicht gut darin, über meine Gefühle zu reden.

Julian ist überrascht und etwas verwirrt.

»Was war mit Johannes? Ich dachte ...«

»Nichts.«

»Immerhin hast du dich nach London ständig mit ihm getroffen.«

Gut. Stimmt. Die Wahrheit ist: Es ist nicht so leicht, jemanden zu treffen, der Julian das Wasser reichen kann. Warum sagt man das überhaupt. *Das Wasser reichen?*

Endlich löst sich der Stau auf, und Julian startet den Motor wieder. Doch er fährt nicht an.

»Und du bist dir sicher, dass die Trennung von Johannes nichts mit den Problemen deiner Eltern zu tun hatte?«

Ich boxe ihn auf die Schulter. »Hey, seit wann stellst *du* die psychologischen Fragen? Natürlich nicht.«

Julian lacht und weicht mir so gut es geht aus.

»Ist ja gut!«

Als wir endlich bei Fiona halten, ist es fast halb zehn, und die Sonne geht schon unter. Zum Glück finden wir einen Parkplatz direkt vor dem Haus. Julian drückt mir das Baguette in die Hand und nimmt die Bierkiste.

»Auf in den Kampf.«

Schon im Hausflur fallen mir die vielen Fahrräder auf, und auf der Treppe kommen uns die typischen Eventwanderer entgegen, die am Wochenende von einer Party und Ausstellungseröffnung zur nächsten ziehen, um überall möglichst viel Alkohol, Essen, Drogen oder Unterhaltung zu bekommen. Vor der Wohnung stehen drei Raucher. Ich kenne keinen.

Die Wohnung ist vollgestopft mit Leuten. Nun, sie ist ja auch nicht sehr groß, und wenn Party ist, verschließen Suse und Fiona ihre Zimmer, und Ruth natürlich sowieso. Zugegeben, es gibt einen großen Gemeinschaftsraum mit

Balkon, und auch die Küche ist größer als üblich, dazu der lange Flur.

Ein Großteil der Mediziner ist da, das hat ja wohl überhaupt nicht geklappt, Suse Bescheid zu sagen. Ich entdecke sie, während Julian sich einen Weg in die Küche bahnt. Sie trägt ein tief ausgeschnittenes Sommerkleid und hohe Schuhe. Sie ist eindeutig auf der Jagd. Hohe Schuhe! Mir sind schon meine flachen Sandalen lästig. Ich kicke sie im Flur unter die Garderobe und laufe barfuß weiter.

Suse zeigt auf mich. »Sexy.«

Ich bin unsicher, ob sie das Baguette, mein Sommerkleid oder meine nackten Füße meint.

»Hey, das hier war eigentlich als kleine Grillparty geplant, und dieses Baguette hätte auch für sechs Leute gereicht. Musst du immer die ganze Uni einladen?«

Sie hält beide Hände hoch. »Hey, Emmy, ich habe gar nichts gemacht! Ich habe strenge Anweisungen von Fiona bekommen und mich dran gehalten. Mediziner-Ehrenwort.«

»Und wieso ist es dann hier so voll?«

Jemand kommt mit einem Corona aus der Küche. Verrückterweise hat Julian vermutlich dafür gesorgt, dass die Party gut besucht bleibt. Nachschub an Alkohol.

»Das war bestimmt Ruth«, sagt Suse und nickt heftig.

»Ruth? Die war doch gegen diese Party.«

Suse zieht mich beiseite. »Ja, es hat einen riesigen Streit zwischen ihr und Fiona gegeben. Jetzt hat Ruth uns gerade 'ne SMS geschickt, dass sie auszieht. Und es herrscht Krieg. Fiona meint, das ist ihre Rache. Sie hat die Party auf Facebook gestellt und ein Plakat aufgehängt.«

»Bitch.«

Ich dränge mich weiter in den Gemeinschaftsraum durch. Die Balkontür steht offen, es riecht nach Grillfleisch. Ich hoffe, ich treffe Fiona, damit wir einen neuen Plan für den Abend machen können. Mein Gefühl sagt mir, dass sie auf dem Balkon ist. Bestimmt bei Leo.

»Darf ich mal?«, bitte ich eine schlanke Blondine, die an einer Cola nippt und die Tür zum Balkon versperrt.

»Willst du durch?«

»Eigentlich schon.«

»Hey!« Jemand tippt mir von hinten auf die Schulter. Ich drehe mich um, es ist Bella.

»Wie hast du von der Party erfahren?«, frage ich.

Sie sieht mich erstaunt an. »Der Zettel im Pi-Café. Ich dachte, du hast den heute Morgen aufgehängt.«

Na, wunderbar. Ich lade Noah zu einer kleinen, netten Grillparty ein, und dann dieser Zettel. Jetzt hängt hier die halbe Uni rum. Was muss er von mir denken? Und nun?

»Wenn du Julian suchst, er steht in der Küche«, sagt Bella, die ja glaubt, dass wir ein Paar sind. Das muss ich als Erstes klären.

»Wir sind nicht mehr zusammen. Nur noch gute Freunde.«

Bella reißt die Augen auf. »Echt jetzt?«

Sie rupft mir das Baguette aus der Hand.

»Ich bring das mal in die Küche.«

Nun ja, eigentlich war es nicht meine Absicht, dass sich nun alle Mädchen auf Julian stürzen. Ich mache einen zweiten Versuch, auf den Balkon zu kommen. Die Blonde ist zum Glück weg.

Der Balkon ist klein, und eigentlich haben darauf nur der Grill und vielleicht noch vier Leute gut Platz.

Noah lehnt an der Balkonbrüstung, Leo steht am Grill und wendet Fleischstücke. Ich bin so überrumpelt, sie gleichzeitig zu treffen, dass ich für einen Moment sprachlos bin und beiden nur kurz zunicke. Vielleicht bin ich auch verwirrt, weil Noah mich anlächelt und in meinem Magen ein intensives Flimmern einsetzt. *Es geht um Julian.*

»Hey, Emmy«, sagt Leo und hält ein Stück Fleisch hoch. »Magst du eines? Ist gerade fertig.« Er nimmt ein Stück Zucchini vom Grill. »Wir haben auch Gemüse im Angebot.«

Ich muss grinsen. »Ja, lieber Gemüse.«

Ich traue dem Schwein aus Fionas Kühlschrank offen gestanden nicht über den Weg.

Leo legt mir ein Stück Zucchini auf einen Pappteller.

»Eure Partys sind ja immer ein Riesenerfolg«, sagt Noah.

Ihm jetzt zu sagen, dass ich eigentlich nur wollte, dass er und Leo kommen, kommt mir seltsam vor, also nicke ich nur.

»Kannst du mich hier mal ablösen?«, fragt Leo und legt das letzte Stück Fleisch auf den Grill. »Ich muss Nachschub holen.«

»Klar.«

Leo und ich schlängeln uns aneinander vorbei und tauschen den Platz, ich übernehme die Grillzange. Es ist wirklich eng auf dem Balkon. Zwei Leute stehen erwartungsvoll mit Papptellern in der Balkontür.

»Dauert noch«, sagt Noah freundlich.

Jemand dreht die Musik lauter, und die beiden Pappellerträger verschwinden nach drinnen.

»Schickes Auto«, sagt Noah.

»Was?«

»Na, der schwarze Beetle.«

Er zeigt nach unten. Wir beugen uns nebeneinander über die Balkonbrüstung und sehen nach unten.

»Ach, der! Der gehört nicht mir, der ist von Julian.«

»Deinem Freund«, sagt Noah.

Es ist eine Feststellung.

»Ja, meinem besten Freund. Er ist nicht mein Lover.«

Noah macht ein überraschtes Gesicht. »Echt? Aber das war doch er, den du letztens auf der Party ...«

»Ja, nein, also, das war nur ... eine Wette.«

Mein Gesicht brennt. Noah blinzelt. Unsere Ellenbogen berühren sich, unsere Blicke verhaken sich ineinander. *Verdammt*, ich werde mich in ihn verlieben.

»Ist das Fleisch jetzt fertig?«

Wir drehen uns um. Die beiden Jungs mit den Papptellern sind zurück. Ich gehe wieder an den Grill und reiche ihnen zwei halb verbrannte Fleischstücke, was sie nicht zu stören scheint. Sie halten ihre Teller hin und verschwinden wieder nach drinnen.

»Was für eine Wette?«, fragt Noah.

Er will es wirklich genau wissen. Zum Glück kommt Leo in diesem Augenblick mit einer Schüssel halb gefrorener Schweineschnitzel zurück und hinter ihm Fiona.

»Ach, hier bist du!«

Wir umarmen uns.

»Em, du musst mir mal helfen«, sagt sie und rollt bedeutungsvoll mit den Augen.

»Ich hole euch mal Bier aus der Küche«, sagt sie zu Leo

und Noah und zieht mich in den Flur. »Em, hast du schon gehört?«

»Was?«

»Ruth! Hier wird ein Zimmer frei. Willst du nicht einziehen? Das wäre genial.«

Absolut, das ist die Lösung.

»Suse hat es mir erzählt, aber ich bin gar nicht drauf gekommen, *yeah*!«

Wir kreischen beide los, als wären wir zehn. Fiona umarmt mich.

»Und was ist mit Leo?«, flüstere ich an ihrem Hals.

Sie zwickt mich. »Gott, Em, der ist so süß. Was denkst du?«

»Dass er dich mag.«

»Ich weiß nicht ...«

»Natürlich!« Ich ziehe Fiona mit in die Küche. »Bring ihm ein Bier, leiste ihm Gesellschaft. Da draußen ist es echt schön.«

In der Küche haben Bella und Suse Julian an die Wand geklemmt und reden auf ihn ein. Er wirft mir einen Hilfe suchenden Blick zu, und ich grinse zurück. So ist das eben, wenn man sich noch nicht geoutet hat.

Ich nehme vier Corona aus dem Kühlschrank und nicke ihm zu. Julian entschuldigt sich höflich bei den Mädchen. Fiona nimmt mir zwei Bier ab, sie hat sofort verstanden, was ich vorhabe. Julian beugt sich zu mir.

»Lass uns knutschen, dann habe ich meine Ruhe«, sagt er.

»Ich habe eine bessere Idee. Ihr bringt den Jungs Bier auf den Balkon, und ich kümmere mich um Bella und Suse.«

Julian macht ein skeptisches Gesicht, doch ich halte ihm die Bierflaschen hin. »Ich habe schon klargestellt, dass wir nicht zusammen sind. Also – auf in den Kampf!«

Fiona und Julian verschwinden. Ich nehme noch drei Corona, gehe zu Bella und Suse und teile aus. Bella öffnet unsere Flaschen mit einer Gabel. Wir stoßen an.

»Wie geht es eigentlich Dr. Mau?«, frage ich.

»Die ist bei Fiona im Zimmer und ruht sich aus. Verheilt aber alles ganz gut, demnächst können wir die Fäden ziehen.«

»Ihr macht das?«

Suse winkt lässig ab. »Kein Thema. Wollte Ruth eigentlich machen, aber wir schaffen das auch allein.«

Ich nicke. »Klar.«

Ich muss es gleich ansprechen.

»Sag mal, Suse«, beginne ich vorsichtig. »Fiona hat mich gefragt, ob ich einziehen will. Wäre das okay für dich?«

Suse nimmt einen Schluck aus der Flasche und schaut mich ernst an. Ich merke, dass ich die Luft anhalte. Ohne Suses *Okay* geht nichts. Doch dann grinst sie.

»Klar finde ich das gut. Wir machen hier eine tolle Mädchen-WG.«

»Wart ihr doch vorher auch«, sagt Bella.

»Ach, mit Ruth doch nicht. Die versteht einfach keinen Spaß.«

Suse stupst mich an. »Und sag mal: Du bist nicht mehr mit Julian zusammen? Was war denn los? Hat er eine andere?«

Ich zucke mit den Schultern. Ich kann Julian nicht abnehmen, sich zu outen, das muss er schon selber machen.

Und ich kenne weder Suse noch Bella gut genug, um zu wissen, ob sie ein Geheimnis für sich bewahren können. Manchmal bereue ich sogar, Fiona davon erzählt zu haben, obwohl ich Julian vorher gefragt hatte. Alles nicht so einfach. Warum eigentlich? Es sollte kein Thema sein.

Kolja kommt in die Küche. Er scannt den Raum, nur Mädchen, bestimmt geht er gleich wieder. Doch er bleibt und grinst in unsere Richtung. Egal, was man gegen Kolja haben kann, wie offen er mit seiner Homosexualität umgeht, ist ziemlich cool. Er geht zum Kühlschrank, holt sich ein Beck's und kommt zu uns.

»Hey, Emmy mal ohne Julian«, sagt er spöttisch. »Das habe ich ja schon lange nicht mehr auf einer Party gesehen.«

»Was ist los, Kolja?« Ich bin leicht genervt. Er studiert Psychologie, gefühlt im zwanzigsten Semester, also sagt er das sicher nicht einfach so, sondern weil er irgendetwas anderes damit andeuten will. Suse und Bella ziehen sich sofort zurück und verlassen die Küche. Kolja und ich sind allein.

»Was soll dieses Theater?«, sagt er ernst.

Ich versteh kein Wort. »Welches Theater?«

»Hör mal, Emmy, ihr könnt ja allen anderen was vormachen, aber mir nicht.«

»Wie jetzt?«

»Du und Julian. Er ist doch schwul oder?«

Ich schnappe nach Luft.

»Wie kommst du darauf?«

»Ich sehe es, ich weiß es, ich rieche es?«

»Und? Willst du das jetzt rumposaunen? Vielleicht noch

’ne Presseerklärung machen? Würdest du vorher vielleicht erst mal Julian fragen, ob er …«

»Was?«, sagt Kolja nüchtern. »Ich posaune nichts herum, ich rede mit dir. Ihr seid doch gut befreundet. Und ich sage dir, du tust ihm keinen Gefallen, wenn du so tust, als ob ihr ein Paar seid. Ich meine, keine Ahnung, was du davon hast, aber Julian wird das auf Dauer nur schaden.«

Okay, ich bin ja eigentlich Koljas Meinung, aber die Art, wie er es sagt, stört mich.

»Denkst du, Julian hat keine eigene Meinung dazu?«

Kolja beugt sich zu mir herunter und stößt mit seiner Flasche gegen meine. Er zwinkert mir zu, und ich bekomme eine Ahnung davon, warum ihm so viele Jungs hinterherlaufen.

»Reg dich nicht auf. Ich werde euer kleines Geheimnis nicht verraten. Es war nur ein Hinweis.« Er dreht sich um und geht.

Ich stehe für einen Moment wütend in der Küche, dann beschließe ich zu gehen. Mich braucht hier sowieso niemand mehr. Ich werde Julian und Fiona Bescheid sagen und mir ein Taxi holen. Kein Problem.

Im Gemeinschaftsraum ist es etwas leerer geworden, es ist schummrig im Raum, jetzt, wo es draußen fast ganz dunkel ist. Jemand hat Fackeln in die Blumenkästen auf dem Balkon gesteckt. Ich sehe Noah und Julian lachen, und als ich noch näher komme, erkenne ich Fiona und Leo, die über die Balkonbrüstung gelehnt sind und zusammen nach unten schauen. Ich will nicht stören. Die Nummer des Taxirufs kenne ich auswendig.

NEUN

Wenn meine Mutter nicht Kunst studiert hätte, dann Inneneinrichtung. Sie hat ein unglaublich gutes Gespür für Farben und Formen und Materialien. Als ich sechs war, sind meine Eltern in dieses Haus gezogen, das Haus meiner Großeltern, und die nächsten Jahre hat meine Mutter damit zugebracht, es nach ihren Vorstellungen einzurichten. Zu jedem Fest, ob Ostern, Weihnachten oder einem anderen festlichen Anlass, hat sie ein Gesamtgestaltungskonzept entworfen. Sogar jede Mahlzeit ist auf ihre Art eine kleine Inszenierung. Seit mein Vater ausgezogen ist, hat sich das geändert. Meine Mutter ist in eine Depression gefallen, manchmal ist der Kühlschrank leer, dann wieder proppenvoll, und das Essen findet mehr oder weniger in der Küche statt. Ich habe angeboten zu kochen, aber sie hat auch den Appetit verloren. Was ich verstehe. Also esse ich in der Woche mittags in der Mensa, abends verabrede ich mich meistens.

Und was ist jetzt los? Ich sehe auf den sorgfältig gedeckten Tisch für zwei Leute im Esszimmer. Samstag, halb eins, ich bin gerade erst aufgestanden, aber es ist fürs Mittagessen gedeckt. Meine Mutter hat mich auf den Platz meines Vaters gesetzt, etwas, das wie eine Kleinigkeit aussieht, mir aber doch sehr bedeutsam vorkommt. Soll ich ihn ersetzen? Ich will ausziehen. Ich hatte geplant, es meiner Mutter heute zu sagen. Ganz entspannt, fast beiläufig.

Meine Mutter kommt ins Esszimmer. »Ich dachte nur,

ich schulde dir ein wenig mehr Aufmerksamkeit. Die letzten Monate waren ... verrückt. Aber jetzt machen wir es uns hier richtig gemütlich, nicht? Ein toller Sommer. Ich dachte, wir könnten morgen auf der Terrasse frühstücken. Vielleicht laden wir Leute ein?«

»Wen?«

»Nun, Marie kommt, und wenn du Lust hast, kannst du Fiona oder Julian einladen.«

Ich schlucke. »Willst du nicht erst mal mit Marie allein sein? Reden?«

Der Besuch ihrer Schwester muntert meine Mutter offenbar auf. Trotz der jahrelangen Streitigkeiten, oder vielleicht sogar gerade deswegen.

»Nein. Ach wo. Marie will dich kennenlernen.«

»Aha«, sage ich misstrauisch.

Gehöre ich nun zum besseren Teil der Verwandtschaft? Stehe ich jetzt ganz auf der Seite meiner Mutter? Muss ich mich überhaupt entscheiden?

Meine Mutter verschwindet in der Küche und kommt mit Fisch, frischem Gemüse und Sauce béarnaise zurück. Einem meiner Lieblingsgerichte. Wir setzen uns.

»Was gibt es Neues bei dir? Mit Julian? An der Uni?«, fragt meine Mutter.

»Alles gut. Ach ja, Ruth, die Mitbewohnerin von Fiona, zieht aus. Ein Zimmer wird frei.« Ich lächele, als wäre es auch für meine Mutter eine wundervolle Nachricht.

Sie schaut auf ihren Teller, dann sieht sie auf. Ihre Augen schimmern verdächtig. »Willst du ausziehen?«, fragt sie.

»Na ... also, irgendwann schon. Und das Zimmer bei Fiona ... das ist schon praktisch.«

»Julian wohnt doch auch noch zu Hause, oder?«

»Er will auch bald ausziehen«, behaupte ich.

Meine Mutter reicht mir die Platte mit dem Fisch und dem Gemüse. Alles ist sehr schön angeordnet. Ich nehme ihr die Platte ab und bediene mich. Lege alles auf den weißen Designerteller.

»Das sieht sehr gut aus. Danke fürs Kochen.«

Meine Mutter lächelt kurz. »Denk nicht, dass ich dich am Ausziehen hindern will. Es ist nur ... ausgerechnet jetzt? Du bist doch gerade erst aus London zurück, und die Trennung von Johannes ...«

»Mama, wir waren nie richtig zusammen.«

Ich schiebe den Fisch auf dem Teller hin und her.

»Willst du denn gar nicht ausziehen? Hier sind doch so viele Erinnerungen«, sage ich vorsichtig.

Sie tut sich sorgfältig auf, und auf ihrem Teller entsteht ein kleines Kunstwerk aus Fisch, Gemüse und Soße. Wie ein Bild. Ich sehe auf meinen Teller, wo Gemüse und Fisch zu eng beieinanderliegen und die Soße über allem zerfließt. Das ist höchstens wilde Malerei.

»Emilia, ich bin hier aufgewachsen. Und auch die Jahre mit Kurt und dir waren schön. Bloß wegen diesem letzten Jahr muss ich das nicht alles wegwerfen. Das Haus, meine ... Heimat.«

»Mama, wann bist du denn zu Hause ausgezogen?«

Wenn die Geschichten stimmen, ist meine Mutter mit meinem Vater praktisch durchgebrannt. Nicht dass das nötig gewesen wäre, aber das ist es, was ihre Schwestern behaupten.

Sie schweigt kurz.

»Tut mir leid. Du hast recht. Ich wollte auch immer weg. Und dann kam Kurt ...« Sie lächelt bei der Erinnerung. »Gott, hat meine Familie sich aufgeregt!«

Sie schiebt ihren Teller beiseite und steht auf. »Nimm das Zimmer bei Fiona.«

Am Nachmittag kommt meine Tante Marie. Ich habe sie das letzte Mal gesehen, als meine Großeltern aus diesem Haus in ein Seniorenheim in München gezogen sind und meine Mutter die Einrichtung mit ihren Geschwistern ausgeräumt hat. Es war schnell klar, dass meine Eltern hier einziehen würden, egal was alle gegen meinen Vater hatten, da meine Mutter in Berlin wohnte.

Marie wohnt in München. Sie hat einen Banker mit Adelstitel geheiratet, vier Kinder und offenbar alles in ihrem Leben richtig gemacht.

Meine Mutter und ich stehen vor dem Haus als Empfangskomitee. Meine Mutter viel herausgeputzter als sonst, ich barfuß und in einer abgerissenen Jeanshose, wie immer.

Marie kommt mit einem Taxi vom Flughafen. Während der Taxifahrer ihre Koffer auf den Bürgersteig stellt, kommt sie in einem blauen Dirndl auf uns zu und umarmt meine Mutter. Sie ist älter geworden, natürlich, und sie sieht meiner Mutter sehr ähnlich. Früher ist mir das nie so aufgefallen. Dann kommt sie zu mir, drückt mich und schiebt mich etwas von sich weg.

»Mein Gott, siehst du deinem Vater ähnlich«, sagt sie.

Ich bin mir ziemlich sicher, dass dies kein Kompliment ist.

»Mach dir nicht so viele Gedanken darüber!«, sagt Fiona, als ich etwas später in meinem Zimmer mit ihr telefoniere. »Außerdem ist dein Vater cool. Ich meine, er war Roadie! Bei welcher Band noch mal?«

»Das ist sehr lange her.«

»Aber er organisiert noch Konzerte, oder? Von ihm kriegen wir doch immer die Karten.«

»Gut, aber sie meint es anders. Eher charakterlich.«

»Ich sag doch: Mach dir keine Gedanken. Du bist auch cool.«

»Ich habe auch das Ausziehen angesprochen. Ganz grundsätzlich.«

»Und?«

»Sie war nicht so richtig begeistert.«

Fiona stöhnt. »Was will sie machen? Dich ans Haus fesseln? Dir kein Studiengeld mehr geben?«

Ich lasse mich auf mein Bett fallen und fummele mir die Kopfhörer mit der Freisprechfunktion in die Ohren.

»Bist du noch dran?«, fragt Fiona.

»Ich liege nur auf dem Bett. Und sie hat dann doch zugestimmt. Ich nehme das Zimmer.«

Fiona atmet erleichtert aus. »Du rettest mich.«

»Wie war es am Freitag?«, frage ich, denn deshalb habe ich sie eigentlich angerufen.

Fionas Stimme wird auf einmal leise. »Was meinst du?«

»Na, was ist jetzt mit Leo?«

»Es war nett. Warum bist du gegangen?«

»Ich war genervt von Kolja, und dann ... ich wollte nicht stören.«

»Stören? Noah hat nach dir gefragt.«

»Ja?« Mein Herzschlag beschleunigt sich.

»Na, wenn du auf einmal verschwindest.«

Noah hat mich vermisst!

»Und was war mit Julian und Noah? Wie ... geht es voran?«

Fiona kichert. »Julian? Der war total nervös. Die beiden haben die ganze Zeit geredet, über Filme und so. Na, was ich mitbekommen habe.«

Meine Arme liegen lang ausgestreckt auf dem Bett, die Hände sind ins Bettzeug verkrallt. Mein iPhone liegt auf meinem Brustkorb und wippt auf und ab, während ich atme. Auf und ab.

»Montag DVD-Abend?«, frage ich.

»Äh, also ...«

»Was?«

»Julian hat sich mit Noah verabredet. Montagskino und so. Es gilt doch die Survivor-Regel, oder?«

»Na klar. Ich dachte nur, weil letzte Woche schon ausgefallen ist. Wollen nur wir uns dann treffen?«

Ein kurzes Schweigen in der Leitung.

»Okay, verstehe.«

»Ich bin nicht verabredet«, sagt Fiona schnell. »Es könnte nur sein, dass ... ich sehe Leo morgen. Frühstück.«

»Okay, dann Dienstag? Oder kannst du jetzt gar nicht mehr planen?«

Ich merke selber, dass ich mich schnippisch anhöre. *Nicht gut.*

»Doch, na klar«, sagt Fiona. »So um zwei vor der Mensa? Ich muss mir endlich mal 'ne Karte holen.«

»Du kannst auf meiner mitessen. Bist eingeladen.«

»Ich liebe dich.«

»Das war einfach.«

Sie lacht, und ich entspanne mich. Gut, nun gilt die Survivor-Regel. Ich habe selber schon davon profitiert. Mir fällt die Zeit ein, als ich ständig abgesagt habe, weil ich etwas mit Johannes unternommen habe. Segeln, die Partys seiner BWL-Freunde. Ich werde mich daran gewöhnen.

Etwas später klopft es, und als ich öffne, steht Marie vor der Tür.

»Kann ich reinkommen?«

Marie hat sich umgezogen, nun trägt sie ein sehr schönes leichtes Hemdkleid, eine Perlenkette und Pumps. Ich frage mich, ob sie bei sich zu Hause auch so rumläuft.

Sie wirft einen kurzen Blick auf meine Umzugskartons. Ich deute auf das Bett, die einzig gute Sitzgelegenheit im Raum.

Sie setzt sich und schlägt ihre Beine übereinander. Sie ist genauso schlank wie meine Mutter, die allerdings in den letzten Wochen sehr abgenommen hat. Ihr Blick schweift durch den Raum.

»Wie war es denn in London?«

»Schön«, sage ich knapp, da ich ahne, dass das nicht der Grund ihres Besuchs in meinem Zimmer ist.

»Und du studierst Psychologie? Macht es dir Spaß?«

»Ja.«

Sie fixiert mich. »Charlotte meinte, du willst ausziehen?«

Es ist klar, dass sie deshalb gekommen ist.

»Ja, bei meiner Freundin ist ein Zimmer frei.«

»Du weißt, wie schlecht es Lotte geht?«

Meine Mutter ist die kleine Schwester von Marie. Marie nennt ihre Schwester Lotte und will sie beschützen. Auch nach über zwanzig Jahren überwiegender Funkstille zwischen beiden hat sich daran nichts geändert.

Ich schiebe die Klamotten auf meinem Schreibtischstuhl beiseite und setze mich.

»Willst du es mir ausreden? Sie hat zugestimmt, und es … scheint ihr ja auch besser zu gehen.«

Marie blickt in ihren Schoß und dreht nervös ihren Ehering am Finger.

»Ja, ich bin froh, dass sie die Tabletten nimmt.«

»Tabletten?«

»Stimmungsaufheller. Es gibt mittlerweile gute Mittel. Niedrig dosiert. Und sie wirken.«

»Ja?«, sage ich, da meine Mutter eigentlich nie Tabletten nimmt.

»Emilia … ich kann dich gut verstehen. Ich habe vier Kinder, die alle sehr schnell ausgezogen sind.« Sie lächelt. »Was ich insbesondere bei den Jungs nicht erwartet hätte. Aber unsere Situation ist anders. Wir sind eine große Familie. Und du bist Lottes einziges Kind.«

»Ich weiß.«

»Sie wollte immer mehr Kinder haben, doch nach der Sache …«

Ich richte mich auf, bin stocksteif. Ich fasse nicht, dass sie es anspricht. Niemand spricht darüber!

»Schon klar«, sage ich, bevor sie weitersprechen kann und in einer Vergangenheit herumwühlt, an der sie, soweit ich weiß, nie teilgenommen hat.

Sie sieht mich an, als ob ich das Problem wäre, vielleicht

denkt sie das sogar. Das einzige Kind einer unerwünschten Verbindung. Schon klar. Und seufzt.

»Eine Woche hierzubleiben ist kein Problem, aber mein Leben ist in München. Ich werde versuchen, sie unter Leute zu bringen, doch dann bin ich wieder weg.«

Ich antworte nicht.

Sie steht auf. »Weißt du, dass dies hier mal mein Zimmer war?«

»Mama hat es erzählt.«

»Dieses Zimmer, dieses Haus. Auch für mich sind das eine Menge Erinnerungen.«

»Ja«, sage ich und warte, dass Marie noch etwas hinzufügt, doch sie dreht sich nur um und geht.

ZEHN

Fiona und ich treffen uns Dienstagmittag vor der Mensa. Wenn man dort essen will, braucht man eine Karte, und wenn man bezahlen will, muss man die Karte an einem der Automaten aufladen. Ein Automat ist kaputt, vor dem anderen steht eine Schlange, eigentlich wie immer. *Es lebe die Technik!*

»Und? Was hast du so gemacht am Wochenende?«, fragt Fiona, und ich spüre genau, dass sie nur darauf wartet, dass ich *Und du*? frage. Ich habe eigentlich auch gar nichts zu erzählen. Dass ich am Sonntag mit meiner Tante und meiner Mutter in einer Ausstellung war? Dass ich am Montag extra meine Caféschicht verlängert habe, weil ich gehofft habe, Noah noch zu treffen? Dass ich darauf brenne, zu erfahren, wie das Treffen zwischen ihm und Julian am Montagabend war? Und Julian noch nicht erreicht habe?

»Ein bisschen gelernt und mich ausgeruht. Und du?«

Fiona strahlt. Ihre Augen leuchten, sie glüht richtig, und das kommt bestimmt nicht von der Hitze.

»Ich war ja mit Leo zum Frühstück verabredet …«

Okay.

»… und wir waren dann den ganzen Tag zusammen.« Fiona schließt kurz die Augen und atmet tief durch.

Das ist sehr dramatisch und sonst eigentlich gar nicht ihre Art. »Emmy, könnte sein, dass ich verliebt bin.«

Das ist allerdings nichts Neues. Trotzdem freue ich mich für sie. Fiona öffnet die Augen wieder, und ich umarme sie.

Jemand hinter uns räuspert sich ungeduldig. Wir stehen vor dem Automaten, wir sind dran, die Schlange ist noch länger geworden.

»Kann man nicht etwas Menschlichkeit in diese Welt bringen!«, sagt Fiona mit einem melodramatischen Ton in der Stimme und dreht sich zu dem Typen um. Dann grinst sie offen. Nein, sie flirtet sogar. Der Typ wird rot und lächelt schüchtern zurück. Sie dreht sich befriedigt zurück, ein gebrochenes Herz mehr oder weniger, wen kümmert das schon.

Ich schiebe meine Karte und zwanzig Euro in den Automaten.

Fiona lächelt selig. »Freust du dich für mich?«

»Ja!« Ich freue mich sehr für Fiona. »Also ist es ... ernst?«

»Ich weiß nicht. Vielleicht?«

Ich lächele, denn ich weiß, das ist schon sehr viel für jemanden, der die Männer sonst nach einer Nacht aus dem Bett geworfen hat.

»Komm, das feiern wir.«

»Tja, womit?«, fragt Fiona, als wir nebeneinander auf die Monitore über dem Eingang der Mensa starren, auf denen der Speiseplan steht.

»Kassler mit Kartoffelpüree?«

»Extrem sexy.«

Wir lachen.

»Wir können auch die Polenta nehmen. Oder wir gehen ins Mensacafé«, schlage ich vor.

»Ich kann die Sandwichs dort nicht mehr sehen. Ich esse seit drei Wochen dort.«

»Hol dir endlich eine Karte. Und jetzt lade ich dich ein. Polenta mit Salat, und hinterher gibt es Erdbeerjoghurt.«

»Okay«, sagt Fiona.

»Mach die Augen zu«, sage ich. Ich nehme Fiona an der Hand und führe sie durch die Glastüren der Mensa. »Stell dir vor, wir wären in einem Edelrestaurant.«

»Seltsame Geräusche, merkwürdige Gerüche«, protestiert sie.

»Stimmt, dann sagen wir: Ein Szenelokal. Es gibt spanische Safranpolenta und zum Nachtisch cremige Erdbeermousse.«

Ich stehe mit Fiona im Eingangsbereich. Sie hat die Augen geschlossen, ich sehe mich um. Es ist voll um diese Zeit. Kein Platz weit und breit. Jemand winkt von einem halb leeren Tisch.

»Was ist los?«, fragt Fiona, als ich ihre Hand loslasse.

»Noah!«

Sie öffnet die Augen, sieht zu Noah, dann zu mir. »Na und?«

»Er hat uns an seinen Tisch gewinkt.«

»Na, dann gehen wir hin. Oder ist das hier mit Tischanweiser? Immerhin Szenelokal«, sagt Fiona und spielt das Spiel einfach weiter. »Weißt du eigentlich, dass Noah Profisportler werden wollte? Und dann hat er sich den Ellenbogen zertrümmert, und alles war aus und ... Em?«

Fiona dreht sich zu mir um. Ich stehe immer noch wie angewachsen an der alten Stelle.

»Komm!«

Ich folge Fiona zögernd. Mein Magen flattert, mein Herz schlägt doppelt so schnell. Das hat nichts mit der Mission zu tun. Ich weiß das. Mit jedem Schritt, den ich auf Noah zu mache, wird es klarer. Ich mag ihn. Sehr.

»Hey, Emmy. Hey, Fiona.« Noah lächelt auf seine stille Art.

Mein Blick wandert zu seinem Arm auf dem Tisch. Rechts oder links? Zertrümmert? Dabei weiß ich genau, dass mein Gehirn nur versucht, den Alarm in meinem Magen zu überspielen.

Fiona setzt sich, ich versuche, locker zu bleiben. »Tja, dann werde ich mal die Spezialitäten holen. Die edle Polenta. Was für einen Wein darf ich servieren?«

»Einen roten, bitte!«, sagt Fiona ganz ernst.

Wir sind wieder in unserem Spiel. Noah schaut fragend von mir zu Fiona.

»Wir reden uns das Essen hier schön«, erklärt sie und schaut auf den halb leer gegessenen Teller vor Noah. »Was war das?«

»Ich bin mir nicht so sicher, aber ... könnte die Polenta gewesen sein«, sagt Noah.

»Uuhh, danke für die Vorwarnung!« Fiona sieht zu mir. »Ich weiß, das ist ein Szenelokal, aber gibt es vielleicht eine Alternative?«

»*Coffee Cross*«, sage ich. »Natürlich bist du eingeladen.«

»Noah, kommst du mit?«, fragt Fiona und lächelt ihr unwiderstehliches Lächeln.

Noah schaut unsicher zu mir.

»Ja, komm mit«, sage ich.

Vor der Mensa schlägt uns die Hitze wie der Luftstrahl eines heißen Föhns entgegen. Noah trägt lange Shorts, darüber ein weites DC-Shirt und Turnschuhe, die an der Seite aufgerissen sind. Ich schwitze in meiner langen Skinny Jeans, die ich wegen der Motorradfahrten anhabe, aber gerade würde ich alles für einen luftigen Rock oder Shorts geben.

»Und, was hattet ihr gerade?«, fragt Noah.

»Präpkurs«, sagt Fiona.

»Leichen operieren? Das ist noch erlaubt? Ich dachte, das hätten sie aus moralischen Gründen verboten«, sagt Noah.

»Noch. Sie diskutieren es. Aber ich finde es gut. Ich weiß jetzt, wie sich ein Muskel oder ein Nerv anfühlt.«

»Wie denn?«, frage ich.

»Ein Muskel fühlt sich ungefähr wie ein Sofapolster an, nur welliger. Und ein Nerv wie eine Wäscheleine.«

Noah hört aufmerksam zu. »Und du kannst das? In welchem Zustand bekommt ihr denn die Leute?«

»Tot«, sagt Fiona und grinst. »Und fixiert. Also so konserviert, dass man noch an ihnen arbeiten kann. Es sind ja freiwillige Spender, und sie müssen eines natürlichen Todes gestorben sein.«

»Was heißt denn konserviert?«, frage ich wieder naiv dazwischen.

»Na, die Leichen sind mit speziellen Konservierungsmitteln vorbehandelt. Da gibt es kein Blut, die sehen eher wie der Ötzi aus.« Sie schaut zu Noah. »Kennst du die Serie *Six Feet Under*? Da geht es ganz viel um das Präparieren von Toten. In Amerika werden die Toten ja aufgebahrt und dafür schön aufbereitet. Da wird erst das Blut ausgeleitet, und dann werden sie hergerichtet und konserviert. Also, der Geruch von Formalin, an den werde ich mich nie gewöhnen. Wenn man da die falschen Handschuhe trägt, dann stinken die Hände noch tagelang.«

»Fiona?«, frage ich vorsichtig. Ich weiß, sie liebt dieses Thema, seit sie ihre eigenen Zweifel überwunden hat, aber wir sind gleich am *Coffee Cross*, und mein Magen hat gerade mit Hunger und diesen Schmetterlingen zu kämpfen, das reicht mir eigentlich.

»Klar, verstehe. Und wie läuft's bei dir?«, fragt sie Noah.

»Ich weiß immer noch nicht, was sie hier von meinen Kursen anerkennen. Also versuche ich, Versuchspersonenstunden zu sammeln.«

»Ach, was gibt's denn da alles?«

Noah holt sein iPhone raus. »Ich habe die einfach mal von der Pinnwand abfotografiert.«

Fiona lässt sich das iPhone geben und schaut sich die Fotos an. »Bist du Rechtshänder?«

Noah nickt.

Fiona hält ihm das iPhone hin.

»Das hier ist gut«, sagt sie entschieden. »Computer spielen.«

»Ist doch 'ne Paarstudie.«

»Na, geh doch mit Emmy hin, sie braucht auch noch Versuchspersonenstunden.«

Ein peinliches Schweigen. Nicht nur, dass in den Paarstudien immer verlangt wird, dass man schon sechs Monate zusammen ist und eine heterosexuelle, monogame Beziehung führt, man sollte auch wirklich zusammen sein, oder? Aber zum einen weiß Fiona nicht, wie sehr ich Noah mag und dass sie mich damit in Verlegenheit bringt, zum anderen nimmt sie Psychologie sowieso nicht so ernst.

»Hey, ist ja sehr interessant, wie locker du mit unserem Berufsstand umgehst. Wir sind auch Fachleute«, protestiere ich. »Oder würdest du jemandem eine Leber statt einer Niere einsetzen?«

Fiona grinst. »Also, Suse könnte das schon passieren.«

Wir sind beim *Coffee Cross* angekommen. Zum Glück ist ein Platz unter der Markise frei. Wir setzen uns an den Tisch.

»Wer ist Suse?«, fragt Noah.

»Ach, meine Mitbewohnerin. Medizinstudentin und der chaotischste Mensch, den ich kenne.«

Ich nicke. Das stimmt allerdings.

»Dafür ist sie aber auch sehr nett, und man kann wunderbar mit ihr zusammenleben. Also, in einer Gruppe«, sagt Fiona und schaut mich strahlend an. »Und? Was ist? Wann ziehst du ein?«

»Äh, wann zieht denn Ruth aus?«

»Sie ist schon ausgezogen. Am Wochenende ist sie mit einem Mietlaster und ihrem Freund gekommen, und – *schwupp* – dann waren alle Sachen weg. Ich habe ihr gesagt, sie muss noch renovieren, wenigstens weiß streichen, und gestern hat sie einen Eimer weiße Farbe in das leere Zimmer gestellt und gesagt, damit wäre sie raus, sie würde ja auch keinen Schadensersatz für die lauten Partynächte fordern.«

»Oh mein Gott ...«

Meine Lieblingsbedienung, der alte Spanier, kommt nach draußen, obwohl hier Selbstbedienung ist, und lächelt.

»Was wollt ihr?«

»Einen *Cortado*«, sagt Fiona.

»Ich auch«, sagt Noah.

Ich bestelle auch einen und ein großes Gourmetfrühstück für uns alle.

»Wegen Ruths Zimmer«, sagt Fiona, als der Spanier wieder gegangen ist. »Wollen wir das nicht zusammen streichen?«

»Gerne.« Am liebsten würde ich sofort einziehen.

»Fein, dann geht das klar.«

Fiona schaut Noah an.

»Ich kann helfen«, sagt er sofort.

»Vielleicht kann ja auch Julian kommen«, schlägt Fiona vor und wackelt nicht sehr unauffällig mit ihren Augenbrauen in meine Richtung.

Unsere Kaffees kommen und das Frühstück, und wir rücken alles auf dem Tisch zurecht, drei Teller, die große Platte, den Brotkorb, die Kaffees. Es ist ein kleines Festessen, das wir zufrieden ansehen.

»Na, dann: Ihr seid eingeladen«, sage ich und akzeptiere den Einspruch von Fiona nicht.

Mit Fiona habe ich das schon sehr oft gemacht, ein großes Frühstück im *Coffee Cross*, aber seltsamerweise ist es auch mit Noah so, als ob wir uns schon ewig kennen würden.

»Wie war es denn am Montag im Kino?«, fragt Fiona und nickt Noah zu.

»Oh, ja, gut.«

»Was habt ihr gesehen?«

»*Freier Fall.* Ein ... Drama um einen Polizisten, der sich in einen Kollegen verliebt, während seine Frau ein Kind erwartet.«

Fiona und ich erstarren beide. *So offensiv?* Das ist eigentlich nicht Julians Art.

»Wie seid ihr denn auf den Film gekommen?«, fragt Fiona.

Noah zuckt mit den Achseln.

»Der Film, den Julian eigentlich sehen wollte, war ausverkauft, und dann haben wir an der Kasse gefragt, was sie uns empfehlen können. Der Film war gut.«

»Ja ...«, sagt Fiona. »Ist ja auch ein interessantes Thema.«

»Ja, sehr interessant«, füge ich überflüssigerweise hinzu.

Wir schweigen und beschäftigen uns mit dem Essen.

»Lecker«, sagt Fiona.

»Ja, lecker«, wiederhole ich, als wäre mein Gehirn abgeschaltet.

Fiona beobachtet mich. Sie findet mein Verhalten bestimmt auch extrem merkwürdig und fragt sich, was los ist. Ich weiß es selber nicht so genau. Einerseits freue ich mich für Julian. So schnell ist alles geklärt. Erstes Date, gleich ein Film über Männerliebe. Andererseits hatte ich mir Hoffnungen gemacht. Heimlich.

»Wann wollt ihr denn renovieren?«, fragt Noah.

»Na, am Wochenende. Samstag so ab elf?«, schlägt Fiona vor.

»Okay, was soll ich mitbringen?«, frage ich.

»Pinsel?«

»Besser eine Rolle«, sagt Noah. »Damit geht es schneller. Kann ich mitbringen.«

Fiona nickt mir zu. »Gut, dann sagst du noch Julian Bescheid.«

»Okay.«

Mein Handy brummt. Eine Nachricht von Julian.

Heute um 17 Uhr bei dir? J.

Ich tippe unter dem Tisch die Antwort.

Ja. Ist alles okay?

Weiß nicht.

ELF

Ich halte mit dem Motorrad vor dem Haus, steige ab und reiße mir als Erstes den Helm vom Kopf. Julian sitzt auf den Eingangsstufen unseres Hauses. Er steht auf und kommt mir entgegen, als ich das Gartentor öffne.

Er trägt ein hellblaues Hemd und eine sandfarbene Hose, ich nenne es den BWL-Stil und ziehe Julian immer damit auf. Er kommt bestimmt auch gerade von der Uni, sonst läuft er lockerer rum.

»Ist keiner da?«, frage ich, aber dann fällt mir ein, dass Marie mit meiner Mutter in die Stadt wollte.

Im Haus ist es angenehm kühl. An der Garderobe lasse ich Helm und Jacke liegen.

»Ich muss erst duschen, magst du was trinken? Du weißt ja, wo alles steht.«

Julian geht in die Küche, und ich nehme zwei Stufen auf einmal nach oben. In mein Zimmer, dann ins Bad. Und stelle die Dusche fast auf kalt. Ich brauche die Abkühlung. Nach dem Mittagsfrühstück mit Noah und Fiona bin ich in mein Seminar gegangen, und während vorne ein Referat gehalten wurde, habe ich eine Entscheidung getroffen. Ich werde offen mit Julian sein. Ich werde ihm sagen, dass ich für Noah schwärme, ihn toll finde und gerade deshalb ein wenig auf Abstand gehen muss. Ich stelle die Dusche noch etwas kälter und fröstele. Wie grandios von mir, mich, wenn überhaupt mal, in einen schwulen Jungen zu verlieben. Das ist wirklich eine Glanzleistung. Aber ich muss es

Julian sagen. Offenheit war immer das Wichtigste in unserer Beziehung. Vertrauen, Offenheit, Ehrlichkeit.

Ich steige aus der Dusche, schnappe mir ein Handtuch und rubble meine Haare trocken. Ich habe keine Zeit, sie zu föhnen, es ist sowieso viel zu heiß dafür.

Ich sehe in den beschlagenen Spiegel und wische darüber, sodass ich mich sehen kann. Als Kind hatte ich hellblonde Haare, aber je älter ich werde, desto dunkler werden sie. Wie bei meinem Vater. Ich will meine blonden Haare behalten und helle sie alle paar Monate auf, aber die Haarfarbe meines Vaters kommt immer wieder durch.

Ich ziehe kurze Jeansshorts und ein enges T-Shirt über und gehe nach unten.

»Wow, sexy!«, sagt Julian. Er reicht mir ein Glas Mineralwasser. Ich trinke gierig. Ich weiß nicht, wie Julian das schafft, er sieht aus, als ob er noch nicht einmal schwitzen würde.

»Wollen wir uns auf die Terrasse setzen?«, schlage ich vor.

»Nein, lass uns in dein Zimmer gehen.«

»Da sieht es schrecklich aus. Und wir sind allein im Haus.«

Ich bin nicht mehr gern in meinem Zimmer und auch nicht mehr gerne im Haus. Alles engt mich ein. Das ist natürlich verrückt, wenn man bedenkt, dass dieses Haus zehn Zimmer hat und zur Hälfte leer steht.

Julian folgt mir auf die große Terrasse. Ich lasse mich in einen der Liegestühle fallen, und Julian setzt sich neben mich. Wir müssen reden.

»Also? Was ist los. Wie ... war es am Montag?«, frage ich.

Julian fährt sich durch das Haar und schaut dann auf. Ich sehe es sofort. Da ist etwas – etwas Wichtiges, etwas Großes.

»Bist du ... verliebt?«

Julian errötet ganz leicht, sieht weg.

»Wie war es denn? Also, auf der Party und im Kino.«

»Auf der Party? Ich habe mich sehr gut mit Noah unterhalten. Er ist nett. Hattet ihr vorher über mich gesprochen?«

»Ja, er hatte gesehen, wie wir angekommen sind. Im Beetle. Und ich habe ihm gesagt, dass du mein bester Freund bist, aber nicht mein Lover. Ich habe das klargestellt.«

»Du hast ihm was von einer Wette erzählt, oder?«

»Er weiß doch, dass wir geknutscht haben, und ich habe gesagt: Eine Wette.«

»Hm. Was für eine Wette?«

»Ich habe keine Ahnung.«

Wir lachen nervös. Nicht gerade genial, etwas zu erfinden, das man nicht erklären kann.

»Da müssen wir uns noch etwas einfallen lassen«, sagt Julian.

»Du lernst doch lügen in BWL.«

Er lächelt. »Und du lernst manipulieren in Psychologie.« Er denkt kurz nach. »Wir sagen einfach, du wolltest jemanden eifersüchtig machen. Johannes!«

»Johannes war gar nicht auf der Party.«

»Aber das weiß Noah doch nicht.«

Wir sehen uns an. Es ist seltsam, wir täuschen seit Monaten alle Menschen in unserer Umgebung, aber wir würden unsere engsten Freunde nie belügen. Und Noah soll ein enger Freund werden.

»Wir erklären es ihm ... irgendwann«, beschließt Julian, und ich nicke.

Ich stehe auf. »Magst du auch einen Kaffee?«

»Lieber eine kalte Cola«, sagt Julian, und ich gehe in die Küche. Im Kühlschrank liegt ein Zettel.

KOCHE HEUTE, WÄRE SCHÖN, WENN DU DA BIST.

Meine Mutter legt mir gerne Zettel in den Kühlschrank, da ich sie dort mit Sicherheit finde. Ich nehme eine Literflasche Cola und aus dem Gefrierfach eine Eismanschette und gehe zurück nach draußen. Julian hält mir sein Glas hin. Im Sommer brauche ich Koffein, entweder durch Kaffee oder Cola. Wir stoßen an und trinken, tun so, als ob es Drinks wären, und grinsen uns an.

»Und wie war es dann im Kino?«

Julian starrt in sein Colaglas, als würde er am liebsten gleich hineinspringen und untertauchen.

»Schön.«

»Und?«

»Es war nur ... ich wollte eigentlich mit ihm ... also, ich hatte mir einen Film rausgesucht, aber dann ...«

Ich lächele. Julian ist verlegen und unsicher. Verliebt.

»Ich habe schon gehört. *Freier Fall!*«

»Allerdings, freier Fall.«

»Aber ist doch nicht schlecht, dann ist das schon mal klar.«

Ich erzähle ihm, dass wir Noah in der Mensa getroffen haben.

Julian blinzelt unsicher. »Und ... was hat er so erzählt?«

»Er meinte, der Film wäre gut gewesen.«

»Ja, okay, stimmt, er war gut. Hat er was über mich gesagt?«

»Nein. Was nichts bedeuten muss«, füge ich schnell hinzu. »Er weiß ja, dass wir dich kennen. Weißt du eigentlich, dass ich bei Fiona einziehen kann?«

Er nickt. »Das ist doch genau das, was du dir gewünscht hast, oder? Hast du schon mit deiner Mutter gesprochen?«

»So halb. Aber sie ist einverstanden. Nur meine Tante macht Stress.«

Julian sieht mich ernst an. »Lass es dir nicht ausreden. Es ist das, was du willst.«

»Stimmt. Fiona hat gesagt, Ruth ist schon ausgezogen. Ich kann gleich in ihr Zimmer. Wir wollen zusammen renovieren. Du bist auch eingeladen.«

»Zum Renovieren?«, fragt Julian irritiert.

Natürlich unter normalen Umständen ein *No-Go* für Julian, aber es geht ja nicht darum.

»Sie hat auch Noah eingeladen. Er kommt und bringt Material mit.«

Julian stellt sein Colaglas beiseite. »Wann denn?«

»Samstag elf Uhr.«

»Da habe ich meiner Mutter versprochen, mit ihr zur Gärtnerei zu fahren. Neue Rosenstöcke. Blumendünger schleppen und so.«

Im ersten Moment bin ich erleichtert. Das ist die Lösung. Aber natürlich ist sie das nicht.

»Dann kommst du eben später, oder ihr verschiebt den Termin. Oder wir. Ich kann auch nicht ... so richtig.«

»Em?« Julian schließt die Augen, stöhnt, lässt sich zurück auf die Liege fallen.

»Was denn?«

Julian schweigt einen Moment, dann sagt er leise: »Ich bin mir nicht sicher, ob Noah schwul ist.«

Vor Aufregung verschlucke ich mich an meiner Cola. »Nein?«, sage ich mit dünner Stimme und dann entschieden: »Er mag dich auf jeden Fall. Ich habe sein Gesicht gesehen, auf der Party, als ihr euch unterhalten habt.«

»Ja?«

»Ja, er mag dich«, sage ich bestimmt. »Und ... du?«

Julian schließt die Augen.

Genauso wie Fiona.

»Ich glaube, mich hat's erwischt.« Er lächelt unsicher, aber sieht mich an. Ich habe Julian noch nie so erlebt. Alles, was vorher war, ist nicht mit diesem Zustand zu vergleichen. Gar nichts. Ihm jetzt von meinen Gefühlen für Noah zu erzählen ist unmöglich. Ich atme langsam aus. Verrückt. Ich hätte nie gedacht, dass das passieren kann. Julian und ich sind in denselben Jungen verliebt.

Julian richtet sich auf. »Kannst du es rauskriegen?«, fragt er leise.

»Was?«

»Ob er schwul ist.«

»Wie denn?«

Julian zuckt mit den Schultern.

Mir fällt Kolja ein. Der behauptet, es immer zu wissen. Er hat mit Noah geredet, er wird es wissen.

»Wir könnten Kolja fragen.«

Julian stöhnt unwillig. »Diesen Idioten?«

»Er hat mit Noah geredet, er sagt, er weiß das sofort.«

»Ach ja?«

»Er ...« Meine Stimme ist auf einmal weg, und ich räuspere mich. »Er weiß auch, dass du schwul bist.«

Julians Augen weiten sich entsetzt.

»Aber er wird es nicht rumerzählen«, sage ich schnell.

»Das würde ich ihm auch raten!«

»Du musst dich sowieso outen ...«

»Aber nicht so.«

»Dann rede wenigstens mit deiner Mutter. Es ist besser, wenn sie es von dir hört.«

Julian seufzt.

Ich halte meine Hand hoch, und er schlägt ein.

»Deal!«

Als meine Mutter und Marie von ihrem Einkauf zurückkommen, ist Julian schon weg. Sie sind bepackt mit Tüten, und wenn man eine Depression mit Einkäufen bekämpfen kann, dann sollte es meiner Mutter nun eindeutig besser gehen.

Sie drückt mir eine große Papptüte mit Lebensmitteln in die Hand und stellt zwei weitere auf den Boden. »Kannst du die bitte einräumen. Und lass die Scampi gleich draußen.«

Während ich die Gefrierfächer mit Edelfisch und Eis fülle, gehen meine Mutter und Marie duschen.

Als sie zurückkommen, bin ich immer noch damit beschäftigt, die Lebensmittel im Kühlschrank unterzubringen.

»Ich dachte, wir machen ein leichtes Sommeressen. Nudeln mit Scampi«, sagt meine Mutter. »Kannst du den Salat machen?«

Wir bereiten das Essen zusammen vor. Marie öffnet einen Weißwein. Sie trägt eine helle Hose und eine weite Seidenbluse. Das ist wohl ihr Casual-Outfit.

»Und? Bist du noch mit Julian befreundet?«, fragt sie mich. »Ihr wart ja als Kinder immer unzertrennlich.«

»Ja. Er studiert Jura. Hier, an der FU.«

Es entsteht eine kurze Pause, die mir klarmacht, dass meine Mutter ihrer Schwester erzählt hat, dass Julian schwul ist. Es ist erstaunlich, wie schnell sie sich wieder ins Vertrauen ziehen, jetzt, wo mein Vater nicht mehr zwischen ihnen steht.

»Und was ist mit Margret?«, fragt Marie meine Mutter. »Ihr seid doch beste Freundinnen.«

Meine Mutter wäscht die Scampi und entfernt den Darm, der das weiße Fleisch bitter machen kann. Manchmal sind es Kleinigkeiten.

»Sie fand meine Reaktion übertrieben.«

»Dass du ihn rausgeworfen hast? Nachdem er dich betrogen hat?«, sagt Marie belustigt.

»Nun, richtig gestritten haben wir uns erst, als sie meinte, ich hätte ja wissen können, dass das mal passiert, denn Kurt wäre halt ...«

»Was? Ein Rocker?«

»Ein Mann oder ... was weiß ich.«

Sie unterhalten sich, als ob ich gar nicht da wäre. Oder komplett eingeweiht. Ich wusste zwar von dem Streit mit Margret, aber bisher noch nicht, worum es ging.

Ich rühre aus Olivenöl und hellem Balsamicoessig eine Salatsoße, tue Salz und etwas Knoblauch dazu, dann wasche ich den Endiviensalat, den meine Mutter mitgebracht hat.

»Und wo wohnt Kurt jetzt? Bei seiner ... Freundin?«, fragt Marie.

»Bei einem Freund. Soweit ich weiß.«

Marie wendet sich an mich. »Emilia, hast du noch Kontakt zu ihm?«

Ich bin also doch nicht unsichtbar. »Er ruft manchmal an.«

»Aha ...«, sagt Marie und nickt.

ZWÖLF

»Tja, das wär dann der Raum.«

Fiona dreht sich im Kreis, und ich staune. Ich habe Ruths Raum noch nie vorher gesehen, ihr Zimmer war immer abgeschlossen. Die Sonne scheint in den Raum und malt helle Flächen auf die weiß gestrichenen Holzdielen. Es ist tatsächlich der schönste der drei Schlafräume, und ich bin absolut begeistert.

»Großartig!«

»Bis auf die Farbe«, sagt Fiona.

Stimmt.

Die Wände sind in einem tristen Senfgelb gestrichen.

Fiona setzt sich auf den großen 25-Liter-Farbbehälter, der mitten im Zimmer steht, und klopft auf die Seitenfläche.

»Aber dafür haben wir ja die hier.« Sie sieht auf ihr Handy. »Bis Noah kommt, haben wir noch eine halbe Stunde. Soll ich noch einen Kaffee kochen?«

»Gerne.«

Wir gehen in die Küche.

»Wann kommt denn Julian?«, fragt Fiona.

Ich setze mich auf die Holzbank. »Er kommt nicht.«

Ich bin extra früher gekommen, um in Ruhe mit Fiona darüber zu reden. Während sie den Kaffee kocht, erkläre ich ihr die ganze Situation. Julians Unsicherheit und dass ich herausfinden soll, ob Noah auf Jungs steht.

»Da bewacht ja wohl der Fuchs den Schinken.«

»Wie?«

Fiona stellt zwei Becher auf den Tisch und gießt Kaffee ein. »Em, dass du Noah magst, merkt ja wohl ein Blinder.« Sie grinst. »Und ich bin fast blind.«

Ich ziehe den Becher zu mir heran, gieße Milch hinein und tue beschäftigt. Aber ich kann Fiona nichts vormachen, und irgendwie bin ich erleichtert.

»Okay, vielleicht ein bisschen. Weißt du, ich habe ihn bei dieser Studie an der Uni getroffen.«

»Filmausschnitte mit Gänsehautfeeling?«

»Woher weißt du das?«

»Hat mir Bella erzählt. Und?«

»Na ja, die haben diese Ausschnitte aus Liebesfilmen gezeigt. Immer diese bestimmten Stellen ... sag mal, kennst du den Film, in dem ein Liebespaar nachts auf einer Straße tanzt? Ohne Musik?«

Fiona schüttelt den Kopf.

»Okay, na, jedenfalls gab's immer diese Stellen, wenn das Liebespaar sich zum ersten Mal begegnet. Und ich weiß nicht, auf einmal hatte ich das Gefühl ...«

Fiona zieht die Augenbrauen hoch. Das spricht nicht gerade für Zustimmung.

»Em«, sagt sie sachlich. »Dafür werden Liebesfilme gemacht. Man soll diese Gefühle bekommen. Als Julian und ich letztens *Stolz und Vorurteil* gesehen haben ...«

»Ihr habt zusammen *Stolz und Vorurteil* gesehen? Wann denn?«, unterbreche ich sie. Seit wann sehen Fiona und Julian Liebesfilme zusammen?

»Am Montag. Als du mit deiner Mutter im Kino warst. Wir dachten, weil du, na ja, du magst ja keine Liebesfilme.«

»Wann habe ich das denn gesagt?«

Fiona windet sich verlegen. »Na, weiß nicht. Wir dachten, weil deine Eltern ... Und so.«

Nun, stimmt, meine Aussagen über die Liebe waren vermutlich in letzter Zeit nicht gerade optimistisch. Andererseits haben wir noch nie zu dritt Liebesfilme gesehen. Die Filmkategorie kam bisher überhaupt nicht vor, da Fiona immer für Komödien gestimmt hat, ich für Actionfilme und Julian seine französischen Schwarz-Weiß-Filme vorgeschlagen hat. Am Ende haben wir dann meist Serien wie *Six Feet Under* oder *How I Met Your Mother* gesehen.

»Also, ihr seht jetzt Liebesfilme zusammen?«

»Uns war danach.«

Okay, ich muss mich nur etwas an den Gedanken gewöhnen. »Na klar, ihr seid eben verliebt. Logisch.«

Fiona lächelt und dreht verträumt ihren Kaffeebecher in der Hand.

»Ja. Und? Hast du Julian gesagt, dass du Noah magst und so?«

»NEIN! Nein. Ich fühle mich ein wenig schlecht deswegen, aber so habe ich ihn noch nie erlebt. Ich weiß nicht, ob das jetzt ein so guter Zeitpunkt ist. Du hast es doch auch gemerkt.«

Fiona nickt heftig.

Okay, da sind wir also einer Meinung.

»Und, ich meine, wenn Noah auf Jungs steht, dann ist ja auch alles okay. Für ihn, meine ich. Oder?«

»Und wenn nicht?«, fragt Fiona und stellt natürlich genau die Frage, mit der ich mir seit Tagen mein Hirn zermartere.

Ich zucke mit den Achseln und wechsle lieber das Thema. »Und wie läuft es mit Leo?«

Fiona seufzt. »Na ja ...«

»Was?«

»Meinst du, er meint es ernst?«

Ich muss grinsen. »Bist du jetzt echt unsicher?«

Fiona wirft ein Geschirrhandtuch nach mir. »Ja, du lachst!«

Ich muss noch mehr lachen. »Das ist die Rache des Universums.«

»Wofür?«

»Für all die grausamen One-Night-Stands, mit denen du die Jungs gequält hast.«

Fiona schnappt sich das nächste Handtuch, will es werfen, doch es klingelt. Wir erstarren beide.

»Dann werde ich Noah mal aufmachen«, sagt Fiona, senkt langsam den Arm, bleibt aber sitzen. »Oder du machst ihm besser auf?«

»Wir gehen zusammen«, beschließe ich, während ein Schwarm Schmetterlinge in meinem Magen auffliegt.

Fiona drückt auf den Türöffner.

»Wo ist eigentlich Suse?«, frage ich.

Es wird etwa zwei Minuten dauern, bis Noah oben ist. Während wir warten, höre ich meinem klopfenden Herzen zu. Dass Fiona weiß, dass ich Noah mag, macht dieses Treffen nicht gerade leichter.

»Bei ihrer Familie in Solingen. Sie bleibt bis Montag. Großes Familienfest.«

Fiona linst durch den Spion. »Da ist Leo«, sagt sie überrascht und starrt mich an. »Er ist mit Noah gekommen.«

Es klopft. Wir starren uns an und lachen dann gleichzeitig hysterisch los. Seit wann sind wir so uncool?

Fiona öffnet die Tür. Noah trägt einen Eimer mit Farbrollen und Pinseln, Leo reicht Fiona ein Sixpack Corona.

»Ich habe ihn mitgebracht«, sagt Noah.

Fiona schaut Noah fragend an. »Mitgebracht?«

»Ja, wir wohnen doch zusammen.«

Fionas Kopf schnellt zu mir herum, als könnte ich das erklären.

»Keine Sorge, er kann super streichen«, sagt Noah, der die Situation falsch deutet.

Leo grinst. »Ja, ich habe letztes Jahr die Weltmeisterschaft im Wändeweißen gewonnen.«

Noah und ich nicken uns zu.

»Geht schon mal vor in die Küche. Dort ist Kaffee und Mineralwasser. Wir kommen gleich«, sagt Fiona, zieht mich in ihr Zimmer, schließt die Tür und lässt sich schnaufend dagegenfallen. »Sie wohnen zusammen? Wusstest du das?«

»Nein, keine Ahnung!«

Fiona sieht mich alarmiert an. »Unsere Mission ist gefährdet. Am Ende ist Noah in Leo verliebt!«

»Oder die beiden sind zusammen?«, sage ich scherzhaft.

Fiona schubst mich. »Unsinn! Wenn ich eins weiß …«

Sie lässt sich auf ihr Bett plumpsen. Dr. Mau schreckt aus dem Schlaf auf und maunzt. Ich setze mich neben Fiona.

»Wir fragen einfach«, schlage ich vor.

»Ach ja? *Hey, hör mal, Noah, bist du in Leo verliebt oder in Julian?* So etwa?«

»Nein, geschickter natürlich. Julian hat mich ja beauftragt, aber ... kannst du nicht fragen?«

»Noah?«

»Oder Leo?«

Fiona seufzt. »Okay.«

Wir gehen zurück in die Küche. Noah und Leo sitzen am Tisch und trinken Mineralwasser und albern herum. Ich habe den Eindruck, sie kennen sich wirklich sehr gut.

»Warum habt ihr nicht erzählt, dass ihr zusammenwohnt?«, fragt Fiona und lehnt sich an die Küchenzeile.

Leo schaut überrascht auf. »Ihr habt nicht gefragt, oder?«

»Kennt ihr euch schon länger?«, fragt sie, und ich finde, es klingt verdammt nach einem Verhör.

»Wir haben uns nur gewundert«, schwäche ich die Frage ab.

»Wir sind zusammen zur Schule gegangen«, sagt Noah. »Und als ich jetzt zurück nach Berlin gekommen bin, hat Leo mir ein Zimmer angeboten.«

»Na ja, eher die Couch im Wohnzimmer.«

Noah grinst. »Stimmt. Aber man schläft gut darauf.«

Ich sehe von Noah zu Leo und frage mich, ob das nun gute oder schlechte Nachrichten für Julian sind.

Kurz darauf stehen wir alle in Ruths altem Zimmer, das ich irgendwie noch nicht mein Zimmer nennen kann, solange diese gelbe Farbe an der Wand ist. Leo öffnet den Farbeimer, während Noah die Farbrollen zusammensteckt und Abdeckfolie auspackt.

»Willst du die Farbe nicht ein wenig abtönen?«, fragt

mich Noah. »Reines Weiß sieht immer etwas steril und kalt aus.«

Fiona, die ihr Zimmer ganz weiß gestrichen hat, runzelt die Stirn. Ich nehme an, sie sammelt Indizien für die große Frage: Darf ein Junge etwas von Wandfarbtönen verstehen und hetero sein?

Leo zeigt auf die gelbe Wand. »Habt ihr noch was von dieser Farbe?«

»Im Keller«, sagt Fiona und macht sich auf den Weg. Ich folge ihr und bleibe dann in der Tür stehen, denn zu zweit brauchen wir wirklich nicht loszuziehen. Fliehe ich etwa vor Noah?

»Das wird also dein neues Zimmer«, sagt er und lächelt.

Er trägt eine Jeans und ein T-Shirt, auf denen schon Farbspritzer sind. Ich habe nicht daran gedacht, mir Sachen zum Renovieren mitzunehmen.

Leo beginnt Folie auf den Boden zu legen. Ich bleibe in der Tür stehen. Noah kommt zu mir.

»Ist was? Stört es dich, dass ich Leo mitgebracht habe?«, fragt er leise.

Ich schüttele den Kopf.

»Wollte Julian nicht auch noch kommen?«

»Nein, er hat keine Zeit.«

»Schade«, sagt Noah knapp und schaut mich fragend an. »Du siehst ... irgendwie traurig aus.«

Als er das sagt, schießen mir fast Tränen in die Augen. Hier in Ruths Zimmer mit Noah weiß ich genau, was ich will. So genau, dass es wehtut. Ich will hier einziehen, hier wohnen. Und ich will mich leidenschaftlich in Noah verlieben. Wenn ich nicht schon verliebt bin.

»Sorry, ich wollte nicht …«, sagt Noah.

»Emmy, kannst du mir mal Wasser holen? Dann können wir die Farbe verdünnen und einen Voranstrich machen. Würde ich empfehlen«, sagt Leo, der mit dem Rücken zu uns auf dem Boden hockt und Folie verklebt.

»Ich komme mit«, sagt Noah und folgt mir in die Küche, wo ich unsicher herumstehe, da ich nicht weiß, wo Fiona ihre Eimer hat. Ich bücke mich und schaue unter der Spüle nach und entdecke nur eine wilde Ansammlung von Putzmitteln. Als ich schnell hochkomme, wird mir schwarz vor den Augen, was mir öfter passiert, seit meine Eltern sich getrennt haben. Ich taumele, und Noah hält mich.

»Hey …«

Er sagt es ganz sanft und liebevoll, und ich muss mich zurückhalten, ihn nicht zu umarmen. *Was ist nur los mit mir?* Ich lasse mich auf die Holzbank fallen, und Noah setzt sich dazu.

»Wirklich alles in Ordnung?«

»Worum geht's?«, fragt Fiona und stellt ein altes Apfelmusglas mit senfgelber Farbe vor Noah auf den Tisch.

»Mir ist gerade schwindelig geworden.«

»Schwanger?«, sagt Fiona und grinst. Typischer Fiona-Humor.

Noah blinzelt irritiert.

»Wo habt ihr einen Eimer?«, frage ich Fiona.

»So schlimm?«

Sehr witzig, Fiona.

»Nein, nur für das Wasser. Leo will die Farbe verdünnen.«

Fiona holt einen Eimer aus dem Bad.

Noah und ich stehen nebeneinander an der Spüle. Ich fülle den einen Eimer mit Wasser auf, er wartet. Er steht so nah, dass ich ihn atmen höre und sein Haarshampoo rieche. Zu nah.

Wir gehen zu Leo zurück, der gerade etwas von der gelben Farbe in den großen Farbeimer kippt und umrührt.

»Sieht immer noch weiß aus«, sagt Fiona kritisch.

Etwas Gelb verändert die Grundfarbe Weiß kaum, viel macht sie hellgelb und noch mehr kann sie dunkelgelb machen. Meine Gedanken schweifen ab. Ich frage mich, was dazu führt, dass man sich verliebt. Wie groß der Anteil an Sympathie für jemanden sein muss, damit es zu Verliebtheit oder sogar Liebe führt. Und woran es liegt, dass man sich als Junge in einen Jungen statt in ein Mädchen verliebt.

»Was ist, wenn du zu viel Gelb dazutust?«, frage ich Leo.

»Dann muss ich noch etwas weiße Farbe nachkaufen. Aber ich habe das im Griff.«

Er zeigt auf die Farbe im Eimer. »Und? Wie gefällt sie dir jetzt?«

Das grelle Weiß wirkt milder, aber ich würde es immer noch als Weiß bezeichnen. Leo hält die Farbreste, die am Deckel hängen, gegen die neue Farbe. Jetzt sieht man den Unterschied.

»Beim Trocknen verändert sich die Farbe noch mal. Aber wenn es dir noch zu hell ist, können wir die zweite Schicht dunkler machen.«

»Wow, du hast ja echt Ahnung«, sagt Fiona.

»Er macht das als Job«, sagt Noah.

Leo grinst. »Wir beide.«

»Zusammen?«, fragt Fiona überflüssigerweise.

»Leo hauptsächlich mit einem Kumpel, aber früher war ich auch mal dabei.«

»Wir brauchen noch eine Leiter«, sagt Leo. »Und ... wollt ihr in *den* Sachen streichen?«

Fiona und ich sehen uns an. Ich trage meine Jeans und ein T-Shirt, Fiona ein Sommerkleid.

Wir gehen in Fionas Zimmer und ziehen uns zwei alte Männerhemden über, die Fiona in ihrem Schrank findet. Sie wirft mir kurze Jeansshorts zu.

»Die kannst du haben, ist mir zu klein.«

Ich ziehe mich um. Sie nimmt ihren Sounddock und ihren iPod, und wir gehen zurück zu den Jungs.

Ich bemerke, wie Noah schnell meine Beine taxiert und dann höflich wegsieht.

»Welche Musik?«, sagt Fiona.

»*Woodkid!*«, sage ich spontan, und Noah sieht kurz auf.

Ich gehe zu ihm und hole mir einen Pinsel.

»Ich bin bereit.«

Nach zwei Stunden sind wir erschöpft und verschwitzt, aber der erste Anstrich ist geschafft.

Leo legt die Farbrollen zusammen auf ein Stück Folie.

»Und du machst das echt öfter?«, fragt Fiona.

»Na ja, irgendwie muss ich mein Studium finanzieren.«

Noah sitzt auf dem Boden und trinkt aus einer Mineralwasserflasche. Mir fällt auf, wie still er ist. Auch beim Arbeiten war es schon so. Leo hat ständig Witze gerissen, aber Noah war ruhig und zurückhaltend. Trotzdem spüre ich, dass er meine Stimmung genau mitbekommt und mich unauffällig beobachtet.

»Wir sollten die Rollen ausspülen«, sagt Leo.

»Das können wir in der Badewanne machen«, schlägt Fiona vor, und beide gehen ins Badezimmer. Noah und ich sind allein.

»Du suchst auch ein Zimmer, oder?«, sage ich.

Noah sieht überrascht auf. »Ja, vielleicht. Ich weiß noch nicht genau, ob ich wieder zurück nach Hamburg gehe oder ins Ausland oder ... hierbleibe.«

Mein Hals ist auf einmal wie ausgedörrt. Ich sehe mich nach meiner Mineralwasserflasche um, und Noah reicht mir seine. Ich trinke und denke daran, dass seine Lippen gerade noch die Flasche berührt haben, dass ich ihn küssen möchte.

»Ausland? Wohin denn?«

»Vielleicht London. Da wollte ich immer schon mal länger hin.«

»Ja, London ist toll.«

Noah steht auf. Er vergräbt die Hände in den Taschen seiner Jeans und zieht die Schultern leicht hoch. Trotzdem wirkt er nicht unsicher, nur so, als ob er sich schützen will.

»Emmy?«

»Ja?«

»Hast du Lust, mit mir in *Ironman 3* zu gehen?«

Ich verschlucke mich fast am Mineralwasser. »Ach, ist der schon draußen?«

Gelassen bleiben, Emmy!

»Ja, seit Anfang Mai.«

»Gerne. Wann denn?«

Noah zuckt leicht mit den Schultern. »Nächste Woche? Dienstag?«

Ich nicke. Mein Herz schlägt bis zum Hals. Ich weiß es. Ich wusste es die ganze Zeit. Da ist etwas.

Wir hören Fiona im Bad kichern und Leo lachen.

»Ich hole noch Wasser«, schlage ich vor, denn ich habe die Mineralwasserflasche ganz ausgetrunken. Auf dem Weg zur Küche versuche ich mich zu beruhigen. Okay, das wird ein Date. *Mit Noah.* Dates mit Jungen machen mich nicht nervös, ich bin schließlich nicht mehr fünfzehn. Doch ein Date mit Noah macht mich nervös.

Fiona kommt in die Küche. Sie ist nass und lacht, das Hemd klebt ihr am Körper. Noah steht auf und lässt uns allein. Sie kommt auf mich zu, umarmt mich und zieht mich leicht an sich.

»Ich habe gefragt«, flüstert sie in mein Ohr und strahlt.

»Was?«

Sie rollt mit den Augen. Ihr Mund ist fast in meinem Ohr. »Ob Noah schwul ist.«

»Und?«, frage ich, obwohl ich die Antwort schon kenne, andernfalls würde Fiona nicht so grinsen.

Sie lässt mich los und dreht sich. »Nope!«

Irgendwo zwischen Herz und Magen beginnt es aufgeregt zu kribbeln. Ich muss lächeln vor Erleichterung und Glück. Dann fällt mir Julian ein. »Was sagen wir Julian?«

Fiona wird ernst. »Die Wahrheit.«

Ja, natürlich. Ich meinte wohl eher, *wie* wir es ihm sagen.

»Er ahnt es doch schon, oder?«, sagt Fiona.

»Na ja, aber ...«

Sie nickt. »Verstehe. Du meinst: Er könnte sauer sein, wenn du jetzt ... mit Noah und so?«

Ich ziehe die Schultern hoch, das alles ist mir unangenehm.

»Na, dann warte halt ab, ob sich was entwickelt. Ganz langsam.«

»Er hat mich ins Kino eingeladen.«

»Oh«, sagt Fiona und runzelt die Stirn. »Wann?«

»Dienstag.«

»Okay, wir reden am Montagabend mit Julian. DVD-Abend, da klären wir das dann. Und bis Dienstag bist du eben zurückhaltend. Ich meine, du bist ja eh nicht der Typ, der sich in etwas reinstürzen würde.«

Wie Fiona ...

»Ja, stimmt.«

Sie nickt. »Okay, alles klar, Montagabend. Wir beide.« Sie lächelt, wie nur Fiona lächeln kann. »Und, Em: Dann ist der Weg frei.«

Leo und Noah kommen in die Küche. Leo ist genauso nass wie Fiona und hat jetzt auch ein Funkeln in den Augen. Er geht auf Fiona zu, die beiden küssen sich, und wenn Noah und ich nicht neben ihnen ständen, würden sie vermutlich noch weiter gehen.

»Stören wir irgendwie?«, sagt Noah und grinst.

Fiona taucht aus Leos Halsmulde auf, schnappt nach Luft. »Sorry!« Aber sie sieht nicht so aus, als würde sie irgendetwas bereuen.

DREIZEHN

Ich liebe die Prenzlauer Allee und ihre kleinen Nebenstraßen, überhaupt die ganze Gegend mit den Cafés, Restaurants, Bars und den speziellen Fast-Food-Läden.

Wir verlassen das Haus, und der Gehweg ist eine heiße Herdplatte. Ich habe Fionas Shorts angelassen und trage meine Boots dazu. Es sind Lederstiefel, aber es ist angenehm, sie im Sommer zu tragen.

»Cowgirl«, sagt Fiona und grinst.

Sie trägt ein dünnes buntes Sommerkleid, das ich noch nie an ihr gesehen habe.

»Ist das neu?«

»Ja, von meiner Mama. Von *wertvoll*. Fairtrade.«

»Typisch deine Mutter.«

»Verstehst du irgendwas?«, sagt Leo zu Noah.

Er grinst. »Schönes Kleid!«

Und es steht Fiona hervorragend, was nicht unbedingt zu erwarten ist, wenn ihre Mutter ihr ein ökologisch vertretbares Kleid aussucht.

»Du siehst umwerfend aus«, sage ich zu Fiona und lege einen Arm um sie. Sie lehnt ihren Kopf an meine Schulter.

»Danke, Schatz.«

Leo schaut kurz zu uns. »Ihr seid ein schönes Paar.«

Fionas Kopf schnellt von meiner Schulter, und ich muss lachen. Und kann gar nicht mehr aufhören. Fiona knufft mich in die Seite, es regt sie immer fürchterlich auf, wenn ich etwas nicht ernst nehme, was ihr extrem wichtig ist.

Könnte Leo uns für lesbisch halten? Aber das ist es nicht, ich bin einfach nur glücklich. Ich renne vor ihr weg, und sie jagt mich. Bei der Hitze keine gute Idee. Sie holt mich ein, schlingt ihre Arme um mich.

»Das klärst du jetzt aber«, zischt sie mir zu, und ich muss noch mehr lachen.

Wir gehen in die Marienburger Straße und haben Glück. Vor dem *Café CK* wird gerade ein Tisch frei, oder besser gesagt der einzige Tisch, der vor dem Café steht und auch nur so breit wie die Frontseite des kleinen Ladens ist. Wir setzen uns.

»Ihr müsst hier Espresso bestellen«, sagt Fiona.

Der Espresso wird im *Café CK* in Gläsern serviert und auf eine kleine schwarze Serviette gestellt. Hier ist Kaffee Kunst.

»Okay«, sagt Leo.

Ich bestelle vier Espresso im Laden, und als ich wieder nach draußen komme, reden Leo und Fiona über das Rudern.

»Du machst das also schon lange?«, fragt Fiona Leo.

»Ich habe mit acht angefangen im Ruderclub. Mit Noah.«

»Ihr rudert beide?«, sagt Fiona und wirft einen schnellen Blick auf Noahs Oberarme. »Stimmt. Sieht man.«

»Aber dann ist Noah ja zu den Seglern übergetreten. Der Verräter!«

Die Bedienung stellt die vier Kaffeegläser auf den Tisch. Ich beobachte Noah. Es ist seltsam mit seinen Augen, manchmal sind sie dunkelblau, dann leuchten sie wieder hell. Jetzt wirken sie fast grünlich.

»Auf euch! Danke für eure Hilfe beim Renovieren.«

Wir stoßen an und nippen an unseren Gläsern. Espresso de luxe, er ist bitter auf der Zunge. Mein Herzschlag beschleunigt sich, als ob das Koffein direkt in mein Blut ginge. Ich schlängele mich unter dem Tisch aus meinen Boots und stelle meine nackten Füße auf den Asphalt, der unter dem Tisch angenehm kühl ist. Ich liebe den Sommer.

»Und was unterscheidet die Ruderer von den Seglern?«, fragt Fiona.

»Weiße Turnschuhe, weiße Hosen, weiße Polohemden, teure Uhren, arrogantes Auftreten ...«, sagt Leo und grinst.

»Hey, hey«, protestiert Noah. »Das sind die anderen.«

»Die anderen?«, fragt Fiona.

Die anderen. Johannes und seine Familie sind die anderen. Für sie gehört Segeln zum Lifestyle, und ihr Boot, eine mittelgroße Jacht, ist ein Statussymbol. Aber es gibt auch die Typen in den abgerissenen Jeansshorts, die leichte Boote fahren und für die Segeln ein Sport ist. Es ist absolut klar, dass Noah zu der zweiten Gruppe gehört.

Fiona sieht zu Noah. »Wieso hast du denn mit Rudern aufgehört?«

»Die haben ihn abgeworben.«

Leo schlägt Noah anerkennend auf die Schulter. »Weil er ein Naturtalent ist.« Er grinst. »Und natürlich, weil er zu faul war, das Krafttraining fürs Rudern zu machen. Dann doch lieber Katamaransegeln und sich ins Trapez hängen.«

»Jetzt versteh ich gar nichts mehr«, sagt Fiona.

Ich schon. Und ich sehe ein Bild. Ich habe die Sportsegler oft mit Johannes von der Jacht aus beobachtet. Wie sie mit ihren kleinen schnellen Booten über den See geflitzt sind. Und ich habe sie beneidet. Mit einem kleinen Boot unterwegs zu sein, hat mich ans Motorradfahren erinnert. Die Geschwindigkeit. Und dass man sich mit dem Boot genauso in die Schräglage legen kann wie mit dem Motorrad. Fast das Wasser berührt, wenn man sich hinauslehnt.

»Also, Emmy segelt auch«, sagt Fiona.

»Wir können ja alle mal zusammen segeln«, schlägt Noah vor.

Fiona stößt mich an.

»Klar, das hört sich gut an.«

»Okay, beschlossen«, sagt Leo. »Und wann wollen wir den zweiten Anstrich machen?«

»Jetzt gleich«, sagt Noah. »Dann ist das Zimmer morgen fertig.«

Wir stehen auf. »Ich muss nur vorher was essen, ich sterbe gerade vor Hunger.«

Fiona grinst. »Typisch Em.«

Wir beschließen, zwei Hausnummern weiter zum *Marienburger*, einem Burger-Imbiss, zu gehen und uns etwas zu bestellen. Es ist ein absoluter In-Treffpunkt und meistens überfüllt, aber bei der Hitze stehen alle draußen.

Noah und ich gehen rein und stellen uns an die hohe Theke.

»Was holen wir Leo? Der isst doch kein Fleisch, oder?«

»Veggieburger?«

Wir sehen uns an und grinsen. »Klingt schrecklich, oder?«

Ich finde, Veggie und Burger gehören einfach nicht in ein Wort.

»Isst du auch kein Fleisch?«, frage ich.

»Doch«, sagt Noah und sieht mich fragend an. »Ich warte.«

»Worauf?«

»Auf den Vortrag über Tierhaltung und die Seele der Tiere und Antibiotika im Schweinefleisch und alles, was man sonst noch gegen Tiere-Essen sagen kann?«

Ich zucke mit den Schultern. »Sorry, ich mag Fleisch. Aber stimmt schon, das mit der Tierhaltung ist mies.«

»Wir haben Biofleisch«, sagt der Typ hinter der Theke. »Von biologisch einwandfrei gehaltenen Tieren. Freiland und so.«

»Sind sie auch einen Bio-Tod gestorben?«, fragt Noah todernst.

Der Typ beugt sich über den Tresen. »Hey, Alter, wir bemühen uns!«

»Vier Veggieburger«, sagt Noah und grinst, als ich ihn überrascht ansehe.

Wir essen die Burger auf dem Rückweg zu Fionas Wohnung. Veggie schmeckt gar nicht mal schlecht, und ich nehme an, in echten Burgern ist auch nicht mehr Fleisch.

»Hey, heute Abend ist eine Party bei meiner Nachbar-WG«, sagt Leo, als wir nach oben gehen. »Was haltet ihr davon, wenn wir nach dem Renovieren hingehen?«

Fiona nickt begeistert. »Ihr kommt mit, oder?«

Noah und ich wechseln einen kurzen Blick. Wir wissen beide, was das bedeutet. Tanzen, Alkohol, Kontrollverlust.

»Ich weiß nicht ...«, sage ich, da mir Julian einfällt. Es wäre fairer, vorher mit ihm zu reden.

»Komm mit«, sagt Noah.

Fiona umarmt mich und flüstert nah an meinem Ohr. »Lass mich nicht allein.«

Vor der Wohnungstür drückt sie mir einen Schlüssel in die Hand.

»Das ist jetzt deiner. Mach auf!«

Ich schließe die Wohnungstür auf.

»*Yeah!*«, ruft Fiona, und alle klatschen. Es ist eigentlich nur eine kleine Sache, aber sie fühlt sich riesengroß an. *Ich werde ausziehen und hier wohnen!* Einfach gigantisch.

Fiona und ich ziehen unsere Hemden über, und ich kicke die Boots unter die Garderobe. Auf meinen braun gebrannten Beinen und den Unterarmen sind Farbspritzer. Ich versuche, sie abzuwischen, aber sie sind längst eingetrocknet.

»Die bekommst du leicht mit Wasser ab«, sagt Noah und bleibt neben mir stehen. Er schaut auf meine nackten Beine, die Luft zwischen uns brennt.

»Hey, Leute, wir wollen heute fertig werden, könnt ihr euch das für später aufheben«, sagt Leo und zieht Noah mit sich. Ich hatte keine Ahnung, dass es schon so offensichtlich ist.

»Was für Musik?«, ruft Fiona.

Noah holt sein iPhone aus der Tasche. »Darf ich?«

Ich bin gespannt, was für Musik er auswählen wird. Ich erwarte Rockmusik, doch dann es ist ein heller Hip-Hop-Sound, Gitarrenriffs, elektronische Klänge, Trompeten, ein Bigband-Sound, klassische Samples.

»Was ist das?«, frage ich.

»*Gramatik*«, sagt Noah.

Fiona sieht mich fragend an. Stimmt. Ich kenne mich

ziemlich gut mit Musik aus, schon durch meinen Vater, der ständig Musik mit nach Hause gebracht hat, aber von dieser Gruppe habe ich noch nie gehört.

»Ein DJ und Musikproduzent«, sagt Noah. *»Nu Jazz.«*

»Noah wieder mit seinem exotischen Musikgeschmack«, sagt Leo. »Wie wär's mit Musik zum Anstreichen?«

»Und was soll das sein?«, fragt Fiona und umarmt Leo von hinten, der vor dem Farbeimer sitzt und die Farbe aufrührt.

»Keine Ahnung, etwas Flüssiges ... *Bruno Mars* oder *Katy Perry* oder *Lady Gaga.*«

»Ist das etwa dein Geschmack?«, sagt Fiona gespielt entsetzt und küsst ihn in den Nacken.

»Ich sage nur, dass wir dann heute noch fertig werden.«

Noah geht zu seinem iPhone und wählt einen ruhigen, melancholischen Song von *Pearl Jam* aus.

»Auch nicht besser«, sagt Fiona, aber Leo ignoriert ihre Bemerkung. Noah und Leo wechseln einen schnellen Blick, den ich nicht deuten kann. Der Song hat eine Bedeutung oder gehört zu einem Verständigungscode von Noah und Leo. Nur verstehe ich den Code nicht.

»Wir können loslegen, es wäre dann angerichtet«, sagt Leo und malt Fiona sanft einen Farbstreifen auf ihren nackten Oberschenkel. Sie gluckst und küsst ihn. Noah und ich haben beschlossen, ihr Vorspiel einfach zu ignorieren.

Der zweite Anstrich dauert deutlich länger als der erste. Vielleicht, weil wir müder sind, oder auch, weil Leos Arbeitsmoral ständig von Fiona untergraben wird. Sie hat mittlerweile am ganzen Körper weiße Farbstreifen. Noah und ich arbeiten ruhig nebeneinander mit den Farbrollen und tun so, als ob das schon seit Urzeiten unser Job ist. Na klar, seit Hunderten von Jahren streichen wir Wände an und nehmen uns schon fast nicht mehr wahr. Dabei ist es genau das Gegenteil. Wenn Noah über eine Stelle der Wand rollt, die ich gerade gestrichen habe, dann habe ich das Gefühl, er berührt mich, wenn er sich bückt, um seine Rolle in den Farbeimer zu tunken, folge ich ihm ganz automatisch. Ich spüre seine Blicke auf meinen nackten Armen, den Beinen, meinem ganzen Körper. Ich weiß nicht, ob es an der Hitze liegt oder weil der Raum aufgeladen ist von den Küssen und Berührungen von Leo und Fiona. Wir spüren uns.

Obwohl ich mich bemüht habe, sauber zu arbeiten, liegt die weiße Farbe nach dem Arbeiten wie ein feiner Schleier auf meinen Armen und Haaren.

»Duschen!«, verkündet Fiona.

Während Leo und Fiona zusammen duschen, sitzen Noah und ich in der Küche, trinken Kaffee, hören das Lachen und Kreischen von Fiona und Leo aus dem Bad und versuchen, uns gleichzeitig normal zu unterhalten.

»Wann willst du denn einziehen?«, fragt Noah.

»So schnell wie möglich.«

»Morgen ist die Farbe trocken ...«

»Ich muss mir ein Auto leihen«, überlege ich. »Und eigentlich brauche ich auch jemanden, der fährt.«

Noah hält die Hände hoch und grinst. »Ich bin dabei.«

Fiona kommt in ein Badetuch gewickelt aus dem Bad, tippelt über den Flur und winkt uns zu. »Ihr könnt jetzt.«

»Ladies first«, sagt Noah und bleibt sitzen, während ich ins Bad gehe und froh bin, dass die Frage sofort geklärt ist.

Es ist neun Uhr, als wir uns auf den Weg nach Mitte zur Party machen. Wir fahren mit Leos altem Polo, der halb verrostet und mit Graffiti besprayt ist. »Hat ein Kumpel von mir gemacht«, erzählt er.

»Hey, das ist ein Kunstwerk, den kannst du verkaufen!«, sagt Fiona und läuft staunend um das Auto.

Leo öffnet alle Wagentüren und lässt sie offen stehen.

»Hat er Klimaanlage?«, fragt Fiona, die gerade begreift, dass dieser Wagen zwar außen cool, aber innen brütend heiß ist.

»Keine Klimaanlage, aber einen Namen«, sagt Leo. »Das ist Pola.«

»Es ist eine Sie?«

»Bist du eifersüchtig?«

Fiona streckt Leo die Zunge heraus. »Auf ein Auto? Entschuldige mal!«

Leo setzt sich ans Steuer, Fiona nach vorne, und Noah und ich treffen uns auf dem Rücksitz.

Leo lehnt sich nach hinten. »Und schön brav dahinten. Süßigkeiten gibt es erst, wenn wir auf der Autobahn sind, und wer quengelt, muss laufen.«

»Klar, Papa«, sagt Noah und grinst. »Fahr lieber los, bevor wir verkochen.«

Wir fahren alle Fenster runter und hängen uns nach draußen. Sogar der Fahrtwind ist warm, aber es ist nicht weit, nur die Prenzlauer Allee runter und die Torstraße rauf nach Mitte. Leo biegt in die Ackerstraße ab und hält vor einem Mietshaus. Aus dem Hauseingang kommen zwei Punks, und zwei Mädchen, die ich von der Uni kenne, schließen gerade ihre Räder vor dem Haus an. Wir steigen aus. Aus einem der oberen Stockwerke dröhnt laute Musik aus den offen stehenden Fenstern.

»Hoffentlich dreht er die um zehn runter, sonst kommen wieder die Bullen«, murmelt Leo und lächelt uns dann charmant zu.

»Willkommen in unserem Haus!«

VIERZEHN

»Ey, Leo, hast du noch Bier drüben?«

Ein Typ in einem weißen Trägerhemd mit tätowierten Armen und gepiercten Schläfen kommt uns im Treppenhaus entgegen, begrüßt uns mit einem Kopfnicken und schnappt sich dann Leo.

»Digger, uns ist das Bier ausgegangen.«

»Wie immer«, sagt Leo trocken und geht mit dem Typen in seine Wohnung, während wir uns gegenüber ins Partygetümmel werfen. Die Wohnung hat etwa fünf Zimmer, und alle stehen offen. Ich rieche den süßen Geruch von Hanf. Die Musik ist Metalcore, ich glaube, *Parkway Drive*, eine Band, für die mein Vater Auftritte in Deutschland mit organisiert hat und die ich daher ziemlich gut im Ohr habe. Okay, das ist nicht unbedingt Musik zum Tanzen oder um sich in romantischen Gedanken zu verlieren. Heißt nicht einer ihrer Songs *Romance Is Dead*? Ich bin ein wenig enttäuscht und dann erleichtert. Immerhin komme ich so an dem Abend nicht mehr in Konflikte mit meiner Freundschaft zu Julian.

»Was ist das denn?«, schreit Fiona, reißt die Arme hoch und starrt erst mich und dann Noah an. Sie erwartet keine Erklärung, sie hat nur auch mit etwas anderem gerechnet.

»*Parkway Drive* ...«, brülle ich zurück, und Noah sieht mich überrascht an.

Wir schieben uns weiter in die Wohnung. Noah geht vor uns und wird von zwei Mädchen beiseitegerissen, die ihn gleich in Beschlag nehmen und offenbar kennen. Okay, auch besser so. Ich werde jetzt keine vollkommen überflüssige Eifersucht entwickeln. Wir drängeln uns weiter. Ein bestimmt eins neunzig großer Transvestit mit blauer Perücke und einem langen, seitlich geschlitzten Kleid schlängelt sich an uns vorbei, zwei Typen mit Nasenringen und tätowierten Gesichtern stehen in einem Türrahmen und kippen synchron Bier.

Fiona und ich sehen uns an und lachen im gleichen Moment los. *Was ist das für eine verrückte Party?*

»Hey, Fiona!«

Ein großer, blonder Typ kommt uns entgegen. Auch das noch, einer von Fionas One-Night-Stands. Er zieht sie an sich, als ob das bei ihr einfach so ginge. Fiona schiebt ihn energisch zurück. Wir retten uns in die Küche, sie ist trübe beleuchtet. Hier ist niemand, und man kann sogar reden, ohne sich anzuschreien. Fiona lässt sich auf einen Stuhl an einem Stahltisch fallen, der verdächtig nach einem OP-Tisch aussieht.

»Wer war das noch mal?«, frage ich.

»OMG, ich hoffe, ich treffe ihn nie wieder!«

»Tja, einmal falsch gesetzte Signale sind sehr schwer wieder rückgängig zu machen.«

»Lernt ihr das in Psychologie?«

Ich grinse. »Nein, das lehrt ganz einfach das Leben.«

Fiona seufzt. »Die werden mich alle noch nach meinem Tod verfolgen.«

»Mein Reden.« Ich setze mich, mir ist schwindelig, und ich habe schon wieder Hunger. Andererseits habe ich seit dem Burger nichts mehr gegessen.

»Wir können die anderen suchen und dann irgendwo was essen gehen«, schlage ich vor.

»Hey, Raupe Nimmersatt, hast du irgendwann mal genug?« Sie springt auf und öffnet den Kühlschrank. »Oder wir essen hier.« Sie starrt in das weiß erleuchtete Rechteck des Kühlschranks. Da ist nicht viel. Fiona greift hinein und hält mir eine kleine weiße Plastikflasche entgegen.

»Kann man das essen?«, frage ich.

Fiona liest die Aufschrift. »Octenisept Spray?«

»Können ja nicht alle halbe Schweine im Kühlschrank haben.«

»Damit desinfiziert man Wunden.«

»Ja und?«

Erst jetzt scheint sie den Küchentisch richtig wahrzunehmen.

»Em, wo sind wir hier hingeraten?«

»Tja, vielleicht in eine andere Mediziner-WG?«

»Ich geh besser mal Leo suchen.«

»Geh nur. Lass deine beste Freundin hier ruhig sitzen.«

Sie grinst. »Bin ja gleich zurück.«

Ich habe keine Lust, mich noch mal durch die Wohnung zu drängen, schon gar nicht, wenn Noah gerade von irgendwelchen Mädchen belagert wird. Ich sehe mich um. Diese Küche ist wirklich seltsam. Überall stehen Geschirr und Gläser herum, als hätte es hier irgendwann mal etwas zu essen und zu trinken gegeben. Nun ist davon allerdings nichts mehr übrig. Die Küchenzeile ist einfach, aber nicht gerade billig, überall Stahl und Chrom. Am Edelstahlkühlschrank hängen Fotos. Bilder von Leuten mit Tattoos, zum Teil direkt nach dem Stechen.

»Hey!« Leo kommt in die Küche.

»Ah, der Vermisste.«

Er sieht sich um, obwohl die Küche nicht groß ist. »Wo ist ... sind die anderen?«

»Keine Ahnung. Fiona wollte dich suchen, Noah hat Bekannte getroffen. Wolltest du nicht Bier holen?«

»Ach, das ist mir schon auf dem Weg hierher abhandengekommen.« Leo setzt sich an den Tisch. Auf einmal ist er ernst. »Emmy, kann ich dich mal was fragen?«

»Klar.« Ich setze mich ihm gegenüber.

»Also, Fiona ... sie hat nicht gerade den besten Ruf.«

Ich richte mich auf, verenge meine Augen. Es sind Schießscharten, durch die ich jeden mit Blicken töte, der etwas gegen meine beste Freundin sagt.

Leo wehrt sofort ab. »Ich sage nur, was geredet wird.«

»Es wird eine Menge Mist geredet.«

»Ja, stimmt«, gibt Leo zu und fährt sich stöhnend übers Gesicht.

»Was?«

»Ich mag sie. Wirklich! Aber offen gestanden, will ich nicht eines ihrer Opfer werden.«

Ich bin immer noch sauer. »Dann geh auf Abstand.«

Er grinst schief. »Das habe ich versucht.«

Ich kann ihm keinen Rat geben. Ich hätte auch für die Treue meines Vaters die Hand ins Feuer gelegt. *Die Hand ins Feuer legen* ... schon wieder so eine merkwürdige Redensart.

»Ach, hier seid ihr!«

Noah. Er ist verschwitzt, er glüht, das Haar klebt ihm im Gesicht, aber er sieht gut aus. Viel entspannter und besser gelaunt. Vielleicht liegt das ja an den Mädchen. Er geht zum Kühlschrank, reißt ihn auf und starrt in die Leere.

»Alaska. Den haben wir schon erforscht«, sage ich und halte die Flasche Desinfektionsspray hoch. »Das kann man vielleicht inhalieren, aber sonst sieht es schlecht aus.«

Noah grinst und reicht mir seine Hand über den Tisch. »Willst du tanzen, Emmy?«

Mein Herz stolpert aufgeregt los, aber ich bleibe sicherheitshalber sitzen. Ist Noah betrunken?

»Tanzen? Zu Metalcore?«

Noah nickt. »Ich sage Matti, er soll was anderes spielen.«

»Lass mal«, sagt Leo, steht auf, geht fürsorglich auf Noah zu und legt ihm den Arm um die Schulter. »War ein langer Tag.«

Er nickt mir zu. »Kannst du bitte Kaffee machen?«

»Okay.«

Verstehe, Noah muss nüchtern werden. Ich schau mich um und entdecke eine kleine *Nespresso*-Maschine.

»Cups sind im Schrank«, sagt Leo, geht mit Noah zum Tisch und sorgt dafür, dass er sich setzt.

Ich öffne den Schrank, in dem es erstaunlich aufgeräumt aussieht, und entdecke zwischen Mehl und Zucker die kleinen Kaffeecups.

Ich habe diese Art von Kaffeemaschine noch nie bedient und vernichte einen Cup, der irgendwo im Inneren der Maschine verschwindet. *Damn!*

»Wie funktioniert denn das hier?«

Leo kommt und hilft mir.

»Was?«, frage ich leise und meine damit alles. Was habe

ich falsch gemacht? Wie funktioniert diese verdammte Maschine? Was ist mit Noah? Was ist überhaupt los?

Leo nickt abwesend, verstehe, jetzt ist nicht der richtige Zeitpunkt. Der Espresso tröpfelt in ein kleines Schnapsglas, das erste Gefäß, das ich auf die Schnelle gefunden habe. Leo zieht das Glas sofort weg, als es voll ist, und knallt es vor Noah auf den Tisch.

»Hier! Trink.«

Noah sitzt am Tisch, beide Hände in seinen Haaren vergraben, und starrt auf die Stahlplatte des Küchentischs. Leo schiebt das Glas noch etwas näher. Noah seufzt wie ein Kind, das eine bittere Medizin zu sich nehmen muss, und trinkt.

Ich fülle Wasser nach und mache einen zweiten Espresso. Ich brauche auch einen. *Dringend.*

»Ich mach mich auf und suche Fiona ...«, sagt Leo, und mit einem kurzen Blick auf Noah: »Ist das okay?«

Noah nickt, ich nicke. Ich nehme mir auch ein Schnapsglas mit Espresso und setze mich Noah gegenüber. Wäre das nicht ein brillanter Moment für eine angehende Psychologin, ihre Fähigkeiten als Seelentrösterin und Therapeutin unter Beweis zu stellen?

Wie fühlst du dich?

Stattdessen starre ich auf Noahs feuchte Haare und will meine Hände darin vergraben, seine trockenen Lippen, mit denen er sprechen könnte, aber ich habe nur den Wunsch, sie zu küssen.

»Alles okay?«

Er schließt kurz die Augen, nickt. »Schon besser.«

Ich habe ja noch nicht mal den Mut, richtig zu fragen.

Ich erhebe mich. »Tja, ich werde dann auch mal.«

Noahs Hand schnellt vor und legt sich auf meine.

»Nein, bitte. Bleib!«

Ich setze mich sehr langsam wieder. Wir sehen uns an. Da ist etwas Trauriges in Noahs Blick, aber auch ein Verlangen. Er nickt mir zu, bemüht sich um ein Lächeln.

»Tanzen?«

»Meinst du, das ist eine gute Idee?«

Er sollte erst nüchtern werden.

»Ich bin nicht betrunken.«

Ich werde rot, weil er meine Gedanken erraten hat. Er nimmt meine Hand und steht auf. »Darf ich bitten!«

Hand in Hand dringen wir in den Urwald aus Menschkörpern ein, der umso dichter wird, je näher wir an die Musikanlage kommen. Im größten Zimmer tanzen alle, was mehr oder weniger ein Hopsen auf der Stelle ist. Wir bleiben am Rand. Mein Herz schlägt heftig.

Noah reckt den Kopf und nickt dem langhaarigen, tätowierten Typen aus dem Hausflur zu, wahrscheinlich ist das Matti. Er steht vor einem geöffneten Laptop und ist offenbar der Herrscher der Playlist.

Der Raum ist ein großes Berliner Zimmer, Altbau, Stuck an der Decke, die silbern gestrichen ist, die Wände sind schwarz. *Seriously?* Doch die Wohnung hat Style. Noah bemerkt meine Blicke und lehnt sich zu mir, nah an mein Ohr, er muss trotzdem fast brüllen.

»Matti ist Tätowierer. Er hat ein eigenes Studio.«

Okay, das erklärt die Kücheneinrichtung und einiges andere.

Die Musik wechselt von Hardcore Metal zu Glam Rock. Ein geschickter Übergang. Das Gehopse um uns herum geht in weiche Bewegungen über. Eigentlich könnte man sogar eng tanzen.

»Wollen wir?«, fragt Noah, was ich ihm von den Lippen ablesen muss.

Wir halten uns immer noch an den Händen wie frisch Verliebte und tun so, als ob das ganz normal ist oder wir beide vergessen haben, uns loszulassen. Ich sehe die beiden Mädchen von vorhin, die mir eisige Blicke zuwerfen. Noah bemerkt es auch und zieht mich leicht an sich, legt seine Arme um meine Hüfte, macht es ganz deutlich. Was ist in den letzten Minuten passiert? Wie konnte alles so schnell gehen? Doch nichts fühlt sich falsch daran an. Ich lege meine Arme um seinen Hals, vergrabe mein Gesicht in seinen Haaren, er hält mich, und wir beginnen uns langsam zu bewegen, während das Intro von *Metallicas Nothing Else Matters* beginnt.

Ich hatte das nicht vor, und ich bin wirklich nicht der Typ, der schmachtend an die Brust eines Typen sinkt, ganz im Gegenteil. Es ist auch anders, viel intensiver, keine Show, obwohl ich die Blicke spüre, eher eine Notwendigkeit. Wir müssen uns spüren, wir müssen beide herausfinden, was los ist, was mit uns vorgeht.

»Emmy, was machst du mit mir?«, flüstert Noah.

Ich weiß es nicht. Nur, dass ich es ebenso wenig unter Kontrolle habe wie er. *Die Musik.* Es ist einfach der Song, die Stimmung, der Ort, sage ich mir. Der Gesang setzt ein, Gänsehaut, wir sind in einem Film, in einer düsteren Kulisse, der Soundtrack bläst uns weg.

So close no matter how far.

Ich wusste gar nicht, wie gut der Song ist. Ich sehe auf und direkt in Noahs Augen, er lächelt, wir sind beide wie betrunken. Unsere Blicke hängen aneinander, und mein Mund öffnet sich wie von selbst, während seiner sich meinem nähert.

Couldn't be much more from the heart.

Das ist kein Kuss, wir probieren nur etwas aus, sage ich mir, obwohl ich spüre, wie ich falle, in den Moment und aus der Zeit.

Forever trust in who we are.

Unsere Zungen umspielen sich, unsere Münder suchen sich. Wir tanzen längst nicht mehr, obwohl die Musik uns durchdringt, als wären wir die Instrumente.

And nothing else matters.

Jemand zerrt an meinem Arm. »Emmy!«

Ich tauche aus einem tiefen Gewässer auf. »Was?«

»Die Bullen!«

Jetzt sehe ich es auch, das Geflacker des Blaulichts vor dem Haus, das bis zu den oberen Fenstern hochscheint.

»Weg hier. Sofort!«

Wir drängen uns hinter Fiona her, unterwegs schließt sich Leo an und übernimmt die Führung. Vor der Wohnungstür und auf der Treppe stehen Raucher. Ich höre die schweren Schritte der Einsatztruppe schon hochstampfen. Wir drängen uns bis zur anderen Seite des Flurs, Leo öffnet seine Wohnung, wir poltern hinein, er schließt die Tür und lässt sich erleichtert dagegenfallen. Okay, es ist immer nervig, wenn die Polizei eine Party besucht und Ruhestörung einklagt, aber deswegen gleich abzuhauen?

So what?

»Da waren einige mit harten Drogen unterwegs«, sagt Leo. »Ich will nicht einfahren, wie beim letzten Mal.«

Fiona starrt ihn an. »Echt jetzt?« Sie sieht zu Noah, der mit den Schultern zuckt.

»Ich war nicht dabei.«

Wir hören die tiefer gelegten Stimmen der Polizeikräfte im Hausflur.

»Guten Tag! Wer ist der Mieter hier? Wir müssen Sie bitten, die Lautstärke herunterzudrehen.« Und das Getrappel der Leute im Hausflur, die jetzt schnell verschwinden; vielleicht aus den gleichen Gründen wie wir.

Leo schaut durch den Spion seiner Haustür nach draußen, wir stehen im Flur der Wohnung und sehen ihm zu. Fiona drängt ihn sanft beiseite, sie will auch mal gucken. Noah steht neben mir, angelt nach meiner Hand und verschränkt seine Finger mit meinen. Drüben wird die Musik runtergedreht.

»Sie gehen nicht rein!«, berichtet Fiona von der Tür. Leo steht hinter ihr und schaut abwechselnd mit ihr nach draußen.

»Matti ist sauer!«

Noah führt mich weiter den Flur hinunter, lehnt sich an die Wand, zieht mich an sich.

»Emmy, deine Haut ...«, flüstert er leise und küsst mich auf den Hals, die Schulter.

»Verschwitzt, salzig und voller Farbspritzer.«

Er grinst. »Ich mag deinen Humor.«

Wir küssen uns, und ich vermisse *Metallica*, die Musik, denn auf einmal sind da nur wir. Gefährlich nah. Ich höre, schmecke und spüre Noah, ungefiltert, pur, kein Soundtrack, nur Lust.

»Hey, ihr beiden«, ruft Leo und klapst mir leicht auf den Hintern. »Wohnungsführung!«

Wir lösen uns voneinander und folgen Leo. Fiona umarmt mich und zieht mich etwas zurück.

»Em«, flüstert sie heiß an meinem Ohr, »wenn das Zurückhaltung ist, möchte ich wissen, was passiert, wenn du dich gehen lässt.«

Leos Wohnung ist kleiner als die von Matti gegenüber, zwei Zimmer, Küche, ein winziges Bad. Er führt uns stolz herum, zeigt seinen Schlafraum mit dem breiten Podest und dann den Wohnraum mit Schreibtisch, Computer und der großen Couch, auf der Noah zurzeit kampiert. Dann die kleine, gemütliche Küche mit einem Holztisch und den vier Stühlen.

»Setzt euch, ich koch was. Du hattest doch Hunger, Emmy?«

»Emmy hat immer Hunger«, sagt Fiona und grinst.

Leo öffnet den Kühlschrank. »Also? Was wollt ihr? Und sagt bitte, Spiegeleier oder angebratene Spaghetti, denn etwas anderes haben wir leider nicht.«

»Spaghetti hört sich gut an.«

»Mit Ei«, sagt Fiona, die genauso viel Hunger hat wie ich, es nur nicht zugibt.

Leo holt eine Schüssel mit gekochten Nudeln aus dem Kühlschrank und legt Eier daneben. »Leider sind meine Getränke alle nach drüben gewandert, ich kann euch also nur noch Milch und Tee anbieten.«

»Wasser ist gut«, sagt Fiona.

Während Leo Nudeln und Eier anbrät, deckt Noah den Tisch.

»Wie lange wohnt ihr jetzt schon zusammen?«, fragt Fiona.

»Zwei Monate«, sagt Noah.

»Und warum bist du aus Hamburg weggegangen?«

Leo und Noah wechseln einen schnellen Blick.

»Eine Familiensache«, sagt Noah, und es ist deutlich, dass er darüber nicht reden will.

»Musik?«, schlage ich vor und sehe mich nach einem Abspielgerät um.

Noah zieht eine gebrannte CD aus der Tasche.

»Hat Matti mir gegeben, sollen wir uns unbedingt anhören«, sagt er. *»Next Big Thing.«*

»CD? In was für einem Jahrhundert lebt der denn!«, protestiert Leo, geht aber los, und Noah übernimmt die Pfanne. Kurz darauf kommt er mit einem verstaubten Gettoblaster zurück. Noah schließt ihn an und legt die CD ein. Leo verteilt die Nudeln auf den Tellern. Es duftet nach Ei.

Die Musik setzt ein. Noah und ich sehen uns überrascht an. Was ist das? Metal? Rockmusik?

»So 'ne Art *Black Sabbath-Led Zeppelin*-Mix«, sagt Noah.

»Klingt aber auch irgendwie neu«, finde ich.

»Ist neu. Eine Berliner Band, meinte Matti.«

Während Leo und Fiona essen, sehen Noah und ich uns an. Sind beide paralysiert, das ist – genial.

»Wollt ihr nicht essen?«, fragt Leo.

Fiona horcht mit auf den Sound.

»Das hört sich an wie aus dem letzten Jahrtausend.« Sie macht einen Schmollmund.

»Ja?«, frage ich skeptisch, denn irgendwas ist anders.

Noah springt auf, schaltet den Player ab, reißt die CD raus und besieht sich die Aufschrift.

»Kadavar!«

Noah legt die CD wieder ein, während ich schon googele.

Leo und Fiona essen unbeeindruckt weiter.

Ich finde es sofort. Für *Next Big Thing* hat es sich schon ganz schön rumgesprochen. Ich halte ein Bild der Band hoch. Drei Männer mit langen Bärten, engen schwarzen Hosen und Chelsea Boots.

»Iijuh«, kichert Fiona.

»Das ist Retro! Kann ich eine Kopie haben oder die streamen?«, frage ich Noah aufgeregt.

Fiona schaut zu mir und rollt mit den Augen.

Leo grinst. »Ihr habt ja offenbar beide den gleichen Knall, was Musik angeht.«

Genau. Und diese CD ist genial, die muss ich meinem Vater vorspielen! Und dann fällt es mir auf: Zum ersten Mal seit Monaten denke ich mit einem guten Gefühl an ihn.

FÜNFZEHN

Nach dem Essen ruft Fiona ein Taxi. Ich gebe zu, ich hätte das nicht geschafft, ich wäre einfach die ganze Nacht in der Küche sitzen geblieben und hätte *Kadavar* gehört und Noah angesehen. Leo ist auch etwas überrascht; nachdem Fiona ihm ständig Angebote gemacht hat, beschließt sie, nun zu gehen. Als der Taxifahrer klingelt, springt er auf.

»Wir kommen morgen vorbei. Frühstück?«, fragt er, und ich merke, dass er Angst hat, Fiona zu verlieren. Fiona merkt das auch und bekommt etwas von ihrer alten Coolness zurück.

»Ja, okay, kommt vorbei«, sagt sie lässig.

»Tschüs«, sagt Noah.

Wir sehen uns nicht an, ich tue beschäftigt, suche mein iPhone. So fällt es mir leichter, zu gehen.

Im Hausflur ist es dunkel, und wir schrecken ein knutschendes Pärchen auf, als wir Licht machen. Drüben bei Matti ist es nun sehr viel ruhiger.

»Prenzlauer Allee!«, weist Fiona den Taxifahrer an und hält mir die Tür auf, als wollte sie sichergehen, dass ich nicht gleich wieder zurücklaufe. Wir steigen ein. Der Fahrer, ein junger Türke, beugt sich zu uns zurück.

»Party?«

Wir nicken. Ich lasse mich an Fionas Schulter sinken, und sie streichelt mein Haar.

»Alles wird gut.«

Ich sehe auf die Gebetskette, die am Rückspiegel hängt, und spreche auch ein kleines Gebet. *Verzeih mir, Julian!*

»Ich liebe dich, Fiona«, seufze ich.

»Ich dich auch.«

Der Fahrer grinst verlegen und beobachtet uns verstohlen im Rückspiegel, und mir ist vollkommen egal, dass er uns für lesbisch hält.

Kurz darauf stoppt er vor Fionas Haus, und sie bezahlt den Fahrer. Eine Gruppe Jugendlicher zieht grölend vorbei. Ich gehe zu meiner XT und streiche über den Sattel.

»Willst du jetzt noch zurückfahren?«

»Weiß nicht.«

Seit ich von Noah weggefahren bin, fühle ich mich frei schwebend, taumelnd, verwirrt, ohne Halt.

»Bleib doch hier.«

»Okay.«

Ich befestige das Bügelschloss am Hinterrad und schreibe meiner Mutter eine SMS. Wir gehen schweigend nach oben.

In der Wohnung riecht es nach Wandfarbe. Fiona geht durch mein Zimmer und öffnet beide Fenster. Die immer noch lauwarme Sommerluft strömt herein, und wir stehen einen Moment in dem dunklen Raum. *Hier werde ich wohnen!*

Fiona umarmt mich. »Ich bin so froh, dass du einziehst.«

»Ich auch.«

Da Suse noch in Solingen ist, sind wir allein in der Wohnung.

»Ich koche einen Tee«, sagt Fiona. »Und ich schau mal, ob wir noch Kekse und Schokolade haben«, fügt sie hinzu, als sie meinen fragenden Blick sieht.

Fionas Einrichtungsstil ist sachlich. Nicht viel überflüssiger Schnickschnack in ihrem Zimmer. Ein großes Bett, ein Kleiderschrank, ein Regal mit Büchern, eine große Schreibtischplatte auf zwei Böcken und drei Spinde, die sie secondhand gekauft hat und in denen sie ihre restlichen Sachen aufbewahrt.

Wir duschen, und Fiona leiht mir eine ihrer Pyjamahosen und ein T-Shirt. Es ist zwei Uhr nachts, aber es ist klar, dass dieser Abend noch diskutiert werden muss. Sie baut das Tablett mit dem Tee und Keksen in der Mitte des Bettes auf, und wir kuscheln uns unter die Decken.

Fiona nickt mir zu. »Also, was war das gerade?«

Ich halte die Teetasse mit beiden Händen, wärme mich daran, obwohl es nichts zu wärmen gibt, es ist schwülwarm im Zimmer, das Fenster steht weit offen. Sommer.

Ich zucke mit den Schultern.

»Wolltest du nicht erst bis Montag warten? Mit Noah und wegen Julian, meine ich?«

Ich puste in den heißen Tee und sehe dann auf. »Stimmt. Soll ich ihn anrufen?«

»Julian? Jetzt? Ist doch viel zu spät. Nein. Wir sehen ihn ja Montagabend.«

Okay, richtig. Da ist allerdings noch der Sonntag dazwischen.

Fiona kichert. »Weißt du, Em, so habe ich dich noch nie erlebt.«

»Wie denn?«

»Na, so ... leidenschaftlich.«

Was soll ich sagen? Ich habe mich selbst noch nie so erlebt.

»Und bei dir?«, frage ich.

Jetzt zuckt Fiona mit den Achseln. Ich denke an Leo und muss es loswerden.

»Also, Leo hat mich gefragt ...«, setze ich an.

»Was?«, schnappt Fiona.

»Na ja«, taste ich mich vorsichtig vor. Ich will ehrlich zu Fiona sein, aber sie nicht verletzen. »Er meinte, dass ... also ... du nicht den besten Ruf hast.«

Jetzt ist es heraus und leider nicht so diplomatisch, wie ich es vorgehabt habe.

Fiona schnellt wie erwartet hoch. »Was? Ich fasse es nicht. Wieso denn?«

»Nun ...«

Ihre Augen blitzen wütend. »Oh ja, klar, Männer sind *Bad Boys*, die sich nehmen, was sie haben wollen, und Frauen?«

»Schlampen!«, grinse ich, und Fiona wirft ein Kissen nach mir.

»Achtung, der Tee! Außerdem habe ich deine Ehre ritterlich verteidigt.«

»Ja? Duell?«

»Na ja, fast.«

Fiona seufzt. »Das ist doch wirklich bigott, oder? Männer können rumvögeln, wie sie wollen, und wir?« Sie fuchtelt erregt mit den Armen. »Dann bin ich eben ein *Bad Girl.*«

»Allerdings.«

»Dann soll er eben auf Abstand gehen!«

»Habe ich ihm auch gesagt.«

»Echt?«

»Ja. Klar. Auch wenn ich deine One-Night-Stands nicht

verstehe, bin ich ganz auf deiner Seite. Ich find's gut, dass du gegangen bist.«

Fiona blinzelt. »Äh, also …«

»Was?«

»Ich bin auch wegen dir gegangen.«

Ich nehme einen Schluck Tee. Ingwer. Perfekt.

»Wieso wegen mir?«

»Na …«

Ich sehe auf. »Was?«

»Leo hat nur so eine Bemerkung gemacht. Von wegen, dass Noah auch so seine Probleme hat.«

»Auch?«

»Na ja, wie du halt … also, mit deinen Eltern und so.«

»Aber davon merkt man doch nichts, oder?«

»Na ja, diese Küsserei mit Julian in den letzten Monaten. Wenn ich das mal so als Laie analysieren soll.«

Okay. Stimmt. Ich bin ein Freak, seit meine Eltern sich getrennt haben. Ihr Beziehungscrash hat mein ganzes Weltbild auf den Kopf gestellt. Sie haben sich doch geliebt!

»Hat Leo gesagt, was für Probleme Noah hat?«

Fiona greift abwesend nach einem Keks. »Nein, er meinte nur …« Sie beschreibt mit dem Keks in der Hand einen Riesenkreis.

»Große? Probleme?«

»Offenbar.«

Okay, okay. Ich beruhige mich. Eigentlich ja auch besser so.

»Dann gehen wir eben beide auf Abstand!«

Wir nicken uns zu. *Genau.* Fiona nimmt das Tablett vom Bett.

»Wollen wir schlafen?«, fragt sie. »Wer weiß, wann die Jungs morgen kommen.«

Wir putzen uns im Bad nebeneinander die Zähne und grinsen uns mit weißen Zahnpastazähnen an. Ich bin froh, dass ich geblieben bin. Dann kriechen wir bei ihr ins Bett.

»Nacht, Fi.«

»Nacht, Em.«

Kurze Zeit später höre ich Fionas ruhige Atemzüge, aber ich liege noch lange wach.

Es ist dunkel, sehr dunkel, ich sehe nach oben, ein Sternenhimmel zwischen Häuserschluchten. Es ist warm und heiß. Noahs Zunge umspielt meine Oberlippe, seine Lippen saugen an meinen, von sanft zu fordernd und dann wieder spielerisch. Ich mag, wie er küsst.
»Wollen wir gehen?«
»Wohin?«
»Sag du.«
»Zu mir. Wir nehmen die XT.«
Mein Motorrad steht neben mir, es hat eine Stimme, die mich ermahnt. »Was ist mit Julian?«
Ich sage meiner XT, sie soll leise sprechen. »Du machst immer so viel Krach, alle wachen auf!«
Noah küsst mich sanft. »Ich will fahren.«
Meine XT nickt. Aber jetzt bin ich nicht mehr einverstanden.
»Eifersüchtig?«, fragt sie, aber ich gebe es nicht zu. Es ist meine Maschine, ich bestimme.
»Die Entscheidung ist schon getroffen«, sagt Fiona.

Sie hat uns die ganze Zeit beobachtet. »Und du bist schuld. Du und dein Vater, das ist doch immer das Gleiche, das kannst du nicht leugnen.«

Ich will nicht darüber nachdenken, nicht jetzt. Noahs Hände wandern unter mein Shirt, finden meine Brüste, ich stöhne und bemühe mich gleichzeitig, leise zu sein. Ich bin nicht wie meine XT, ich bin diskret und leise, niemand wird merken, was hier gerade geschieht. Niemand.

»Doch, Emmy«, sagt Fiona. »DOCH!«

»EMMY!«

Ich will nicht aufwachen. Nicht jetzt.

»Emmy, es hat geklingelt, sie sind schon da.«

Jemand zieht die Decke weg, das Licht blendet, obwohl ich die Augen noch geschlossen habe. Ich will nicht auftauchen. Noch nicht. Ich blinzele vorsichtig. Die Sonne scheint grell ins Zimmer, eine Million Watt, keine Rücksicht auf Verluste. Ich schwitze, mein Körper protestiert. Er will, dass sich die fiebrige Spannung in einem perfekten Orgasmus löst. Es klingelt erneut. *Nicht dran zu denken.*

»Ich drücke auf, empfängst du sie?«, brüllt Fiona auf dem Weg zur Tür und verschwindet dann im Bad. *Na, bravo.*

»Fuck, fuck, Fiona! Ich bin im Schlafanzug.«

»Pyjamas sind in«, höre ich es dumpf aus dem Bad.

Ich schwinge die Beine aus dem Bett, und mir wird schwindelig. Alles dreht sich, mein Kreislauf rebelliert, und ich brauche einen Moment.

Es klopft an der Wohnungstür.

»Komme!«

Ich rolle mich über die Bettlandschaft und schnappe mir auf dem Weg ein Haargummi von Fionas Schreibtisch. *Natürlich*. Während sich meine Freundin im Bad aufhübscht, hetze ich im Pyjama-Look zur Tür.

Auf dem Weg bündele ich mein Haar zu einem wirren Knoten, atme tief durch und reiße die Tür auf.

Leo und Noah. Leo in langen Shorts und Hemd, Noah in einer Used-Jeans und mit einem mittelblauen T-Shirt, das seine Augen noch blauer strahlen lässt. Leo hält eine Tüte hoch.

»Croissants!«

»Kommt rein.«

Noahs und meine Augen treffen sich, und mir wird heiß. Ich weiß nicht, was ich gedacht habe. Vielleicht, dass ich gestern Abend ein leichtes Fieber hatte und am Morgen kuriert sein würde? *Keineswegs*.

Ich mache eine Handbewegung Richtung Küche.

Fiona schlüpft mit nassen Haaren aus dem Bad, wir treffen uns in ihrem Zimmer. Ich sammele meine Sachen zusammen.

»Brauchst du was zum Anziehen?«

»T-Shirt?«

Sie nickt zu ihrem Zimmer. Ich greife in ihren Kleiderschrank und erwische eines ihrer schwarzen T-Shirts, sammle meine Jeans auf und verschwinde im Bad.

Als ich in die Küche komme, riecht es nach Kaffee. Der Tisch ist gedeckt. Noah sitzt am Tisch, Leo schneidet eine Melone auf.

»Hey, Em, wir haben überlegt, am Wochenende ein

Auto zu leihen. Für deinen Umzug. Leo kennt einen Kumpel. Wenn wir noch ein paar Leute dazuholen, geht es bestimmt ganz schnell«, sagt Fiona und gießt behutsam den Kaffee auf.

Ich setze mich. »Ja, toll.«

»Und wir brauchen eine neue Waschmaschine, Ruth hat ihre abgeholt.«

Ich genieße den ersten Kaffee, die frischen Croissants, die saftige Melone. Frühstück war schon immer meine Lieblingsmahlzeit.

»Ja, ich kümmere mich drum«, sage ich abwesend.

Beim Frühstück nehme ich Noah überdeutlich wahr und versuche ihn gleichzeitig zu ignorieren. Wir machen Small Talk, reden über den gestrigen Abend und über Matti, mit dem Leo befreundet ist.

»Er kennt die abgefahrensten Leute«, sagt Leo.

»Die er alle tätowiert hat?«

»Ja, er ist einer der Besten.«

»Bist du auch tätowiert?«, fragt Fiona Leo.

»Nein, aber Noah.«

Fiona beugt sich zu Noah, untersucht seine Arme.

»Echt jetzt, zeig mal!«

Noah winkt ab.

»Hey, zeig's ihnen«, sagt Leo. »Das ist absolut krass. Hat Matti vor einem Jahr gemacht.«

»Nicht jetzt«, weicht Noah aus und steht auf, um noch Kaffee zu holen. Fiona will noch etwas sagen, aber Leo schickt ihr einen warnenden Blick, und sie schweigt.

Nach dem Frühstück sammeln wir uns in meinem Zimmer. Wir entfernen die Klebestreifen um die Türen und Fenster, Noah fegt den Boden, und Fiona wischt hinterher. Dann stehen wir im Türrahmen und sehen in den sonnigen Raum. Unser Werk. Wir schweigen einen Moment.

»Wahnsinnswetter«, sagt Leo schließlich. »Schwimmen gehen? Wir haben Sachen dabei.«

»Aber nicht ins Umland«, wehrt Fiona ab. Sie ist ein hundertprozentiger Städter, freie Natur macht sie nervös.

»Schlachtensee?«, frage ich.

Die anderen nicken. Die besten Badeseen sind einfach im Süden von Berlin, und alle Berliner wissen das.

Wir packen ein paar Sachen, und ich leihe mir einen Bikini und ein Handtuch von Fiona. Im Flur fällt mein Blick auf meinen Motorradhelm.

»Ich fahr Motorrad«, entscheide ich spontan.

Leo und Noah führen wieder ein stummes Gespräch mit Blicken, das ich nicht deuten kann.

»Kann ich mitfahren?«, fragt Noah schließlich.

Der Traum fällt mir ein, und ich bin mir nicht sicher, ob das eine so brillante Idee ist. Es ging doch darum, Abstand zu halten. Aber vielleicht will Leo allein mit Fiona im Auto fahren.

»Ja, wenn du magst. Wir brauchen aber noch einen Helm.«

Fiona kommt mit einem alten Integralhelm meines Vaters, den sie benutzt, wenn wir zusammen fahren.

»Den kannst du nehmen.«

Ich suche meine Lederjacke und den Nierenschutz. Na gut. Noah und ich auf dem Motorrad, kein Problem. Oder?

»Fiona? Hast du noch eine Jacke für Noah?«

Sie holt eine alte Militärjacke von sich und wirft sie Noah zu.

»Wo treffen wir uns?«

»An der Fischerhütte.«

Draußen verstaue ich die Badesachen im Seitenkoffer und schließe mein Motorrad auf.

»Eine schöne Maschine«, sagt Noah. »Woher hast du die?«

Ich erzähle von meinem Vater und seinem Geschenk.

»Bist du schon mal Motorrad gefahren?«, frage ich, da es ein paar Spielregeln als Mitfahrer gibt.

»Ich hatte selber mal ein Motorrad.«

»Ja?«

»Eine KTM. Crossmaschine.«

»Der Ellenbogen?«

Er grinst. »Und der Unterschenkel und der Oberschenkel, das Knie und drei Rippen.«

»*Ouw!* Und? Bist du danach noch gefahren?«

Er grinst. »Die Maschine war Schrott. Also ... nein.«

Ich reiche Noah meinen Helm zum Halten, steige auf. Ich trete die Maschine meist an, wenn sie noch auf dem Ständer steht, so muss ich sie nicht gleichzeitig halten. Oder versuche es. Wie immer, wenn ich nervös bin, klappt es nicht gleich. Noah steht neben mir und wartet geduldig. Nach ein paar Versuchen warte ich ab, damit der Vergaser nicht im Benzin ersäuft. Noah hebt die Augenbrauen ein wenig. Fragend. Ich weiß, was er andeuten will. Mir ist klar, dass er die Maschine mit seinem Gewicht viel besser antreten kann.

»Willst du mal versuchen?«

Seine Augen leuchten auf, als er sich auf den Sattel fallen lässt.

»Du musst nur aufpassen, sonst haut dir der Kickstarter direkt in die Wade.« Das ist jedenfalls meinem Vater ein paarmal passiert.

Er sieht auf. »Alles klar.«

Er zieht am Choke, schaltet die Maschine in den Leerlauf, positioniert den Kickstarter und tritt ihn kräftig und energisch nach unten. Die XT rasselt kurz und lustlos auf und verstummt dann wieder. So ist sie, manchmal richtig zickig. Ich rechne damit, dass Noahs Ehrgeiz erwacht und er die Maschine weiter antritt, doch er wartet, was vernünftiger ist, gibt aber nicht auf, sondern überlegt.

»Gib mir den Helm. Wenn sie läuft, fahre ich am besten eine Runde.«

Ich reiche ihm den Helm, er setzt ihn auf.

Beim zweiten Antreten röhrt die Maschine auf, Noah legt den Gang ein und jagt davon. Ich sehe meinem Motorrad nach und Noah, der die Straße bis zur nächsten Kreuzung hochprescht. Ich verliere ihn aus den Augen, bis er auf der anderen Straßenseite zurückkommt, wendet und schließlich neben mir wieder zum Stehen kommt. Der Motor rasselt zufrieden. Noah schaltet in den Leerlauf, stellt sie auf den Seitenständer und schiebt sich zurück. Ich setze den Helm auf, übernehme das Steuer und schiebe mich vor ihn auf den Sitz. Noah rückt wieder an mich heran und legt die Arme um meine Hüften. Okay. So viel zu Abstand halten.

SECHZEHN

Die Fahrt bis in den Süden Berlins dauert fast eine Stunde. Ich spüre Noahs Körper an meinem, seine Hände auf meinen Oberschenkeln, seinen Oberkörper an meinem Rücken. Ich muss Noah nicht sagen, dass er sich mit mir in die Kurven legen muss, dass wir auf dem Motorrad eine Einheit bilden müssen, er weiß es, und er tut es ganz von allein. Ich hatte schon oft Mitfahrer, aber mit Noah ist es anders, intensiver, als wären wir eng verbunden. Mein Körper scheint es allerdings für etwas anderes zu halten, und ich erinnere mich an meinen Traum. Sofort flammt die Erregung vom Morgen wieder auf. Lustvoll, kribbelnd. Ich könnte ewig so weiterfahren, ihn an mir spüren, seine Hände an meinen Hüften. Ich erwische mich dabei, wie ich an einen Umweg denke, um die Fahrt noch hinauszuzögern, aber Noah ist Berliner und würde es sofort bemerken, also nehme ich den kürzesten Weg.

Der Schlachtensee ist ein lang gezogener Badesee, in einer Senke, mitten in einem Waldgebiet. Um ihn herum führt ein Spazierweg, und immer wieder gibt es kleine Sandstrände, an denen man ins Wasser gehen kann. An einem der Enden des Sees ist ein großes Ausflugslokal, wo man in einem Biergartenbereich sitzen und sich Bier und Würstchen oder Kaffee und Kuchen an einem Selfservice-Stand holen kann. Ich stelle das Motorrad oben an der Straße ab. Wir sind mit geöffnetem Visier gefahren, und durch den

Fahrtwind war die Hitze erträglich. Im Stehen reißen wir die Helme runter und steigen ab.

Noah strahlt mich an. »Wow, das hat Spaß gemacht.«

Ich lächele. »Ja, finde ich auch.«

Wir wissen es beide, das war mehr als Spaß, eher extrem sexy.

Ich ziehe die Boots aus und verstaue sie in einem der Seitenkoffer und hole meine Flipflops und die Badesachen heraus. Noah beobachtet mich.

»Du machst das also immer«, stellt er fest.

»Was?«

»Dich verwandeln.«

Ich verstehe nicht ganz.

Er lächelt. »Wie die Superhelden.«

»Nur dass ich keine Superkräfte habe.«

»Wer weiß ...«, sagt er.

Wir warten oben an der Straße auf Leo und Fiona, die etwas später kommen und neben uns halten. Fiona lehnt sich aus dem Fenster.

»Wir parken. Sucht ihr einen Tisch?«

Beides ist gleich schwierig, denn sonntags ist es voll am See.

»Okay.«

Ich schließe die XT ab, dann laufen wir hinunter bis zum Biergarten. Nach der Motorradfahrt ist eine Spannung zwischen uns, wir spüren es beide. Umso mehr bemühe ich mich um Distanz, ein wenig Small Talk.

»Und wegen dem Unfall ist aus der Seglerkarriere nichts geworden?«, frage ich.

Noah lächelt leicht. »Ach, das war sowieso nicht so ernst. Die wollten mich da in ihrem Kader haben, aber dafür bin ich eh nicht der Typ.«

Ich lege den Kopf schief, lächele. Streng betrachtet ist es Flirten, aber natürlich auch die Sonne, der Moment, sage ich mir und versuche, mein schlechtes Gewissen zu vertreiben und nicht an Julian zu denken, was schwierig ist: Das hier ist unser See.

»Und was für ein Typ bist du?«, frage ich.

»Ich weiß nicht. Vielleicht eher ein Einzelgänger. Und du?«

Ich denke an *einsam, aber schneller*. Und dass ich ein Einzelkind bin. Ich brauche enge Freundschaften, aber Gruppen sind etwas anderes. In Gruppen werde ich schnell zum Außenseiter, ich brauche nur an die Schule zu denken. Ich verstehe Noah.

»Ein Segelkader wäre auch nichts für mich.«

Wir sind beim Restaurant angekommen. Erwartungsgemäß ist es voll, doch wir finden noch einen Vierertisch im hinteren Bereich des Gartens und setzen uns. Kurz darauf kommt Fiona, und ich winke, damit sie uns findet. Sie schwenkt beide Arme und kämpft sich zu uns durch.

»Leo hat sich schon angestellt, er holt Kaffee.« Ein Grinsen in meine Richtung. »Und Kuchen.«

»Ich helfe ihm tragen«, beschließt Noah und geht zu dem Ausschank, der sich mitten auf dem Gelände befindet. Ich schätze, er will das Gleiche wie ich: Sich mit seinem Kumpel kurz beraten. Kaum ist Noah außer Hörweite, lehnt sich Fiona aufgeregt über den Tisch.

»Ich hab was rausgefunden.«

»Ja?«

»Noah hat ein Zimmer in Hamburg. In einer WG. Offiziell wohnt er noch dort.«

»Und?«

»Leo wollte mir nicht sagen, warum er genau hier ist, aber offenbar überlegt er, ganz nach Berlin zu ziehen.«

»... oder ins Ausland zu gehen.«

Fiona nickt leicht enttäuscht. »Weißt du das schon alles?«

»Nur, dass er eventuell wieder weggeht.«

»Ja, es ist irgendwas mit seiner Familie, aber er meinte, ich soll nicht nachfragen. Leo hat übrigens gefragt, ob du einen Freund hast.«

Ich muss lächeln. »Und? Was hast du gesagt?«

»Dass du dich gerade von Julian getrennt hast.«

»Wieso das denn?«

»Na, das war das, was Bella und Suse die ganze Zeit auf der Party erzählt haben. Das hast du ihnen doch gesagt, oder? Er wollte es nur noch mal von mir hören.«

Ich stöhne. »Und sie verstrickten sich in ihren eigenen Lügen ... wir hätten nie damit anfangen sollen.«

»Du hättest Julian nie auf irgendwelchen Partys küssen sollen.«

»Julian hätte sich schon längst outen können.«

»Das ist nicht so einfach«, sagt Fiona ernst.

Und, ja, es stimmt.

»Die Trennung meiner Eltern macht mich einfach mehr fertig, als ich dachte.«

»Na, großartig«, sagt Fiona. »Du und Noah, ihr passt wirklich super zusammen. Wozu studiert ihr eigentlich alle Psychologie, wenn ihr selbst so viele Probleme habt?«

Ich grinse schief. »Wahrscheinlich genau darum.«

Eine Familie setzt sich an den Tisch neben uns. Mutter, Vater, zwei Kinder. Von außen sieht immer alles ganz normal aus.

»Und du? Bist du noch sauer auf Leo?«, frage ich.

»Ich habe es angesprochen. Also, meinen ...«, Fiona setzt mit beiden Händen Anführungsstriche in die Luft, »... schlechten Ruf!«

»Echt? Und?«

»Es war ihm peinlich.« Sie grinst. »Ich habe ihn gefragt, wie das denn bei ihm und Noah ist und wie das wäre, wenn wir sie Schlampen nennen würden. Gibt es da überhaupt ein männliches Wort für?«

Mir fällt keines ein. »Und? Was hat er gesagt?«

»Nichts. Und ich habe gesagt, er muss sich gar keine Sorgen machen, ich schleppe eigentlich nur große, gut aussehende Männer ab.«

Ich grinse. »Wie hat er reagiert?«

»Eigentlich ganz cool. Er meinte, dann müsste *er* mich wohl dieses Mal abschleppen.«

Noah und Leo kommen zurück. Leo balanciert ein großes Tablett mit Kaffee und Kuchen, Noah trägt vier Gläser Mineralwasser.

Wir trinken, essen, unterhalten uns über den Ort, Leos Studium, aber Noah schweigt oder sagt nur wenig. Ich schaue auf den See, die Sonne glitzert hell auf der Wasseroberfläche, ich beobachte die Schwimmer, ich will ins Wasser.

»Wollen wir noch schwimmen?«

»Yeah!«, sagt Noah und springt auf.

Fiona und Leo sind nicht ganz so begeistert, kommen aber mit. Fiona geht nur sehr ungerne ins Wasser, aber sie ist keine Spielverderberin, das mag ich an ihr.

Wir laufen ein Stück am See entlang, um eine gute Badestelle zu finden, und setzen uns schließlich an einen kleinen Sandstrand, an dem gerade eine Gruppe aufbricht.

Ich kann es gar nicht erwarten, ins Wasser zu kommen und hinauszuschwimmen. Wir ziehen uns um. Noah und Leo tragen lange Schwimmshorts, wir entwirren die Bänder unserer Bikinis. Als Noah sein T-Shirt ablegt, sehe ich die große Tätowierung seitlich an seinem Körper. Eine Krähe, die mit hoch aufgestellten Flügeln auffliegt.

Fiona starrt ungeniert auf das Bild. »Hat das nicht irre wehgetan?«

»Noah ist Schmerz gewohnt«, sagt Leo und fängt sich einen warnenden Blick von Noah ein.

Ich ziehe mich weiter um und tue so, als ob ich das alles nicht mitbekomme. Jeder Augenblick, den ich zu lange auf Noahs Körper starre, macht mich nur nervös und verstärkt das Kribbeln in meiner Magengegend.

Fionas Bikinioberteil ist mir zu groß, und ich entscheide, dass ich stattdessen mit dem T-Shirt ins Wasser gehe.

Wie immer renne ich ins Wasser und tauche als Erstes unter, um mich abzukühlen. Noah folgt mir, köpft flach ins Wasser und krault ein gutes Stück hinaus. Fiona schreitet majestätisch in den See, zögert so lange, bis ihr das Wasser bis zum Bauchnabel steht und ich sie einfach nass spritzen muss.

»Ich hasse dich!« Fiona paddelt in meine Richtung, aber ich weiß, dass sie noch nicht mal im Ansatz vorhat, mich einzuholen. Während Leo und Fiona in Ufernähe bleiben, schwimmen Noah und ich weiter hinaus.

»Rüberschwimmen?«, fragt Noah und nickt zum Sandstrand auf der anderen Seite.

Rüberschwimmen? Könnte sein, dass ich zwischendurch ertrinke, aber das will ich gerade nicht zugeben. Außerdem will ich mit Noah allein sein.

»Klar, machen wir.«

Noah krault entspannt los, ich mache Brustzüge, doch wir bleiben nebeneinander.

»Ey!«, brüllt Leo.

Ich drehe mich um, und Leo malt ein Fragezeichen in die Luft.

Ich zeige auf die andere Seite, und Fiona tippt sich an die Stirn. Es ist klar, dass sie uns nicht folgen werden.

Es ist seltsam, man sieht das andere Ufer die ganze Zeit, aber dann ist der Weg doch noch viel weiter, als man denkt. Als wir eine gefühlte Stunde später ankommen, werfe ich mich bäuchlings auf die kleine Sandfläche und bleibe außer Atem liegen. LOST. Noah lässt sich neben mich fallen. Unsere Gesichter liegen nah beieinander, einander zugewandt. *Seine Augen.* Der tiefblaue Rand um die Iris.

»Das war der Wahnsinn«, sage ich und grinse.

»Du bist der Wahnsinn.« Er legt seine Finger auf meine Lippen. Erschöpfung und Erregung mischen sich, und ich schließe die Augen. Noah streicht eine Haarsträhne aus meinem Gesicht. Ich weiß, sobald ich die Augen öffne, werden wir uns küssen. Hinter meinen geschlossenen Augenlidern flackert das Sonnenlicht, mein Herz pocht gegen den Sandboden. Ich muss nur warten, bis das vorübergeht. Dieser Moment, dieser Sonntag, doch ganz tief in mir spüre ich, dass es nie aufhören wird.

Ich blinzele. »Erzähl mir was von dir.«

Er setzt sich auf und starrt auf die Wasserfläche, auf einmal ist er wieder abweisend.

»Was denn?«, sagt er zögernd.

Ich rolle mich zur Seite, stütze den Kopf auf. »Irgendwas. Lieblingsfilm? Lieblingssong?«

Er sieht zu mir zurück. »Lieblingsfilm: *Fight Club*. Lieblingssong: Schwierig, da gibt es viele.«

Fight Club, das passt, denke ich, und dass Tätowierungen auch eine Art der Selbstverletzung sind.

»Warum hast du dir eine Krähe tätowieren lassen?«

Er zuckt mit den Schultern, überlegt kurz. »Weiß nicht. Ich mag Krähen. Sie gehören zu den intelligentesten Tieren der Welt. Sie bringen ihren Jungen bei, wie sie mit bestimmten Werkzeugen an Nahrung kommen. Und sie tun sich in Gruppen zusammen, um gegen Feinde zu kämpfen.«

»Echt jetzt?«

Er lässt sich wieder neben mich fallen. »Ja. Sie sind sehr sozial. Man hat beobachtet, wie Krähen zu einer toten Krähe gekommen sind, um gemeinsam zu trauern.«

Noah beugt sich zu mir, alles löst sich auf, und wir küssen uns. Ich lasse mich zurückfallen, mein nasses T-Shirt klebt an meinem Körper wie eine zweite Haut. Ich spüre seine Hand auf meinem Bauch, seine Lippen auf meinen.

Alles ist so viel intensiver als mit anderen Jungs, so viel tiefer. *Was passiert mit mir?*

Ein paar Kinder johlen und werfen mit Sand nach uns. Okay, wir sind eine Attraktion. Die Schlammbrocken werden größer, und Noah springt auf, hechtet ihnen hinterher, und sie rennen kreischend davon. Er schnappt einen der Jungs, hält ihn kurz hoch und setzt ihn wieder ab. Dann kommt er grinsend zurück.

»Diese kleinen Scheißer!«

Ich lächele, denn mein Gefühl sagt mir, dass Noah als Kind bestimmt absolut genauso war. Frech und mutig.

Auf der anderen Seite rudert Fiona mit ihren Armen.

»Wollen wir zurückschwimmen?«

Der Rückweg geht schneller und müheloser, auch weil die Sonne schwächer geworden ist, doch als ich aus dem Wasser steige, zittern meine Beine von der Anstrengung. Der Himmel hat sich bewölkt, es sieht nach Regen aus. Ich setze mich, und Fiona legt mir ein Handtuch um die Schultern.

»Du bist ja verrückt!«

»Danke für dein Verständnis.«

»Hast du noch ein anderes T-Shirt?«, fragt sie fürsorglich.

»Nö, das trocknet an der Luft.«

Sie hockt sich zu mir, flüstert. »Was jetzt? Wollen wir zurück zu mir fahren? Äh, zu uns? Oder willst du nach Hause?«

»Nein.«

»Ich spendiere Pizza«, sagt Leo laut.

»Genial!«, ruft Fiona und springt auf. »Zurück zu uns. Fahrt ihr wieder Moped?«

Ich sehe zu Noah, der fragend nickt.

»Okay, bis gleich«, sagt Leo. »Wer eher da ist.«

Wir laufen zusammen zurück zur Straße und trennen uns dort.

»Hallo«, sage ich, als wir bei der XT sind und streiche über den Motorradsattel. Erst als Noah lächelt, fällt mir auf, dass ich es laut gesagt habe. »Ich rede mit ihr.«

Er grinst. »Das kann ich verstehen.«

Ich ziehe mich um, verstaue die Badesachen, hole meine Boots aus dem Koffer, schließe auf. Noah betrachtet das Motorrad, ich kenne den Blick.

»Willst du zurückfahren?«, frage ich.

Er sieht überrascht auf, doch seine Augen blitzen. »Klar, gerne.«

»Bitte!«

Noah setzt den Helm auf, steigt auf, löst den Ständer. Mit jeder Bewegung wird es deutlicher: Er ist ein Motorradprofi. Er bringt den Kickstarter in die richtige Stellung und tritt ihn kräftig nach unten, doch als die Maschine sofort anspringt, sind wir beide überrascht. Ich steige auf. Nach unserem Schwimmmarathon genieße ich es, mich fahren zu lassen.

»Soll ich langsam fahren?«, fragt Noah.

»Nein, lieber sehr schnell. Wir haben eine Wette zu gewinnen.«

Er lächelt. »Stimmt.«

Ich halte mich am Gepäckträger fest und unterdrücke

den Impuls, mich an Noah zu schmiegen und meinen Kopf an seinen Rücken zu legen, doch als er an der nächsten Ampel sanft abbremst, falle ich ganz automatisch gegen ihn. Er greift zu mir nach hinten, streicht kurz über meinen Oberschenkel, schaut sich mit geöffnetem Visier um. »Alles okay?«

Ich nicke.

Er schiebt das Visier runter. »Halt dich fest.«

Ich schlinge meine Arme um ihn und muss grinsen, als er an allen Autos an der Ampel vorbeizieht und sich mit einem eleganten Schlenker an die Spitze setzt. Noah ist ein exzellenter Fahrer. Bei ihm Mitfahrer zu sein ist mindestens so aufregend, wie selber zu fahren. Ich halte mich an ihm fest, meine Hände liegen auf seinem Brustkorb, meine Schenkel schmiegen sich an seinen Körper. Er fährt sportlich, legt das Motorrad tief in die Kurven, sodass die hinteren Fußrasten fast über die Fahrbahn kratzen. Er testet meine XT. Er testet mich. Und ich liebe es. Die Geschwindigkeit und seinen Körper zu spüren, ein Rausch.

Als wir ankommen, ist es noch bewölkter geworden, und dunkle Wolken ziehen auf. Ich steige ab.

Noah nimmt den Helm ab. »Immer noch okay?«

»Ja, sehr gut.«

»Ich bin nicht zu schnell gefahren?«

»Du hättest fliegen können, das wäre noch cooler gewesen.«

Er kickt mit seinem Helm auf meinen Hintern.

»Bist du immer so frech?«

Im Hausflur gehen wir nebeneinander, die Erregung, die Spannung, alles bleibt. Ich erinnere mich, dass ich einen Wohnungstürschlüssel habe, und als ich diesmal aufschließe, fühlt es sich wirklich so an, als ob ich meine eigene Wohnung betrete.

Wir legen die Helme ab, und ich hänge die nassen Sachen ins Bad. Ich lege die Lederjacke ab und ziehe die Boots aus. Mein T-Shirt ist schon fast wieder trocken. Als ich in den Gemeinschaftsraum komme, steht Noah auf dem Balkon. Ich gehe zu ihm, und wir sehen nach unten. Unsere Arme berühren sich, und ich möchte ihn küssen. Wie war noch mal der Plan? Bis Montag zu warten? Auf einmal erscheint das vollkommen unmöglich. Wir sehen hinunter auf meine XT. »Die fährt sich toll«, sagt Noah.

»Willst du dir nicht auch wieder eins anschaffen?«, frage ich.

»Weiß nicht.«

»Wegen dem Unfall?«

»Kann sein. Ich lag vier Wochen im Krankenhaus. Irgendwie war danach alles anders.«

Ich sehe eine dünne weiße Narbe auf seinem Arm und streiche darüber. Noah zuckt leicht weg.

»Man sieht nicht mehr viel.«

»Stimmt. Hat mein Vater gut gemacht.«

»Ja? Dein Vater? Ist der Arzt?«

»Jep. Er arbeitet im Virchow. Als sie ihn nach dem Unfall verständigt haben, hat er darauf bestanden, dass sie mich dorthin bringen und er operiert.«

Ich versuche mir das vorzustellen. Seinen eigenen Sohn zu operieren.

»Er kann das«, sagt Noah.

»Was?«

»Seine Gefühle abstellen.« Er sagt es sachlich, aber da ist noch etwas anderes. *Wut?*

»Und deine Mutter?«, frage ich vorsichtig, da Noah sich zum ersten Mal öffnet und von seiner Familie erzählt.

»Kinderärztin.«

Das ist verrückt. Ich muss grinsen. »Dann hat dein Vater dich also operiert, und deine Mutter hat dir immer diese schrecklichen Impfungen gegeben?«

Noah lächelt. »Nein! Das durfte ein Kollege von ihr machen. Sie wollte nicht, dass wir sie mit Spritzen und solchen Dingen in Verbindung bringen.«

»Wir? Das heißt, du hast auch Geschwister?«

Statt mir zu antworten, schaut Noah nach unten. Fiona und Leo sind angekommen.

»Hey!«, brüllt er und macht eine Siegergeste.

Leo reißt die Hand hoch und macht etwas, was sehr nach einem *Fuck you!* aussieht, aber er grinst.

»Stau!«, ruft Fiona.

»Ich weiß«, rufe ich zurück, denn den haben wir auch gesehen, aber Noah ist einfach durch die wartenden Autos gefahren.

Fiona holt ihr Handy heraus, und kurz darauf klingelt mein Handy.

»Hey, was wollt ihr für eine Pizza? Wir gehen hier gleich in die Marienburger und holen welche.«

»Welche Pizza?«, frage ich Noah.

»Schinken-Peperoni.«

»Schinken-Peperoni und eine mit Krabben.«

Ich lege auf. »Schinken-Peperoni, also«, sage ich und lächele.

Noah legt den Kopf schief. »Und? Was sagt das über mich?«

»Was sagt Krabbenpizza über mich?«

»Dass du dich nicht mit einer gewöhnlichen Pizza Napoli oder Margherita zufriedengibst.«

Okay, stimmt.

»Dann sagt Schinken-Peperoni, dass du dich nicht zwischen mild und scharf entscheiden kannst.«

»Doch«, sagt Noah, und zieht mich an sich. »Aber ich will beides.«

SIEBZEHN

Es wird erst windig, dann stürmisch. Es grollt und kracht, Blitze zucken weiß über den Himmel und verschwinden hinter der gegenüberliegenden Häuserfront. Dann setzt der Regen ein, aber wir bleiben auf dem Balkon, als hätten wir eine Abmachung getroffen, einfach alles geschehen zu lassen, ohne über die Konsequenzen nachzudenken. Ich stelle mich mit dem Rücken an die Balkonwand. Noah stellt sich vor mich. »Reingehen?«

Nein. Es ist, als ob jetzt alles erlaubt ist, der Himmel explodiert, schüttet Wasser auf uns herab, und wir küssen uns, tauchen ein. Der Regen wird stärker, ein warmer Sommerregen, mir läuft das Wasser in die Augen, den Körper hinunter, und in kürzester Zeit sind wir beide klitschnass.

»Die ganze Motorradfahrt ...«, sagt Noah, und ich nicke. Es war wie ein Vorspiel, erregend, sexy. Sein Mund wandert zu meinem Hals, meine Hände liegen auf seinen Hüften, seine Hände schieben sich unter mein Shirt.

»Emmy? Noah?«

Wir lösen uns voneinander und sehen durch die Balkontür. Leo und Fiona kommen in den Gemeinschaftsraum und sind genauso nass wie wir.

»Ey, uns hat's voll erwischt«, sagt Leo.

»Wieso seid ihr denn nass?«, fragt Fiona verwirrt, und dann grinst sie breit. »Typisch Emmy ...«

Keine Ahnung, was Fiona meint, aber schon klar: Auch mich hat es voll erwischt.

»Wir duschen als Erstes«, ruft sie Leo und Noah zu und zieht mich ins Bad.

»Ach, nicht mit Leo?«, frage ich, und sie zwickt mich.

»Was ist los?«, flüstert sie. »Ihr seht aus, als hättet ihr gerade Sex gehabt.«

Ich schaue in den Spiegel, Fiona stellt sich neben mich.

»Siehst du das? Dieses Glänzen in deinen Augen? Wann habe ich das zum letzten Mal gesehen? Also, das muss vor Johannes gewesen sein. Warst du überhaupt schon mal so verliebt?«

Als sie es ausspricht, schlägt mein Herz sofort schneller. Sich zu verlieben ist aufregend und prickelnd, aber das hier ist etwas anderes. Viel riskanter.

»Ich falle.«

Fiona starrt mich im Spiegel an. »Was?«

»Ich weiß auch nicht, ich kann nichts machen. Wenn Noah in meiner Nähe ist ...«

»Bist du ihm körperlich verfallen?« Sie grinst und dreht die Dusche auf. »Okay, dann erst mal kalt duschen, dann sehen wir weiter.«

Während Noah und Leo duschen, stehen wir nackt vor Fionas Kleiderschrank.

»Du musst mir noch mal was leihen«, sage ich.

»Okay. Was hättest du denn gerne?«

Fiona hält in der einen Hand ein schwarzes T-Shirt mit einem engen Ausschnitt. »Eher was Keusches oder ...«, sie hebt die andere Hand mit einer durchsichtigen Bluse, »... oder etwas Aufreizendes.«

»Etwas ganz Normales. Ein T-Shirt und eine Jeans.«

»Nein, nein.« Sie nimmt ein Kleid in zarten Pastelltönen vom Bügel. »Das ist perfekt.«

»Echt jetzt?«

»Ja, es steht dir sowieso viel besser als mir.«

Sie reicht mir das Kleid und entscheidet sich selber für einen Rock und ein enges T-Shirt.

»Hast du auch Unterwäsche?«

»Hey?« Wir drehen uns um, es ist Leo. Er hat ein Handtuch um die Hüfte gebunden. »Oh, sorry«, sagt er, als er bemerkt, dass er uns überrascht hat. Sein Oberkörper ist beeindruckend muskulös.

Fiona errötet sehr damenhaft und sagt dann betont sachlich: »Ihr braucht noch trockene Sachen, oder?« Sie reicht Leo Boxershorts, T-Shirts und Jogginghosen. »Sucht euch was aus.«

Leo verschwindet wieder im Bad. Wir ziehen uns um.

»Und weißt du was?«, sage ich und grinse. »Du siehst aus, als hättest du bald Sex.«

Fiona schubst mich aufs Bett, und ich muss lachen. Sie wirft sich über mich, und wir rangeln. Während sie versucht, meine Arme über meinen Kopf zu bringen, drehe ich mich blitzschnell nach oben, setze mich rittlings auf ihre Hüfte und halte ihre Arme seitlich.

»Tja, verloren.«

Fiona hebt eine Augenbraue, etwas, was ich nicht kann und worum ich sie glühend beneide. Sie weiß das.

»Ich rufe einfach um Hilfe«, sagt sie entspannt.

Ich grinse. »Ach ja? Wen denn?«

Dr. Mau erhebt sich von Fionas Kopfkissen, kommt herangeschlendert und schnuppert an Fionas Haaren.

»Rette mich, Dr. Mau!«

Es klopft vorsichtig.

»RETTET MICH!«, ruft Fiona.

Die Tür geht auf. Leo und Noah stehen im Türrahmen und grinsen.

»Keine Chance gegen Superwoman«, sagt Noah.

»Du schaffst das schon«, sagt Leo. »Und dann können wir übrigens essen.«

Ich lasse Fiona los, und sie rollt sich auf den Bauch.

»Danke, Leo, du hast das Zauberwort gefunden. Bei *Essen* lässt Emmy alles stehen und liegen.«

Ich knuffe sie und springe vom Bett. »Na, dann ...«

Dr. Mau miaut laut.

»Da fällt mir was ein«, sagt Fiona. »Ich muss noch die Fäden ziehen. Und ihr könnt gerne helfen.«

Noah hält Dr. Mau auf dem Rücken im Schoß, ich reiche Fiona eine Edelstahlschale, die verdächtig nach einem Gegenstand aus dem Präpkurs aussieht, und Leo steht mit einer Schere und Pinzette parat, um ihr zu assistieren. Dr. Maus Bauch ist rasiert, sie hat eine T-förmige rosa Narbe auf dem Bauch. Sie ist mit vielen Stichen genäht worden. Die schwarzen Fäden sind verknotet und sehen aus wie kleine Mantelverschlüsse.

»Ich muss die Knoten aufschneiden«, erklärt Fiona.

»Kann das nicht der Tierarzt machen?«, fragt Leo leicht angewidert.

»Ach was, das ist doch eine Kleinigkeit«, sagt Fiona, die offenbar vergessen hat, dass ihr bei dieser Kleinigkeit gerade drei Leute assistieren.

Dr. Mau ist eine ruhige Katze, aber als Fiona mit Schere und Pinzette an ihr herumzupft, wird sie unruhig und fährt ihre Krallen aus.

»Hey, ist gleich vorbei«, sagt Noah mit der gleichen sanften Stimme, mit der er mit mir spricht, wenn wir uns küssen. Ich mag diese Stimme.

»Hey, Emmy, ich brauche die Schale«, ermahnt mich Fiona und holt mich aus meinen romantischen Gedanken zurück in die herbe Realität. Ich kann mir genau vorstellen, wie Fiona bei einer Operation alle OP-Helfer herumkommandiert. Gleichzeitig bin ich fasziniert, wie konzentriert und sorgfältig sie arbeitet.

»So, geschafft.« Sie streichelt Dr. Mau über den Bauch, und Noah setzt sie vorsichtig auf das Bett.

»Und jetzt essen«, sagt Leo. »Ich sterbe vor Hunger.«

Die kleine Operation hat uns zusammengeschweißt. Wir sitzen am Tisch, essen Pizza und fühlen uns wie Helden.

Leo und Fiona trinken Corona. Noah und ich halten uns mit dem Alkohol zurück.

»Wenn ich mich jetzt schneide, könntest du mich dann nähen?«, sagt Leo und klingt schon leicht betrunken.

»Kommt drauf an, was du alles abgeschnitten hast.«

Leo wird blass. »Ich meinte: ge-schnitten, nicht ab-geschnitten.«

»Ich meine ja nur, ich kann alle oberflächlichen Schnitte nähen. Wochenlanges Training, das habe ich drauf.«

»Wiederbelebung?«

»Kein Thema«, sagt Fiona, lächelt und beugt sich zu Leo. »Soll ich es dir zeigen?«

»Vielleicht später ...«, sagt Leo auf einmal schüchtern.

Es regnet immer noch. Ich sehe auf mein iPhone, langsam muss ich entscheiden, wie ich nach Hause komme.

»Du kannst nicht Motorrad fahren«, sagt Fiona. »Nicht bei dem Wetter.«

»Sollen wir dich nach Hause bringen?«, fragt Leo.

»Oder du übernachtest noch mal hier«, schlägt Fiona vor. »Bei Suse steht eine Gästematratze.«

»Okay.«

Meine Tante ist noch bis Montagabend bei meiner Mutter. Ich denke nicht, dass mich irgendwer vermissen wird, und simse, dass ich entweder spät komme oder bei Fiona bleibe.

Leo hilft mir, die Matratze in mein neues Zimmer zu tragen. Sie ist nur ein mal zwei Meter breit, und irgendwie steht trotzdem die Frage im Raum, ob wir nicht heute alle zusammen hier übernachten wollen. Allerdings wagt niemand, diese Frage zu stellen, und schon gar nicht, sie zu beantworten.

Fiona bringt Wolldecken und Kissen, und ich drapiere sie auf der Matratze, die ich an die Wand geschoben habe, sodass sie eher wie ein Sofa aussieht.

»Ich koche noch Kaffee«, verkündet Fiona, und Leo folgt ihr in die Küche.

Es hat ins Zimmer geregnet, und ich wische auf, lasse das Fenster aber offen. Jetzt, wo der Regen nachgelassen hat, strömt angenehm kühle Luft ins Zimmer. Ich lösche das Zimmerlicht, das sowieso nur aus einer kahlen Glühbirne an der Decke besteht, und lehne mich aus dem Fenster. Es ist bestimmt schon ein Uhr nachts, aber auf der Straße reißt weder der Verkehr ab, noch wird es leiser. Ich mag das.

Fiona kommt und stellt sich neben mich. Wir sehen auf die Straße, die Lichter der Autos spiegeln sich auf der nassen Fahrbahn. Wenn ich die Augen zukneife, sehen sie wie Lichterketten aus.

»Ich möchte, dass Leo über Nacht hierbleibt«, sagt Fiona leise. »Aber ich werde ihn nicht bitten.«

»Verstehe. Dein Ruf.«

Sie boxt mich sanft gegen die Schulter. »Aber ich habe auch keine Lust, ein Spielchen zu spielen. Ich weiß, dass ich ihn mag, und ich weiß, dass er mich mag.«

»Na, dann ...«

»Aber nur, wenn er die Initiative ergreift.«

»Einverstanden.«

»Du bist nicht sauer?«

Ich lächele. »Wieso denn? Es gilt die Survivor-Regel.«

»Und Noah?«

Ich zucke mit den Schultern. Ich weiß nur eins: Was Noah angeht, gibt es keine Regeln.

Wir trinken den Kaffee, und Leo schlägt vor, noch in einen Club zu gehen oder einen Kinofilm anzusehen. Es ist auch eine Lösung für die Frage, ob er und Noah nun fahren sollen. Wir finden das alle großartig, bis wir uns die Sache im Detail ansehen.

»Es kommt kein Film mehr. Es bliebe noch ein beliebiges Sexkino oder Heimkino mit DVD.« Ich habe alles gegoogelt.

Fiona verzieht das Gesicht.

»Dann gehen wir in einen Club!«, ruft Leo.

»Du willst also in Boxershorts in einen Club gehen?«, fragt Noah vorsichtig. »Ich meine, könnte die neuste Mode werden ...«

Ich muss grinsen.

Fiona schweigt. Sie ist eisern, was ihren Vorsatz angeht, Leo nicht zu verführen oder zum Bleiben zu überreden. Wobei – Überredung ist vermutlich nicht nötig.

»Okay, dann fahren wir mal«, sagt Leo entschlossen, steht auf und greift nach seinem Autoschlüssel.

Noah hält die Hand auf. »Du besser nicht mehr.«

Leo seufzt und wirft Noah die Schlüssel zu.

»Wollt ihr eure nassen Sachen mitnehmen?«, fragt Fiona und steht auf.

Sie hat eine sachliche Stimme, der man nicht anmerkt, dass es ihr lieber wäre, wenn Leo bei ihr übernachten würde.

Leo folgt ihr ins Bad. Noah und ich bleiben in der Küche.

»Tja, dann ...«, sagt Noah und steht auch auf. Er kommt auf mich zu, wir machen einen Versuch, uns zur Verabschiedung zu umarmen, und küssen uns im nächsten Augenblick. Noah hebt mich leicht an, als wollte er mich mitnehmen, aber wohin? Weder er noch ich haben im Moment einen richtigen Ort für uns allein, wo wir den anderen hin einladen könnten. Aber das ist vielleicht auch besser so. Mir fällt Julian ein und der sehr vernünftige Vorsatz, erst mit meinem besten Freund zu sprechen, bevor ich mich von meinen Gefühlen wegreißen lasse und vielleicht unsere Freundschaft beschädige.

»Was ist?«, fragt Noah.

»Nichts«, sage ich. Es ist einfach zu kompliziert.

Noah lässt mich los, blinzelt. »Du kommst gerade erst aus einer Beziehung, oder?«

Vielleicht stimmt das ja sogar. Aber ich sollte offen sein. Zumindest, was mich angeht.

»Nein, es ist schon länger aus.«

»Und die Wette? Auf der Party mit Julian?«

Er hat ein gutes Gedächtnis.

»Es war nur ... ich wollte nicht angemacht werden.«

Er grinst. »Von Typen wie mir? Die dir dann auch noch das Corona wegtrinken?«

Auf einmal gibt es diesen neckenden Ton zwischen uns.

Ich lächele. »Ich habe dich sofort bemerkt. Deine blauen Augen.«

»Dafür bist du aber schnell verschwunden.«

Was soll ich darauf sagen? Dass ich ihn eigentlich mit Julian verkuppeln wollte? Wir schweigen, und dann hören wir es. Jetzt erst fällt mir auf, dass Fiona und Leo schon verdächtig lange im Bad nach den nassen Sachen suchen. Und offenbar auch schon bei Fiona im Zimmer sind, von wo wir jetzt ziemlich eindeutige Geräusche hören. Fiona war nie leise beim Sex.

Wir sehen uns an. Es ist zu laut, um es zu übergehen, und zu intim, um es anzusprechen.

»Äh ... bisschen Musik hören?«, schlägt Noah vor.

»Ja, gute Idee. Gehen wir in mein Zimmer«, sage ich, denn Fionas Zimmer liegt direkt gegenüber der Küche.

ACHTZEHN

Wir setzen uns auf das improvisierte Sofa. Ich habe eine Kerze geholt, da das Deckenlicht ungemütlich ist, Noah hat das Fenster geschlossen.

Okay, Fiona hat gerade den besten Sex seit Langem, Noah kann nicht einfach ohne Leo abfahren, und Noah und ich können uns nicht mehr küssen, ohne dass es so aussieht, als wollten wir auch so schnell wie möglich Sex haben, und das will ich nicht. Oder eigentlich doch, nur nicht jetzt. Aber wir können Musik hören.

Ich habe Fionas Soundstation und meine Lederjacke geholt, in der ich das iPhone mit meiner Mediathek habe.

»Was wollen wir hören?«, frage ich.

Noah sitzt neben mir an die Wand gelehnt. Es ist seltsam, dass er Fionas Sachen trägt, ein Sport-T-Shirt von ihr und ihre graue weite Joggingshorts, aus der er jetzt sein iPhone zieht.

»Kann ich sehen?«, frage ich, als er scrollt.

»Nur wenn ich auch deins sehen kann«, sagt Noah und lächelt.

Wir tauschen die iPhones, und ich sehe mir die Titel seiner Mediathek an. Wow, eine beeindruckende Musikbibliothek.

»Du bist ein Alternative-Fan«, sagt Noah. »Cool: *Woodkid, Arctic Monkeys, The White Stripes.*« Er grinst. »Aber *Justin Timberlake*?«

»Der hat gute Sachen gemacht«, verteidige ich mich.

»Ja, stimmt.«

Ich hoffe, er übersieht *Bruno Mars* und *Michael Bublé*. Manchmal brauche ich einfach *Easy Listening*. Aber da habe ich doch etwas bei Noah entdeckt. *»Beyoncé?«*

Er sieht mich mit großen Augen an. »Die hat eine tolle Stimme.«

»Stimmt. Und einen tollen Körper.«

»Du doch auch«, sagt Noah ganz entspannt und als wäre das kein Kompliment, bei dem man als Frau schon mal die Luft anhält.

»Danke«, bringe ich immerhin heraus. Er sieht kurz auf und grinst.

»Keine Ursache.«

Ich sehe auf das iPhone-Display, ohne etwas richtig wahrzunehmen. Noah hat auch einen tollen Körper. Der Sex mit ihm wird großartig sein.

»Woher kanntest du eigentlich *Parkway Drive*? Gestern, bei Matti?«, fragt Noah.

»Mein Vater hat als Booker für *Avocado Booking* gearbeitet.«

»Und jetzt?«

»Er sucht eine neue Agentur.«

Ich erzähle jetzt besser nicht, dass er ein Verhältnis mit einer anderen Agentin angefangen hat, und all das – wirklich nicht der Moment.

»Und woher kennst du *Led Zeppelin* und *Black Sabbath*?«, frage ich.

»Plattensammlung meines Vaters.«

»Du hast also auch die unfreiwillige Lektion in Pop- und Rockmusik der 60er-, 70er- und 80er-Jahre bekommen?«

Er grinst. »Genau. Schwerpunkt: Metal- und Hardrock.«

Ich angele nach meiner Lederjacke, die neben der Matratze liegt, und hole meine Earphones aus der Innentasche.

»Ich hör mal rein«, sage ich, da ich einige Bands, die Noah hat, noch nicht kenne.

»Okay, ich auch«, sagt Noah und schließt seine Earphones an mein iPhone an.

Ich scrolle Noahs Mediathek durch. Seine Lieblingslisten. Eine Liste: *Dirt Biking*. Alles ziemlich harte Songs von *Stone Temple Pilot, Metallica, Foo Fighters*, die er wahrscheinlich beim Dirtbiken gehört hat. Und eine Liste, die *Nele* heißt. Exfreundin?

»Den mag ich«, sagt Noah.

»Okay, was hörst du denn gerade?«

Er reicht mir einen seiner Earphones, und ich setze ihn ins Ohr. Mir fällt auf, dass wir jetzt verbunden sind. Zumindest über ein kleines weißes Kabel.

Happy Ending von *Mika*. Den einzigen Song, den ich von *Mika* habe, obwohl ich die meisten von ihm gut finde. *Happy Endings*. Ist das jetzt ein Zeichen?

»Ja, den mag ich auch.«

»Ich habe eine Idee«, sagt Noah. »Ich kauf dir einen Song, du kaufst mir einen.«

»Genial.«

Wir suchen beide sofort im iTunes-Store.

»Nichts Gemeines«, sage ich, denn da fällt mir wirklich viel ein.

»Keine Schnulze, die könnte ich nicht in meiner Sammlung ertragen«, sagt Noah.

»Was Aktuelles.«

»Keine Charts. Es muss schon ... was Besonderes sein.«

»Und *Kadavar* scheidet aus«, sage ich.

Noah schaut auf. »*Mist.* Wieso scheidet *Kadavar* aus?«

»Hast du ihn schon gekauft? Zeig her!«

»Black Sun.«

Wir hören uns den Song an. Er ist wirklich gut.

Ich grinse. »Okay, das kann ich nicht toppen.«

»Stimmt«, sagt Noah.

Ich lehne den Kopf an die Wand, schließe die Augen und höre dem Song zu, der etwas Psychedelisches hat. Ich bin erschöpft vom Schwimmen, der Sonne, dem ganzen Tag, aber ich will nicht einschlafen, sondern weiter mit Noah hier sitzen, von mir aus die ganze Nacht. Es fühlt sich so gut an. Als ob wir uns schon sehr lange kennen würden. Und das Gefühl habe ich sonst nur bei Julian.

Noah beugt sich zu mir und küsst mich vorsichtig, fragend. Ich bin nackt und liege am Strand, halb im Wasser. Die Sonne blendet mich. Die Wellen lecken an meinen Schenkeln und ziehen sich wieder zurück, rauschen immer wieder heran, weiter nach oben. Ich spüre die Nässe zwischen meinen Beinen. Noahs Hand liegt auf meiner Brust, sein Mund ist auf meinem. Ich erkenne seine Lippen, rau und trocken, und über uns fliegt eine Krähe.

»Es sind sehr intelligente Tiere«, sagt Noah.

»Sie wissen genau, wann man sich verliebt. Sie umkreisen das Paar, bis es sich zu erkennen gibt.«

Umkreist uns die Krähe? Sie landet auf Noah und

verschmilzt mit seiner Körperseite. Ich streiche über sein Tattoo, die feuchte Haut, sein Atem an meinem Ohr, das alles ergibt eine erregende Mischung. Musik. Ein langsamer Song, ein vibrierender Song, ein erregender Song. Mir ist so heiß, ich bin so erregt, ich will, dass Noah die Entscheidung trifft, mich zu lieben, jetzt sofort, oder die Krähe, wie ein antikes Orakel, ich kann einfach nichts dafür. Es war beschlossen. Es ist beschlossen.

Ich drehe mich, die Innenseite meiner Schenkel brennt, ich brauche mehr Wasser und zerfließe gleichzeitig. Ich will die Augen öffnen, sehen, wo ich bin, aber meine Lider sind so schwer, ich kann sie unmöglich anheben. Und will es eigentlich auch nicht. Jemand stöhnt. Ich?

Ich reiße die Augen auf, blinzele. Es ist hell im Zimmer. Der Morgen. Wo bin ich? Ich liege unter einer Wolldecke, langsam kehrt die Erinnerung zurück. Ah ja, bei Fiona, das improvisierte Sofa. Und wer hat mich hingelegt? Ich setze mich auf und sehe Noah, der vor der Matratze auf einer schmal gefalteten Wolldecke liegt. Und schläft. Er hat sich die kleinere der beiden Decken genommen, die ihn nur halb bedeckt, und alles, was unter der Decke hervorschaut, ist nackt. Sein Oberkörper, die Hälfte der Krähe, die Unterschenkel. Ich sehe eine feine weiße Linie auf seinem Bein. Kein weißes Tattoo, sondern eine Narbe. Mein Blick wandert zu seinem Oberkörper, dem leicht geöffneten Mund. Die Erregung kehrt zurück. Heute spreche ich mit Julian.

Noah schlägt die Augen auf, als ob er spüren würde, dass ich ihn beobachte.

»Morgen«, sage ich betont munter.

»Oh, he, du bist schon wach?«, sagt er und blinzelt gegen das Licht. Nach dem Regen gestern sind die Sonne und der Sommer einfach wieder zurückgekehrt.

»Ja, sorry wegen gestern. Ich war so müde. Und danke für die Decke. Ging das, auf dem Fußboden?«

»Klar.« Noah richtet sich auf. »Wie Zelten ohne Isomatte.«

Doch jede seiner Bewegungen verrät, dass er gelitten hat.

Ich muss lachen. »Sorry, wir hätten ja auch zusammen auf der Matratze schlafen können.«

»Wohl eher nicht«, sagt Noah mit diesem trockenen Humor, den ich so mag. Und richtig, nebeneinander zu schlafen, das hätte auf keinen Fall geklappt.

Ich nehme mein iPhone, das am Kopfende liegt. Zehn Uhr, also verpasse ich gerade mein Seminar.

»Verdammt!«

»Was?«

»Experimentelle Psychologie bei Steiner. Der hat mich letztens schon beim Googeln erwischt. Und danach habe ich Cafédienst.«

Als ich die Zimmertür öffne, zieht der Duft von frisch gemahlenem Kaffee hinein. Auf dem Weg zum Bad werfe ich einen Blick in die Küche.

»Morgen!«

Fiona steht in einem Oversize-T-Shirt an der Spüle und

lächelt mich mit diesem Ich-hatte-die-ganze-Nacht-Sex-Lächeln an, das ich gut von ihr kenne. Ungewöhnlich ist nur, dass ihr Liebhaber am Morgen den Kaffee aufgießt, etwas, das eigentlich nur die Hohepriesterin selbst tun darf, aber Leo nun gestattet wurde. Und das ist ganz eindeutig ein Zeichen.

»Hast du nicht auch Uni?«, frage ich Fiona und beginne mit meinen Augen und Augenbrauen zu sprechen und etwas wie »Du bist also wirklich verliebt?« verschlüsselt zu sagen.

Sie zuckt zweifelnd mit den Schultern, aber ihr Blick sagt etwas anderes. Fiona schwebt auf Wolke sieben.

»Ich muss schnell duschen und dann los. Cafédienst, ich kann Bella nicht hängen lassen. Kann ich deinen Kleiderschrank noch mal benutzen?«, frage ich schon halb auf dem Weg ins Bad.

»Sure, Baby«, singt Fiona, und ich muss noch mal einen Blick zurückwerfen, um ganz sicherzugehen, dass das meine Freundin ist.

»Wie war denn eure Nacht?«, fragt Fiona beim Frühstück nicht sehr verschlüsselt in Noahs und meine Richtung.

»Ich habe von Meerjungfrauen geträumt«, sagt Noah.

Fiona grinst. »Oh, oh, was sagen die Psychologen?«

Leo grinst. »Ein schönes Mädchen und ein Schwanz, das ist ja wohl sonnenklar.«

Noah schickt ihm einen genervten Blick. »Er schließt von sich auf andere.«

Ich springe auf, bevor das Gespräch noch unangenehmer wird. »Ich muss los.«

Fiona folgt mir in den Flur. »Julian hat mich angerufen«, flüstert sie.

Ich hatte auch einen verpassten Anruf von ihm auf dem Handy.

»Und?«

»Er hat einen Film für heute Abend.«

»Welchen?«

»*Brokeback Mountain.*«

»Der Film über die schwulen Cowboys?«

Fiona nickt. »Wir müssen mit ihm reden.« Sie macht eine ausholende Geste. »Über das alles hier.«

»Okay.«

»Danke. Bis heute um acht?«

Sie nickt. »Und komm pünktlich. Oder nein, komm eine Viertelstunde eher.«

NEUNZEHN

»Ich dachte schon, du bist krank«, sagt Bella, während sie Schrippen durchschneidet.

Ich hole Butter aus dem Kühlschrank.

»Ich hab dir doch 'ne SMS geschrieben, ich hab nur verschlafen.«

»Steiner hat nach dir gefragt.«

»Ja?«

»Ich glaube, irgendwas mit der Studie. Die Ergebnisse waren merkwürdig. Sind irgendwie abgewichen. Ob du noch mal kommen kannst.«

Ich werde rot. »Klar.«

Eigentlich kein Wunder. Mein Herz hat an diesem Tag, in diesem Raum, zusammen mit Noah, verrücktgespielt.

Die Frühschicht verabschiedet sich, und ich übernehme die Kaffeeausgabe. Es ist voll, und ich bin eine Viertelstunde nur mit Kaffeeausschenken beschäftigt. Dann wird es ruhiger, und Bella und ich gönnen uns eine Pause.

»Wer hat denn heute ein Referat gehalten?«

»Keiner, der Referent war krank, also hat Steiner über Assoziationspsychologie gesprochen. Verknüpfung von Vorstellungen mit Gefühlen oder Reizen oder Reizsituationen mit verbalen und motorischen Verhaltensäußerungen und so.«

»Aha, worüber genau?«

»Also«, erklärt Bella, »er hat das Beispiel genannt, dass man von der abstrakten Idee eines Ortes, also des Zoologischen Gartens zum Beispiel, auf einen ganz bestimmten Zoobesuch kommt und von da auf die Erinnerung an eine bestimmte Person oder einen Vorfall. Also Erinnerungs- oder Assoziationsketten.«

Alles klar. Motorrad, Motorradfahren mit Noah, seine Küsse. Funktioniert bei mir ganz wunderbar. Tattoo, Krähe auf Noahs Haut, seine Berührungen. Oder Kaffee, Frühstück heute Morgen ...

»Noah!«, zischt Bella.

Er steht in der Tür, entdeckt uns und kommt herüber.

»Hi. Kann ich einen Kaffee bekommen?«

»Klar, natürlich«, sagt Bella aufgeregt und springt zur Kaffeekanne.

»Hey, Emmy!«

Noah trägt eine frische Jeans und ein T-Shirt, das ich noch nicht kenne.

»Du warst also zu Hause«, sage ich.

Er grinst. »Ja, war gar nicht so leicht, Fiona und Leo zu trennen.«

»Ich sehne mich langsam auch nach meinen Sachen.«

Die schwarze Jeans von Fiona ist mir etwas zu weit, das T-Shirt auch.

»Die stehen dir doch gut.«

Bella kommt mit der Kaffeekanne. Sie schaut von Noah zu mir und dann wieder zu Noah, gießt ihm einen Kaffee ein und kassiert. Er setzt sich ans Fenster.

»Was war das denn?«

»Wieso?«, frage ich arglos.

Ich spüre, wie mir ihr Blick folgt, als ich mich zu Noah setze.

»Hey, schön, dich zu sehen«, sagt Noah und lächelt.

»Finde ich auch.«

Er beugt sich zu mir, ich komme ihm entgegen, und wir küssen uns sanft.

»Wie lange geht denn deine Caféschicht?«, flüstert Noah.

»Bis eins, wenn ich in der Mensa esse, aber manchmal mache ich auch bis zwei. Dann habe ich noch Entwicklungspsychologie.«

»Oh, ein langer Tag.«

»Ja, ich bin eine sehr gewissenhafte Studentin.«

»Das hat man besonders heute Morgen gesehen.«

Ich boxe ihn sanft, und er lacht. »Und Dienstag Kino? Ich habe die Karten schon bestellt.«

»Oh, gut. Wo?«

»Cinemaxx am Potsdamer Platz. 18 Uhr. Schaffst du das?«

»Perfekt. Wollen wir uns Viertel vor treffen?«

»Okay.«

Es wird wieder voller. Kolja kommt und winkt in Noahs und meine Richtung.

»Ich geh mal Bella unterstützen«, sage ich, gehe nach vorne und schiebe mich wieder hinter den Cafétresen.

»Ich dachte, er steht auf Jungs«, sagt Bella vorwurfsvoll.

Kolja grinst und beugt sich weit zu uns vor. »Tja, Bella, vielleicht steht er ja auf Jungs *und* Mädchen ...«

Bella sieht mich fragend an, und ich hebe beide Hände. »Keine Ahnung!«

Noah steht auf und deutet an, dass er gehen wird. Ich gehe zu ihm, und wir umarmen uns, küssen uns leicht. Eigentlich sind Küsse in der Öffentlichkeit nicht meine Sache, aber mit Noah ist auch das anders. Noah geht schließlich, winkt lässig, und als ich mich umdrehe, winken Kolja und Bella ihm zusammen nach.

»Und das Unheil nimmt seinen Lauf«, sagt Kolja, als ich zurückkomme.

»Was soll das, kannst du mal Klartext reden?«

Ich folge Kolja zu seinem Platz, setze mich neben ihn, sehe ihn an. Ich warte. Er zuckt lässig mit den Schultern.

»Was jetzt?«, sage ich eisig.

Er beugt sich vor, senkt seine Stimme. »Wenn ich das auf der Party letztens richtig mitbekommen habe, dann steht Julian auf Noah. Und du verbreitest überall, dass Noah auf Jungs steht. Und was ist dann das hier?«

Ich werde knallrot. »Und was geht dich das an?«

Kolja lehnt sich zurück, lächelt.

»Ich sage nur, dass hier einige Leute ziemlich sauer auf dich sein werden, wenn du das nicht bald klarstellst.«

Ich springe auf und marschiere zurück zu Bella. Das Schlimmste ist: Kolja hat mal wieder absolut recht.

»Bist du jetzt mit Noah zusammen?«, fragt Bella.

»Nein!«, schnappe ich wütend zurück.

Um fünf bin ich zu Hause. Meine Mutter ist nicht da, ich finde nur einen Zettel.

BRINGE MARIE ZUM FLUGHAFEN.

Ich schreibe darunter:

BIN BEI FIONA, KOMME SPÄT.

Ich dusche, ziehe mich um und starte eine Waschmaschine mit den halb nassen Sachen, die ich von Fiona mitgenommen habe. Dann schließe ich mein iPhone an den Akku, sehe eine Nachricht von Julian und simse zurück:

Komme kurz vor acht.
Freue mich auf den Film.

Ich stelle den Wecker meines iPhones auf kurz nach sieben und lege mich hin. Mitten am Tag.

Als Kind habe ich mich angeblich immer ins Bett verkrochen, wenn ich Probleme hatte oder mir alles zu viel wurde. Daran muss ich denken, als ich unter die Decke schlüpfe und mir natürlich einrede, dass ich einfach nur müde bin. Ganz klar, die Nacht war kurz.

Ich bin in einer dunklen Hütte, keine Fenster, keine Tür, aber ich weiß, ich wohne hier. Jemand ruft mich von draußen, aber ich kann mich nicht bewegen, weder nach draußen gehen noch zurückrufen. Es gibt keine Fenster und Türen, und irgendetwas hält mich ab. Ein Vogel kommt angeflogen, und ich frage mich: Woher? Ich sehe nach oben, und im Dach ist ein großes Loch. Durch das Loch sehe ich den Sternenhimmel, den Mond und Schwärme von Vögeln, die offenbar alle beschlossen haben, auf meinem Haus zu rasten, denn einer nach dem anderen landet auf meinem Dach. Sie krächzen und kreischen, mir fällt der Film von Hitchcock ein, Die Vögel, *sie sind nur animiert, sage ich mir panisch. Aber dann bin ich auch nur animiert, fällt es mir auf, und ich habe Angst, mich aufzulösen und zu verschwinden und nichts dagegen tun zu können. Irgendwo weint ein Kind. Und verstummt dann. Die Decke stürzt auf mich nieder, ich werde erschlagen, ich sterbe, ich reiße meine Arme über den Kopf, doch dann sind es nur schwarze Federn, die langsam auf mich herabsegeln.*

Ich wache auf, reiße mir die Decke vom Kopf und atme. Das iPhone brummt auf meiner Kommode, der Ton ist abgestellt, aber die Vibrationsfunktion eingeschaltet. Wie konnte ich so lange schlafen? Ich bin noch halb in diesem Traum, der vermutlich perfekt für ein Seminar über Traumdeutung geeignet ist. Wobei ihn vermutlich jeder Laie deuten kann: Er steht für das schlechte Gewissen Julian, mir selbst, der ganzen Welt gegenüber, weil ich mit Noah zusammen bin. Und die Krähenfedern, die auf mich herabrieseln, sind auch nicht schwer zu deuten: sanfte Berührungen auf der Haut.

»Da bist du ja«, sagt Fiona, als wäre ich zu spät, dabei bin ich genau eine Viertelstunde früher bei Julian. Ich lege den Helm und die Lederjacke in der Eingangshalle ab und ziehe meine Stiefel aus. Dann folge ich Fiona in den Keller, in dem Julian einen Raum für sein Heimkino eingerichtet hat. An der Wand hängt eine Leinwand, gegenüber steht ein großes Sofa, rechts und links zwei breite und tiefe Sessel. Hinter dem Sofa steht der Beamer auf einem Sockel und daneben eine Playstation, auf der die DVDs abspielt werden.

»Wo ist Julian?«, frage ich.

»Holt Getränke«, flüstert Fiona überflüssigerweise, da er uns hier nicht hören kann. »Und? Wie sagen wir es ihm? Also, du.«

»Wieso ich?«

»Okay, wir. Erst mal müssen wir ihm sagen, dass Noah auf Mädchen steht. Und dann ... das andere besser später, oder?«

»Welches andere?«

»Emmy!« Fiona hebt ihren Zeigefinger und eine ihrer Augenbrauen. »Dass du und Noah irgendwie zusammen seid. Habt ihr miteinander geschlafen?«

»Nein!«

»Aber ihr seid ständig kurz davor, richtig?«

»Na ja.«

Fiona nickt. »Und Noah ist verliebt in dich.«

»Ja?«

»Das sagt Leo, und das sieht man.«

Mein Magen flimmert begeistert. Ich muss lächeln. *Das sagt sogar Leo?*

Es klingelt an der Haustür. Wir sehen uns an.

»Kommt Leo?«

»Natürlich nicht«, sagt Fiona. »Ich sehe mal nach, wer das ist.«

Ich setze mich auf die Ledercouch und seufze. Ich war immer ehrlich mit Julian, aber das hier fällt mir schwer. Was ist, wenn er verletzt ist? Mich dafür hasst, dass ich mit Noah zusammen sein möchte, zusammen bin?

Ich muss es ihm gut beibringen. Vorsichtig.

Es ist alles nur eine Frage der richtigen Formulierung. Ich gehe im Geist ein paar Sätze durch:

Also, Julian, wir haben da was über Noah erfahren ... Unehrlich.

Also, Julian, ich weiß jetzt, dass Noah gar nicht schwul ist, da er und ich, also ... Unmöglich.

Also, Julian, es könnte sein, dass Noah doch mehr auf Mädchen steht. Vielleicht so?

Jemand kommt die Treppe heruntergerannt, Fiona poltert in den Raum. »Emmy, Noah ist gekommen.«

»Was? Wieso?«

»Julian hat ihn eingeladen. Spontan.«

Ich muss weg. Sofort.

»Wo sind sie?«

»In der Küche.«

Ich springe auf. »Sag Julian, meine Mutter hat angerufen. Ihr geht es nicht gut, ich musste gehen.«

Fiona legt den Kopf schief. »Sag mal, wollten wir ihm nicht heute die Wahrheit sagen? Und jetzt lügen wir ihn schon wieder an?«

»Okay, dann gehe ich jetzt nach oben und begrüße Noah, und der Rest klärt sich dann schon«, sage ich unsicher und mache einen Schritt Richtung Treppe, doch Fiona hält mich zurück. »Nein, so können wir das nicht machen. Auf keinen Fall. Ich habe Julian gesehen, als er Noah begrüßt hat. Emmy, er hat ausgesehen ... wie du! Total verliebt.«

Sie beißt auf ihrer Unterlippe herum. »Okay, ich geh vor, lenke sie ab, und du schleichst dich raus. Und wir reden später mit Julian.«

Das Rausschleichen ist einfach. Julians Haus ist so groß, dass man sich nur einfach hinter eine der Vasen im Eingangsbereich stellen muss und übersehen wird. Aber draußen muss ich das Motorrad starten. Ich hole den Schlüssel aus der Lederjacke, meine Hand zittert. Mein Herz rast, und in meinem Magen flattert es wie verrückt. Was mache ich hier überhaupt? Seit wann verstecke ich mich vor meinem besten Freund? Ich sollte zurückgehen und mit ihm reden. *Sofort*. Kurz vor dem Eingang sehe ich Fiona am Fenster stehen, scheuchende Armbewegungen machen und *Hau ab!* artikulieren. Offenbar keine gute Idee, zurückzukommen. Mir ist schon wieder schwindelig. Ich sammele mich kurz, dann renne ich zurück zu meinem Motorrad.

Die XT springt zum Glück sofort an. Ich rase bis zur nächsten Ecke und außer Sichtweite, dann bleibe ich zitternd stehen, mit laufendem Motor und dem Gefühl, auf meinem Motorrad versteinert zu sein. Ein Autofahrer überholt mich und gestikuliert wild. *Warum stehe ich hier rum?* Ich fahre langsam wieder an und fädele mich in den Verkehr. Selbst 30 Stundenkilometer kommen mir viel zu schnell vor.

»Ach, schon zurück«, sagt meine Mutter, als ich in einem seltsam betäubten Zustand nach Hause und ins Wohnzimmer komme, wo sie mit einem Glas Wein sitzt.

Ich lasse mich auf einen Sessel fallen.

»Ich soll dich schön von Marie grüßen.«

Ich nicke und starre geradeaus.

»Alles okay?«

Ich schüttle den Kopf. »Mama? Ich glaube, ich habe Mist gebaut.«

Ich erzähle meiner Mutter die ganze Geschichte. Ich fange mit der Party an, und ich ende bei diesem Abend. Ich rede schnell, und sie fragt manchmal nach, doch am Ende nickt sie.

»Verstehe.«

»Ja?«, sage ich, denn immerhin bin ich hier nicht bei einer Beichte, bei der man mit Rosenkranzbeten davonkommt. Wie konnte ich wegrennen? Wie konnte ich es überhaupt so weit kommen lassen?

Meine Mutter stellt das Weinglas ab und beugt sich vor. »So etwas kann passieren.«

»Ja?«

»Natürlich. Was denkst du, wie durcheinander mein Leben war, als ich deinen Vater kennengelernt habe.«

»Aber du hast niemanden angelogen, oder?«

»Doch, natürlich. Meine Familie, wenn ich mich mit ihm treffen wollte. Es war schrecklich, weil ich nie vorher gelogen hatte.«

»Und was mache ich jetzt?«

»Wie ... wichtig ist dir denn Noah?«

Ich zucke mit den Schultern, dabei weiß ich es. *Sehr wichtig.* Ich bin so verliebt wie noch nie. Aber sagen das nicht alle, die verliebt sind?

»Ich mag ihn. Sehr.«

Meine Mutter sieht mich mit dem gleichen Blick an, den ich schon von Fiona kenne. So, als hätte ich eine schwere Krankheit. Im Prinzip tödlich, aber man will es dem Patienten lieber noch nicht sagen. Sie schaut mich nachdenklich an.

»Und morgen willst du mit Noah ins Kino gehen?«

Ich nicke.

»Tja, was soll ich sagen? Weißt du, manche Menschen müssen durch die Dinge hindurchgehen, andere können sie umgehen. Ich konnte das nicht«, sie seufzt. »Und dein Vater kann es offenbar auch nicht. Du bist unsere Tochter, also ...«

»Du meinst, ich sollte gehen?«

»Ich meine, du solltest das alles möglichst schnell klären, bevor zu viele Menschen verletzt werden. Wann willst du mit Julian sprechen?«

Schulterzucken. »Und wie ist die Sache von Noah aus? Ich meine ... wie empfindet er?«

Schulterzucken.

»Er ist nicht schwul. Vielleicht bi, aber nicht schwul.«

Meine Mutter lächelt. »Tja, komisch, ich dachte, ich hätte damals in Schwierigkeiten gesteckt, als ich mich in deinen Vater verliebt habe, aber deine Story klingt noch etwas verrückter.« Sie wird wieder ernst. »Kläre das bald. Julian ist dein bester Freund. Weißt du, verliebt zu sein ist schön, aber Freundschaft ist wichtiger.«

Ich starre auf den Riss in meiner Jeans, die gebräunte Kniescheibe, die darunter sichtbar wird. Wann fing das an, dass kaputte Jeans in Mode kamen? Und sind jetzt kaputte Beziehungen in Mode? Aber vielleicht sind sie nicht kaputt, sondern nur offener. Es ist viel mehr möglich.

»Und wenn es mehr als Verliebtheit ist?«, sage ich leise.

Meine Mutter schweigt.

»Mama?«

»Wenn es wirklich mehr ist, dann wird Julian das verstehen.«

ZWANZIG

Es klingelt Sturm. Ich liege im Bett, den Kopf unter der Bettdecke, weil die Sonne hereinscheint und ich noch schlafen will. Oder mich vergraben. Das Vormittagsseminar habe ich schon aufgegeben und mich für krank erklärt. Was ich im Prinzip auch bin. Liebeskrank. Und gerade versuche ich es auszuschwitzen, wie eine Sucht oder eine Drogenabhängigkeit, die Sache irgendwie in den Griff zu bekommen. Aber es hieße wohl nicht *Liebe*, wenn es irgendwie in den Griff zu bekommen wäre.

Es klingelt weiter, und ich beschließe, es einfach zu ignorieren. Egal, wenn es die Post ist, und offenbar ist meine Mutter nicht zu Hause und öffnet – und wer sollte es sonst sein? Höchstens Fiona, und die hat mir vor dem Präpkurs eine SMS geschickt, dass sie mich nach dem Kurs anrufen wird.

Es klingelt wieder. Kurz – lang – kurz. Es gibt nur einen, der so klingelt, wenn es dringend ist, und zwar seit er sechs ist. Ich springe auf, taumele und halte mich am Fensterbrett fest. Und sehe vor dem Haus Julians Beetle.

Shit!

Einen Moment stehe ich wie versteinert, dann löse ich mich aus meiner Erstarrung. Vielleicht ist es ja besser so. Mit einem Mal bin ich erleichtert. Wir können reden. Ich erzähle Julian einfach alles, genau wie meiner Mutter. Und er wird es verstehen, er ist mein bester Freund. Ich schlüpfe in eine Jeans, ziehe ein T-Shirt über und rase nach unten.

Wieder klingelt es.

»Ich komme.« Ich reiße die Tür auf, und Julian stürmt herein.

»Emmy!«

Ich schlucke und senke den Kopf. Egal, was kommt, ich habe es verdient. Ich bin vollständig bereit, die Strafe anzunehmen. Ich hätte schon viel eher mit ihm reden müssen. *Richtig.* Teeren und federn, kann alles geschehen.

»Emmy, gut, dass du da bist!«

Ich sehe auf. »Ja?«

Julian kommt zu mir, fasst mich an den Schultern.

»Ich hab's ihr gesagt!«

Er sieht mich genauso erschrocken an wie ich ihn.

»Was?«, frage ich vorsichtig, obwohl mir *Wem?* auch nicht ganz klar ist.

»Dass ich schwul bin.«

Er lässt mich los, rennt eine Runde in der Halle, rauft sich die Haare, lacht.

»Ich hab's ihr einfach gesagt! Kannst du dir das vorstellen? Nach all den Jahren.«

Er kommt zurück zu mir, strahlt. »Und weißt du was? Es tut einfach nur gut.«

»Deiner Mutter?«, frage ich sicherheitshalber.

»Ja, wem sonst?«

Natürlich, wem sonst.

»Und?«

Sein Lächeln verschwindet. »Sie hat es erst für einen Witz gehalten, und dann haben wir uns angeschrien. Sie kapiert es einfach nicht.«

»Ist vielleicht nicht so einfach.«

Julian zeigt mit ausgetrecktem Arm nach draußen. »Sie kann mich enterben, sie kann machen, was sie will, es gibt kein Zurück.«

»Okay.« Ich schließe die Tür und mache eine Handbewegung Richtung Küche. Ich brauche was zu essen. Julian geht vor, dreht sich dann abrupt um.

»Kann ich eine Zeit lang bei euch wohnen? Ich kann da nicht zurück. Weißt du, was sie gesagt hat? *Das würde sich nach der Pubertät schon legen*. Ich meine, ich weiß, seit ich zwölf bin, dass ich Jungs mag, das legt sich doch nicht wieder. Was für ein Blödsinn. Die Pubertät ist auch schon eine Weile her, verdammt. Und ich bin verliebt. Verliebt in einen Jungen!«

»Ach ja?«, krächze ich, weil meine Stimme gerade wegbricht.

Ich gehe in die Küche und reiße Schränke auf, hole Tassen und Teller. Julian kommt hinterher. Langsam beruhige ich mich. Eigentlich ist doch alles gut. Jetzt wird reiner Tisch gemacht.

»Was machst du?«, fragt er irritiert.

»Frühstück.«

Julian setzt sich, ich drehe mich um und lächele. »Willkommen. Und du kannst mir helfen, denn das ist jetzt auch deine Küche.«

»Und er wohnt jetzt bei dir?«, fragt Fiona, mit der ich telefoniere, während ich aus dem Fenster schaue und Julian beobachte, wie er ein paar Sachen aus dem Kofferraum des Beetle nimmt. Ich habe sie direkt nach dem Präpkurs angerufen, denn ich brauche Rat und Zuspruch.

»Ja. Und ich will jetzt ganz offen mit ihm sein. Irgendwelche Tipps?«

»Lass ihn erst mal ankommen«, sagt Fiona. »Nicht alles auf einmal. Er hat doch gerade erst mit seiner Mutter gesprochen. Er vertraut dir, er braucht dich jetzt.«

»*Wow*, vielleicht solltest du Psychologie studieren.«

»Bloß nicht!« Fiona lacht.

»Klingt jedenfalls vernünftig.«

Ich dagegen denke gerade nur an mich, denn ich will alles über Noah und mich loswerden, beichten, und natürlich Julians Absolution.

»Nicht sofort«, mahnt Fiona.

»Verstanden.«

»Und wo wird er wohnen?«

»Im Gästezimmer. Das Haus ist ja groß genug, hier steht eh die Hälfte leer. Meine Mutter ist einverstanden. Ich habe ihr erzählt, dass Julian sich geoutet hat. Eigentlich habe ich ihr sogar alles erzählt.«

»Auch von dem Problem?«

»Ich nenne ihn immer noch Noah.«

»Ja, klar.«

»Ich bin heute Abend mit ihm im Kino verabredet.«

»Oh. Sagst du ab?«

»Weiß nicht. Je nachdem, was ich mit Julian kläre.«

»Würdest du gerne gehen?«

»Eigentlich schon.«

Was ich Fiona nicht sage: Ich sterbe vor Sehnsucht nach Noah.

»Fi, ich mach mal besser Schluss, Julian kommt rein. Wir sehen uns dann morgen beim Sport?«

»Okay.«

Ich zeige Julian das Gästezimmer, das Marie gerade erst verlassen hat, und lege ihm Bettzeug und Handtücher heraus. Das Zimmer ist schlicht, aber praktisch eingerichtet, es gibt noch eine Sitzgruppe, einen Schreibtisch und eine Kommode für Kleider.

»Reicht dir das?«, frage ich und denke an die Etage, die er bei sich zur Verfügung hat.

»Alles sehr gut. Danke. Du rettest mich.«

»Kein Problem, bleib, solange du willst. Allerdings – ich wollte am Wochenende zu Fiona umziehen«, füge ich unsicher hinzu.

»Natürlich, kein Ding! Ja, ich brauch nur ein paar Tage, um das alles klarzukriegen.«

»Was willst du machen?«

Er zuckt mit den Schultern.

»Auch ausziehen?«

Wir setzen uns in die Sitzgruppe.

»Ich bin übrigens heute Abend eventuell nicht da«, höre ich mich sagen.

»Ja, fühl dich nicht verpflichtet, wegen mir hierzubleiben. Ich richte mich ein und versuche, den Kopf klarzukriegen.«

Ich stehe auf.

»Und jetzt muss ich noch mal zur Uni. Ich habe ein Seminar, und ich muss die Studie wiederholen, da ist irgendwas falsch gelaufen. Kann sein, dass wir uns erst morgen sehen. Okay?«

Er nickt, und ich wende mich zur Tür.

»Hey, Emmy?«

Ich drehe mich um.

»Danke! Ohne dich hätte ich das nicht geschafft. Du bist die Beste.«

Den ganzen Weg zur Uni frage ich mich, ob ich das Richtige tue. Oder nein, ganz ehrlich, ich weiß, dass ich nicht das Richtige tue, aber das existiert gerade auch nicht. Ich erkläre es meiner XT in einem stummen Gespräch, und wie immer hört sie aufmerksam zu: Wäre es richtiger, den Abend mit Julian zu verbringen? Noah abzusagen und so zu tun, als ob ich nicht lieber woanders wäre? Oder wäre es besser, Julian erst zu sagen, dass ich mit Noah verabredet bin, und dann zu gehen? Wohl kaum. Aber selbst wenn ich dann bleiben würde, wäre das seltsam. Ich stöhne.

So werden griechische Tragödien gebaut, man hat überhaupt nicht die Wahl, *keinen* Fehler zu machen. Ich bin mir noch nicht einmal sicher, wann der richtige Zeitpunkt gewesen wäre, einen anderen Weg einzuschlagen. Wenn überhaupt, dann hätte Fiona diese Party niemals feiern dürfen. Allerdings hätte ich dann Noah vielleicht nie getroffen, und schon der Gedanke schmerzt.

Ich muss an einen Spruch denken, den mein Vater immer gerne zitiert hat, wenn er davon gesprochen hat, wie er meine Mutter verführt hat: *Im Krieg und in der Liebe ist alles erlaubt.*

Dieser Spruch ist Schwachsinn. Damit reden sich Leute heraus, die die Verantwortung für ihr Handeln nicht übernehmen wollen. Aber gerade leuchtet er mir sehr ein.

Ich sitze das Seminar ungeduldig ab, dann gehe ich ins

Sekretariat, um die Sache mit der Studie von Steiner zu klären, aber niemand ist da, der mir etwas dazu sagen kann. Gut, ich habe es versucht.

Auf dem Weg ins Kino muss ich mich zusammenreißen, nicht zu rasen, so sehr freue ich mich auf Noah. Für einen Moment sehe ich mich weit über die Straße geschleudert werden und blutig auf dem Asphalt landen. Keine Lösung für gar nichts.

Am Potsdamer Platz stelle ich meine XT auf dem breiten Fußweg ab, verzichte auf das Umziehen und befestige nur den Helm an der XT. Ich habe einen zweiten Helm für Noah dabei, sicherheitshalber, obwohl ich weiß, dass es noch weniger als vorher einen Ort gibt, an den wir nach dem Kino gehen können. *Um euch zu lieben?*, fragt eine schamlose Stimme in mir, die ich schon seit einigen Tagen nicht mehr unter Kontrolle habe. *Ja, ich will ihn lieben.*

Vor dem Kino stehen ein paar lose Grüppchen, Noah entdecke ich nicht. Ich geh in den großen Vorraum des Cinemaxx und betrachte das Filmposter von *Ironman 3*. Auf dem Plakat ist Ironman mit Pepper zu sehen. Robert Downey Junior mit Gwyneth Paltrow. Er in seiner Ironman-Rüstung und sie im weißen Hemd, ihre Hand liegt auf seiner Brust. Oder seinem Brustpanzer.

»Hey, Superwoman!«

Ich drehe mich um und sehe Noah. Er schwenkt zwei Karten und 3-D-Brillen.

»Wir sehen die 3-D-IMAX-Version.«

»Oh, *wow*!«

Ich zeige auf das Filmplakat. »Warum steht sie im Unterhemd, und er hat diese Rüstung an? Ist das nicht immer das Gleiche? Der starke Mann beschützt die schwache Frau.«

Noah grinst auf diese Art, die ich so sehr an ihm mag. Offen und frech. »Kennst du die Ironman-Comics?«

»Nein, keine Ahnung. Du?«

»Ja. Aber wir sollten erst den Film sehen, bevor ich dir das erzähle. Wollen wir hochfahren, noch was trinken?«

Wir gehen zur Rolltreppe und fahren ein Stockwerk höher zum Einlassbereich des IMAX-Kinos. Ich war erst ein Mal hier, als ich noch sehr klein war, und damals habe ich einen Film über Ozeane gesehen. Ich kann mich sehr genau erinnern, dass ich dachte, die Fische würden im Raum schwimmen, und mir ständig die 3-D-Brille zugehalten habe.

»Ich beschütze dich«, sagt Noah gespielt dramatisch.

Ich grinse. »Oder ich dich.«

Ich hole Kaffee. »Was bekommst du für die Karte?«

Er winkt ab. »Du bist eingeladen.«

Wir setzen uns in die Ledersessel vor dem Einlass.

»Geht es deiner Mutter besser?«, fragt Noah.

»Ja«, sage ich und spüre, wie mir die Röte ins Gesicht zieht.

»Und? Wie war *Brokeback Mountain*?«

»Gut, sehr gut, nur ...«

»Was?«

Noah zögert. »Sag mal, Julian ist doch dein Exfreund, oder?«

»Äh. Nein. Wir kennen uns seit dem Kindergarten. Nicht mein Exfreund, aber mein bester Freund.«

»Also, ich hab nur gedacht ... er ist schwul, oder?«

»Ja. Wieso?«, frage ich und bemühe mich, ganz entspannt zu klingen. Auch Noah schulde ich die Wahrheit, aber Julian Noah gegenüber zu outen ist eine gewagte Sache und bedeutet, dass ich mich auf sehr dünnem Eis bewege.

»Na ja, klingt jetzt vielleicht seltsam, aber ich hatte das Gefühl, er denkt, ich bin auch schwul«, sagt Noah.

Ich lächele. »Hm. Das habe ich am Anfang auch gedacht.«

»Ach ja?«

»Nur ganz am Anfang. Auf der Party.«

Er nickt. »Hat Fiona deshalb Leo gefragt, ob ich schwul bin?«

»Äh ... ja.«

»Kolja hat mich das auch gefragt. Sehe ich irgendwie so aus? Wegen der langen Haare oder wie?«, fragt Noah irritiert.

Ist jetzt die Gelegenheit, Noah alles zu erklären? Wohl eher nicht.

»Vielleicht, weil du nett bist?«, sage ich daher. »Nimm es als Kompliment. Wollen wir reingehen?«

EINUNDZWANZIG

Ich bin eigentlich kein Fan von 3-D-Filmen, aber das IMAX 3D ist etwas ganz Besonderes. Man taucht in den Film ein, die Technik ist viel besser, man ist mittendrin. Und ich mag diese einfachen Superheldengeschichten, die Farbe, den Style und die Action. Es ist das perfekte Gegenprogramm zum Studium und all den komplizierten Überlegungen zu den dunklen Abgründen der eigenen Psyche, über die ich manchmal einfach nicht mehr nachdenken will. Als der Abspann läuft, lehne ich mich zurück.

»*Wow!*«

»Du hattest ein paarmal die Hände vor dem Gesicht«, sagt Noah und grinst.

»Ja?« Ich nicke heftig. »Und wo warst du?«

»Gleich neben dir. Und ist dir aufgefallen, dass Pepper ihn gerettet hat?«

Ich lächele. »Ja, stimmt, sie hat Ironman gerettet. Und sie hatte auch eine Rüstung. Wolltest du mir das vor dem Kino erzählen?«

Wir stehen auf und schieben uns langsam hinter den anderen Kinobesuchern aus der Sitzreihe.

»Ja, und noch mehr. Pepper wird eine eigene Superheldin. Sie heißt dann Rescue.«

»Argh! Warum studiere ich nicht Superhelden-Wissenschaft.«

»Oh, ich dachte, Psychologie wäre das Gleiche«, sagt Noah und grinst.

Wir werden zu einer Rolltreppe außen am Gebäude geführt und fahren von dort hinunter auf den Potsdamer Platz. Der Platz ist mit einem großen Segel überspannt, und fast habe ich das Gefühl, es geht hier einfach weiter mit dem Film, an diesem futuristischen Ort, es ist dunkel, alles ist möglich. Wir stehen unten auf dem Platz, zwischen Bars, Cafés und lauter bunten Lichtern und Reklamebildschirmen. Der Times Square von Berlin.

»Hast du Lust, noch was zu machen? Was trinken?«, fragt Noah.

»Ja, gerne.«

Er zögert. »Oder wir fahren zu Leo? Er ... ist heute bei Fiona.«

»Ja, okay«, sage ich und tue so, als ob das eine ganz banale Entscheidung wäre, allein mit Noah in eine Wohnung zu fahren.

»Ich bin mit dem Motorrad hier.«

Noah lächelt. »Das hatte ich gehofft.«

Es ist nicht weit bis nach Mitte, ich fahre, und Noah leitet mich. Als wir ankommen, nehme ich meinen Helm mit nach oben, so fühle ich mich sicherer, Pepper und ihre Rüstung.

Noah schließt auf, macht Licht und führt mich in die Küche. Seltsam, wie eine Wohnung sich verändert, wenn man sie ohne ihren eigentlichen Besitzer betritt.

Ich lege den Helm und die Lederjacke ab. Darunter trage ich meinen Lieblingspullover, er ist dünn und ärmellos mit einem V-Ausschnitt, und ich fühle mich sofort etwas schutzlos, dazu kommt die Aufregung.

»Was möchtest du?«, fragt Noah, und mir fällt auf, dass er auch nervös ist.

»Einen Kaffee?«

Er geht zu einer Kaffeemaschine und nimmt die Glaskanne.

»Leider kann ich nicht mit so einem guten Kaffee wie bei Fiona dienen. Ist mehr wie im Pi-Café.«

»Sag nichts gegen unseren Kaffee, wir geben uns sehr viel Mühe«, sage ich gespielt empört.

Noah grinst. »Okay, okay, ich sage nur, das hier wird eher Basic.« Er füllt Wasser in die Glaskanne. »Musik?«

Der Gettoblaster von Leo steht in der Küche, und als ich das CD-Fach öffne, liegt die CD von *Kadavar* noch darin. Der harte Rocksound bläst durch die Stille der Küche, ich drehe den Sound auf Hintergrundstärke herunter und entspanne mich. Immerhin sind Noah und ich nicht mehr ganz allein, *Kadavar* ist mit uns.

Noah durchsucht die Schränke, findet eine Rolle Prinzenkekse und reicht sie mir.

»Magst du?«

»Gerne.«

»Wie isst du die?«, frage ich und lege ein paar davon auf einen Teller.

»Ganz normal.«

»Keine bestimmte Technik?«

Noah gießt Kaffee in zwei Becher, wir setzen uns.

»Technik?«

Ein schnarrender Ton, die Türklingel, wir sehen uns überrascht an. Noah zuckt mit den Schultern, geht zur Tür und kommt mit Matti zurück.

»Ich brauche nur eine Tasse Zucker«, sagt er eilig, dann bemerkt er mich. »Hey, hallo, die Lady mit der tollen Haut.«

»Emmy, hallo.«

Wir begrüßen uns, Mattis Händedruck ist fest und entschlossen. Er trägt ein Trägershirt, sodass man seine Tattoos in voller Pracht bewundern kann. Vögel, Totenköpfe, Herzen, Schlangen. Eine ganze Seefahrergeschichte.

»Ja, seitdem redet er nur davon, dass er dich tätowieren will«, sagt Noah.

»Echt?«

Matti schätzt mich ab. »Hast du schon eins?«

»Nein. Deine Tattoos sind großartig, echt, aber wenn ich darüber nachdenke, bin ich wohl nicht der Typ dafür.«

»Was für eine Verschwendung. Noah, du musst sie überreden. Ich habe wahnsinnsneue Motive entwickelt. Ein Schwan. Der muss auf einen Frauenkörper.«

»Wie groß?«, frage ich nur aus Spaß.

Matti setzt sich unaufgefordert und rückt näher an mich.

»Gott, wer solche Schultern hat ... das ist eine Leinwand. Tja, also, der Schwan ... dreh dich mal um.«

Er fasst mir in den Rücken, gleich über den tief sitzenden Jeansbund.

»Also, hier wäre der Körper.« Er zieht eine geschwungene Linie über meinen Rücken. »Hier der Hals ...«, dann legt er jeweils eine Hand auf meine Schulterblätter, »... und hier die Flügel.«

»Träum weiter«, sagt Noah und lacht.

Ich drehe mich zurück. »Hört sich nach einer modernen Foltermethode an. Aber sieht bestimmt toll aus. Nur schade, dass ich das Bild nie zu sehen bekomme.«

»Dafür hat dein Liebhaber was davon«, sagt Matti und klopft Noah fest auf die Schulter.

Eine kleine, peinliche Stille entsteht. Matti steht auf.

»Na, dann will ich mal nicht weiter stören.« Er nimmt den Becher mit Zucker, den ihm Noah herausgestellt hat. »Und Emmy, falls du es dir mal anders überlegst, ich mache dir einen Sonderpreis.«

»Ja, danke.«

Noah bringt Matti zur Tür, kommt zurück und setzt sich mir gegenüber an den Tisch. Wir sind allein, mit der Musik von *Kadavar*, einem Kaffee und der Prinzenrolle.

Ich nehme mir einen Keks, teile die beiden Hälften auseinander und lecke die Füllung ab. Noah beobachtet mich.

»Ist was?«, frage ich.

»Das meintest du also. Mit Technik.«

»Ja. Wie machst du es denn?«

Noah nimmt einen Keks und beißt ab, kaut, schluckt. »Und? Was sagt das über mich?«

Ich grinse. »Unkompliziert?«

Er sieht mich an, blinzelt. »Okay, dann bist du ...«

»Ja?«

»Isst du den Keks nachher noch?«

»Na klar, der kommt danach.«

»Also das Beste zuerst.«

Ich zucke mit den Achseln. Das habe ich noch nie so gesehen. Noah beobachtet, wie ich den Kakao von der Kekshälfte lecke, schließlich halte ich inne.

»Was?«

Er steht auf, kommt um den Tisch und hockt sich neben mich.

»Hey«, sagt er leise. »Leo ist nicht nur nicht da, er hat mir auch sein Zimmer … und Bett angeboten. Magst du bleiben?«

Das Flimmern im Magen, das ich seit unserer Ankunft habe, wird sofort stärker. Statt Noah zu antworten, küsse ich ihn. Er saugt den Kakao von meinen Lippen, den süßen Geschmack, steht auf und reicht mir die Hand.

»Ich zeig's dir mal.«

Ich folge ihm in Leos Zimmer, an das ich mich von der ersten Wohnungsführung erinnere. Nur dass es jetzt aufgeräumt ist. Noah macht eine vage Geste durch den Raum, doch im Wesentlichen meint er das Podestbett. Zwei mal zwei Meter, absolut geeignet.

»Frisches Bettzeug«, sagt Noah. »Von dem Kerzenmeer, das ich gerne für dich haben wollte, konnte ich ihn allerdings nicht überzeugen.«

»Dann kann ich leider nicht bleiben.«

Noah lächelt. »Ich hätte noch ein paar Teelichter.«

Ich runzele die Stirn, grinse. »Hm. Mit Duft?«

Er umarmt mich, zieht mich an sich und küsst mich sanft, dann hungrig. Wie haben wir es so lange ausgehalten, es geschafft, uns nicht zu küssen? Oder nicht zu berühren? Noah hebt mich leicht an und legt mich aufs Bett.

»Stiefel«, flüstere ich.

Noah kickt seine Turnschuhe von den Füßen, stellt sich ans Fußende und versucht, mir die Stiefel auszuziehen.

»What the fuck!«

Ich muss lachen, als Noah sich abkämpft.

»Sind die angewachsen?«

Sie sind nicht eng, aber wir sind einfach zu aufgeregt.

Noah hat mich schon bis zum Fußende gezogen, und ich kralle mich auf dem Bett fest, damit ich nicht ganz hinunterfalle. Ich lache und lache, da ist es wieder, das Gefühl, dass das Leben einfach absurd ist, verrückt, unvollkommen und gleichzeitig perfekt, mit Noah zusammen ist es perfekt. Mit einem energischen Ruck zieht Noah mir die Stiefel aus, erst einen, dann den anderen, lässt sie neben das Bett fallen und wirft sich neben mich. So soll er Liebe mit mir machen: entschlossen, stark.

»Okay, was jetzt?«, fragt Noah und grinst.

Dieser unverschämte Blick. Ich schlage ihn leicht und kämpfe ihn nieder, aber er wehrt sich nicht, sondern lächelt nur. Ich setze mich rittlings auf ihn und spüre, dass er schon hart ist, und mein Körper antwortet sofort, mit Noah brauche ich kein Vorspiel, ich löse mich schon unter seinen Blicken auf. Noah legt seine Hände an meine Hüften, den Bund der Jeans. Meine Jeans ist mindestens so eng wie meine Stiefel, und bei der Vorstellung, dass Noah sich gleich noch mit der Jeans abmüht, muss ich schon wieder lachen.

»Was ist so witzig?« Doch er lächelt selbst, packt mich und rollt sich auf mich. Meine Brustwarzen stellen sich auf, alles an mir bietet sich ihm an. Noah schiebt mein Shirt hoch, seine Hand unter meinen zarten BH und seufzt.

»Ich wusste, dass sie perfekt sind.«

»Na ja«, sage ich und grinse. »Die eine ist etwas kleiner als die andere, und wenn ich ganz erregt bin ...«

Er legt seine Hand auf meinen Mund, und seine Augen weiten sich liebevoll. Er beugt sich zu mir, nah an mein Ohr. »Du machst mich verrückt. In jeder Hinsicht. Ich habe den ganzen Tag an nichts anderes gedacht.«

Auf einmal wechselt die Stimmung, es ist ernst. Wir haben es die ganze Zeit mit Albernheit zu verdecken versucht, dabei wissen wir es beide. Wir mögen uns nicht nur, wir haben uns gefunden, und alles fühlt sich auf einmal richtig an, stimmt. Wir sind erregt, schon die ganze Zeit, endlich kann sich die Energie entladen. *Schnell!* Noah rollt sich neben mich und knöpft meine Levis auf. Ich schlängele mich aus der Hose, trete sie nach unten und öffne seine Jeans, die sowieso schon tief sitzt und leicht hinuntergleitet. Mein kleiner Slip, seine Boxershorts, doch wir zögern. Ich ziehe sein Shirt über seinen Kopf, er meinen Pullover. Er löst meinen BH und betrachtet mich, senkt seinen Kopf auf meine Brüste, leckt die Brustwarzen, und eine Flamme züngelt durch meinen Körper bis in meinen Schoß. Er küsst meinen Bauch hinunter, umkreist den Bauchnabel und sinkt weiter. Wie ein geübter Liebhaber, es fasziniert, erregt und erschreckt mich zugleich. Er streift meinen Slip ab, biegt meine Schenkel sanft nach außen. Seine Zunge findet sofort die richtigen Stellen, massiert die Perle, taucht zwischen die Schamlippen, findet den Beat meiner Lust. Er saugt, streichelt, verführt mich allein mit seiner Zunge, lässt sie sanft in mich eindringen und meine Lust umspielen. Songs fallen mir ein, Gitarrenriffs, Schlagzeugbeats. Je erregter ich werde, desto stärker wird das Bedürfnis, ihn in mir zu spüren, ihn aufzunehmen und zu halten. Aber das ist sein Spiel. Mein Becken bäumt sich immer stärker auf, ich will nicht ohne ihn kommen und fasse sanft in sein Haar. Er versteht, taucht auf und sieht mich mit einem verschleierten Blick an.

»Kondom?«

Ich nicke, aber ich habe an nichts gedacht. Er angelt nach seiner Hose, durchsucht die eine, dann die andere Hosentasche und atmet erleichtert auf. Zwischen meinen Schenkeln pulsiert die Lust, und ich genieße den kleinen Moment der Qual, bis Noah sich wieder über mich schiebt, sich nun von unten nach oben küsst, bis zu meinen Brüsten, und dabei sanft in mich eindringt. Die Lust steigert sich sofort wieder. Noah stößt langsam ein-, zweimal tief in mich, und ich stöhne. Sein Blick sucht meinen.

»Ist das okay?«, flüstert er.

Ich nicke, mir ist jede Bewegung recht. Ich wusste nicht, dass ich das mag, so entschlossen geliebt zu werden, so hart, das ist neu für mich. Doch ich will noch nicht kommen, sondern ihn in mir halten, genießen, dass wir zusammen sind. Noah findet einen Rhythmus, sein Atem wird schneller. Ich suche seinen Blick, das tiefe Blau, in das ich eintauche, das Meer. Die Lust baut sich stärker auf, ich ziehe seinen Kopf zu mir, küsse ihn, seine Zunge fährt in meinen Mund, und ich antworte. Unsere Körper schwingen im selben Rhythmus, wie beim Motorradfahren sind wir eng verbunden, während ein harter Puls und Beat durch unsere Körper rauscht. Dass er nicht kommt, ist ein Wunder. Ich denke an die anderen Frauen, die er vor mir geliebt hat. Etwas, das mich nur noch mehr erregt, denn ich weiß, zwischen uns ist es anders, auch für ihn neu. Ich sehe es an Noahs Blick und spüre es. Ich schlinge meine Beine um seinen Körper und ziehe ihn eng an mich, lasse wieder locker. Er reißt den Oberkörper hoch, keucht, ich betrachte sein Gesicht, auf dem Lust und Qual sich mischen. Wieder sucht er meinen Blick, lächelt und stöhnt gleichzeitig. Ich verstehe.

Er will nicht ohne mich kommen, nicht vor mir, bei aller Härte ist er ein Gentleman. Ich schließe die Augen, lasse mich fallen, werde weich, während Noah mich mit sanften Stößen zum Höhepunkt führt. Ich höre uns stoßweise atmen, dunkle Laute, ein Sound, der uns beide noch mehr erregt, bis die Welle über mir zusammenschlägt. In das Pulsieren meiner Lust kommt Noah mit einem tiefen, lustvollen Stöhnen und sinkt dann vorsichtig auf mich. Ich lasse meine Beine von seinem Körper sinken und spüre dem Pulsieren nach, dem Leben.

ZWEIUNDZWANZIG

Als Erstes fällt mir der Geruch auf, ein Waschmittel, das ich nicht kenne, dann ein Arm, der beschützend auf meiner Hüfte ruht. Noah. Ich bewege mich vorsichtig, und der Arm zieht mich sanft an sich.

»Schon wach?«, fragt er mit verschlafener Stimme, die so sexy ist, dass mir heiß wird. Er gräbt sein Gesicht in meine Haare, küsst meinen Nacken. »Gott, ich liebe deinen Geruch.« Er schlingt beide Arme um mich. »Hast du heute etwas vor?«

»Uni?«

»Du hast deinen freien Tag.«

Ich drehe mich zu ihm. »Woher weißt du das?«

Er lächelt. »Ich bin dir schon etwas länger auf der Spur.«

Wir küssen uns. Ich streiche über sein Tattoo, er beugt sich über mich, und sofort flammt die Erregung der Nacht wieder auf. Mein Körper hat noch nie so intensiv auf einen Jungen reagiert. Ich möchte ihn sofort wieder lieben, ihn in mir spüren, mich fallen lassen. Sonst bin ich am Morgen geflohen. Habe mich aus dem Bett geschlichen und gehofft, dass mich niemand zurückruft, ich duschen kann, alles abwaschen, und meinen Körper wieder für mich habe. Schlechter Sex in der Nacht und bei Dunkelheit ist eine Sache, aber im Tageslicht einfach unerträglich. Doch jetzt scheint die Sonne auf das weiße Bettzeug, wirft Schatten zwischen die Bettfalten und malt helle Streifen auf Noahs Haut. Werde ich jemals wieder aus diesem Bett kommen?

Die Türklingel schnarrt. Ich sehe Noah fragend an, er zuckt mit den Achseln. Wir werden es ignorieren, Leo hat einen Schlüssel, alles andere ist egal. Doch offenbar ist jemand hartnäckig und ausdauernd, und schließlich steht Noah auf, zieht seine Jeans über und geht zur Tür. Ich höre die dunkle Stimme von Matti, wie sie reden und in die Küche gehen. Also dauert es länger. Ich ziehe mir ein T-Shirt und Jeans über.

»Hi, Matti!«

Er steht an die Spüle gelehnt und hat den Becher von gestern in der Hand.

»Noch mehr Zucker?«, frage ich.

Noah steht hinter Matti und sieht verzweifelt zur Decke. Ich muss lächeln.

Ja, ich wäre auch lieber im Bett geblieben.

»Tja, dann danke, dass du den Zucker so schnell wieder zurückgebracht hast«, sagt Noah bewusst artikulierend und hebt hinter Matti fragend Arme und Augenbrauen.

Matti strahlt mich an. »Und, Emmy, hast du es dir überlegt?«

»Was?«

Matti deutet auf den Tisch, auf dem eine Mappe liegt.

»Ich habe dir ein paar tolle Motive mitgebracht. Schau einfach mal rein.«

Ich nehme die Mappe, schlage sie auf. Es sind tolle Fotos von schönen Tattoos. Das muss ich zugeben.

»Also, die Nacht hat jetzt nicht gerade gereicht, um meine Meinung zu ändern.«

Matti sieht vorwurfsvoll zu Noah, der abwehrend die Hände hebt. »Das ist dein Ding, Matti.«

Matti mustert mich ernst. »Du versprichst, es dir zu überlegen? Es muss ja nicht gleich der Schwan sein. Ich kann mit was Kleinem anfangen, ein Herz, ein Totenkopf …«

Ich sehe von der Mappe auf. »Schon klar, Matti, danke für das Angebot. Sollte ich meine Meinung ändern, komm ich auf jeden Fall zu dir.« So viel kann ich versprechen.

Matti nickt zufrieden. »Okay, dann geh ich mal wieder.«

Er tappt mit dem Zuckerbecher zur Tür, und Noah und ich grinsen uns fassungslos an. *Was war das jetzt?*

Die Tür klappt, Noah lächelt. »Oh, Mann, der meint es ernst. Und Emmy, ich muss dich warnen, der wird nicht lockerlassen. Mich hat er ein Jahr bearbeitet.«

Noah stellt Teller und Becher auf den Tisch.

»Für die Krähe?«

»Ja. Ich war bei Leo zu Besuch, stand so wie jetzt in der Küche. Und Matti hat mich mit der Tätowiermaschine fast angesprungen.«

Ich gehe auf Noah zu, umarme ihn von hinten, küsse seine nackten Schultern.

»Das kann ich irgendwie verstehen.«

Er dreht sich zu mir, seine Hände gleiten unter mein Shirt und auf meinen Rücken. Er grinst. »Und hier wäre dann also der Schwan.«

»Niemals!«

»Tja, das habe ich damals auch gedacht.«

Ich löse mich von Noah. »Warum hast du es dann doch gemacht?«

Er ist auf einmal ernst und hat den Ausdruck, den ich schon öfter bei ihm gesehen habe. Als würde etwas in ihm auf einmal zuschnappen und sich verschließen.

»Ich dachte, es hilft.«

»Hilft?«

Noah zuckt mit den Schultern. »Mir ging es nicht gut, und ich dachte, die Schmerzen ... ich weiß nicht. Ich wollte mich wieder spüren. Ich dachte, so könnte ich vielleicht eine Sache vergessen oder erträglicher machen.«

Er sieht mich durchdringend an. Das Blau seiner Augen ist wieder dunkel.

»Wie gehst du mit Problemen um, die du nicht lösen kannst? Die dich traurig machen?«, fragt er.

Ich antworte, ohne nachzudenken. »Ich rede nicht darüber.«

Es stimmt, das ist meine Technik. Abgesehen vom Schreien unter der Decke in mein Kopfkissen und dem Sprechen mit meinem Motorrad. Aber ich muss Noah ja nicht sofort mit meinem ganzen Wahnsinn konfrontieren.

Er lächelt skeptisch. »Nicht reden? Hey, du studierst Psychologie.«

»Therapeuten hören nur zu, aber hast du schon mal einen über seine Probleme reden hören?«

Er lächelt. »Okay, klingt einleuchtend. Und? Klappt es?«

»Ich denke schon.«

Er nickt. Ich hake nicht weiter nach. Ich verstehe, dass man über Dinge nicht reden will, sie in sich begräbt. Ich bin ein Meister darin. Und noch glaube ich, dass diese Methode auch funktioniert.

Während des Frühstücks klingelt mein Handy zweimal, und ich versuche, die Gespräche kurz zu halten. Einmal ist es Fiona, die nachfragt, ob ich abends zum Sport komme. Das zweite Mal ist es Julian, der sich mit mir im *Coffee Cross* treffen will.

»Okay, so um vier?«, sage ich, während mein Herz mir bis zum Hals schlägt, da ich mich ertappt fühle. Hört sich meine Stimme anders an, wird Julian nachfragen? Doch er ist ganz mit seinen eigenen Problemen beschäftigt.

»Termin?«, fragt Noah, als ich auflege.

»Julian. Er hat gerade Stress mit seiner Mutter, und ...«

»... du hörst ihm zu«, vollendet Noah den Satz.

Ich lächele. »Ja, vielleicht reicht das. Hoffentlich!«

Noah beginnt den Tisch abzuräumen, stellt das Geschirr in die Spüle.

»Hast du Lust, heute Abend mit mir an den See zu gehen?«

»Ich habe Sport bis acht.«

»Danach?«

Oh ja. Ich habe Lust. Ich will mich überhaupt nicht von Noah trennen, aber ich muss ein paar Dinge in Ordnung bringen. Je schneller, desto besser. Doch danach muss ich ihn sehen.

»Um halb neun am Biergarten.«

Zu Hause schleiche ich ins Haus, was vollkommener Blödsinn ist, da jemand, der im Haus ist, sicherlich das Geknatter der XT gehört hat. Im Haus ist es still. In der Küche steht eine leere Flasche Wein auf der Theke, daneben zwei Gläser. Aus dem Mülleimer ragen die Reste des Rosenstraußes. Mein Vater fällt mir ein, ein halbes Jahr lang hat er sich immer wieder in dieses Haus geschlichen, nachdem er mit seiner Freundin zusammen war, hat getan, als ob alles normal wäre, dabei war er schon ganz woanders. Bin ich jetzt genauso? Aber zum einen habe ich nicht vor, Julian ein halbes Jahr lang zu belügen, und zum anderen will ich immer offen und ehrlich mit ihm sein. Ich bin nicht wie mein Vater.

Ich reiße den Kühlschrank auf und finde eine Notiz meiner Mutter.

BIN EINKAUFEN. BIST DU HEUTE ABEND DA?
JULIAN KOCHT (ODER VERSUCHT ES).

Ich muss grinsen. Julian kann maximal ein Ei in die Pfanne schlagen. Ich schreibe schnell meine Nachricht darunter.

BIN BEIM SPORT, KANN SPÄT WERDEN,
RECHNET NICHT MIT MIR.

Oben klopfe ich im Gästezimmer an, aber es kommt keine Antwort. Nun, Julian und ich sehen uns sowieso gleich, es bleibt kaum noch Zeit zum Duschen, bis ich wieder losmuss.

Nach dem Duschen stehe ich im Bad und durchsuche den Schrank meiner Mutter nach einem Parfüm. Sie hat eine große Sammlung, und ich entscheide mich für *Allure*. Vielleicht habe ich Angst, dass Julian Noah an mir riechen könnte, vielleicht will ich Noah mit einem neuen, aufregenden Duft verführen, vielleicht ist es auch beides. Und dann sehe ich die Tabletten. Als Marie es mir erzählt hat, habe ich es nicht wahrhaben wollen, irgendwie verdrängt, aber da liegen sie. Klein und unauffällig. *Imipramin Neurax.* Ich hole den Beipackzettel raus und beginne zu lesen, das Kleingedruckte geht über zwei Seiten, und ich breche ab. Da steht doch sowieso immer das Gleiche drin. Ich fummele den Zettel wieder in die Packung, ziehe den Filmstreifen heraus und sehe, dass die halbe Packung schon aufgebraucht ist. Wie lange nimmt sie die Dinger denn schon? Auf der anderen Seite weiß es sogar ihre Schwester, es ist kein Geheimnis, es ist einfach eine Medizin. Verschreibungspflichtig, also hat ein Arzt das entschieden, sage ich mir ruhig und lege alles wieder weg. Das kann ich später ansprechen. Wenn überhaupt.

Ich bin etwas zu spät im *Coffee Cross*, und Julian sitzt schon draußen bei einem Kaffee. Jeans, weißes Hemd, Leinenschuhe und *Ray Ban*-Brille. Wie immer perfekt. Ich lege meinen Helm auf einen Stuhl.

»Tut mir leid, ich bin zu Hause hängen geblieben.«

Julian springt auf, wir umarmen uns. Ich setze mich, lasse die Lederjacke hinter mich gleiten, schiebe die Sonnenbrille ins Haar, dann doch lieber wieder zurück vor die Augen. Ich bin nervös. Wann soll ich es ansprechen, wie einleiten?

»Wie geht es?«, frage ich.

»Kaffee?«, sagt Julian, und ich nicke.

Während er für die Bestellung nach drinnen geht, formuliere ich an einer Einleitung. Etwas wie: *Ich wollte es dir schon die ganze Zeit erzählen, aber ...* oder: *Was ich in letzter Zeit alles so erlebt habe ... verrückt!*

Julian kommt zurück und stellt einen *Cortado* vor mich.

»Also, mein Vater hat mich angerufen«, sagt er und setzt sich sehr aufrecht wieder hin. Eine Haltung, die ich gut von ihm kenne. Aufgeregt, aufgebracht.

»Dein Vater?!«, sage ich, denn ich weiß, was das bedeutet.

Julians Vater mischt sich nie ein. Er ist der typische Familienpatriarch im Hintergrund, Geld verdienen und dem Sohn über den Kopf streichen, wenn er alles richtig macht. Ende.

»Ein Gespräch unter Männern.« Er grinst. »Wobei ich seit dem Outing wohl für ihn nicht mehr in diese Kategorie falle.«

»Uhhh ...«

»Ja, er meinte, ich soll mir genau überlegen, wie ich damit umgehe. Weil homosexuelle Anwälte und Richter es ja nicht unbedingt einfach haben. Später. Seine Worte.«

Ich schütte Zucker in meinen Kaffee, was ich selten tue, aber gerade braucht mein Körper die Kalorien. Und die Süße.

»Und? Wie steht er denn jetzt ganz allgemein dazu?«

Julian grinst schief. »Ist alles okay, solange es niemand erfährt. Das ist so typisch mein Vater!«

»Na ja, du hast es ja auch lange nicht erzählt«, gebe ich zu bedenken und nehme es auch gleich als Entschuldigung für mich.

Julian, ich wollte dir ja die ganze Zeit davon erzählen ...

Julian kippt den Rest seines Kaffees herunter. Er ist aufgebracht, obwohl er sich um Gelassenheit bemüht.

»Deine Mutter war übrigens klasse. Sie hat mir von einem ihrer Freunde erzählt, der schon ganz lange mit einem Mann zusammenlebt.«

Ich nicke. »Ja, Herbert. Ein Maler. Und was ist jetzt mit deiner Mutter? Hat sie sich beruhigt?«

»Sie heult angeblich die ganze Zeit. Mein Vater macht natürlich mich dafür verantwortlich. Als ob ich ihr wehtun wollte.«

Ich ziehe ein Blatt aus der Tasche, einen rosa Zettel, den ich am Montag von der Pinnwand an der Uni gepflückt habe, und reiche ihn Julian.

QUEERES SOMMER-PICKNICK
* 8. JULI 16 UHR *
AUF DER WIWISS-WIESE
(NÄHE VEGGIE-MENSA)

Er sieht mich fragend an. »Du meinst, da soll ich hingehen?«

Natürlich meine ich das.

»Wenn du jetzt einen Rückzieher machst, dann war alles umsonst.«

Er soll sich richtig outen.

»Ich soll da hingehen?«

Ich reiße die Arme hoch. »Ja, zu den Freaks!«

Er lächelt, dann wird er ernst. »Du hast schon recht, aber ... Ich weiß nicht, ob ich schon so weit bin. Ich hätte nicht gedacht, dass meine Familie so ausrastet.«

Ich überlege, ob *ausrasten* mein Stichwort ist.

Apropos, Julian, jetzt bitte nicht ausrasten, aber ich muss dir auch was erzählen?

»Was ist mit Noah?«, frage ich. »Wie war es denn am Montag? Du hast noch gar nicht richtig davon erzählt.«

Immerhin eine Einleitung. Ein Versuch.

Eine leichte Röte zieht über Julians Gesicht.

»Nett. Sehr nett. Schade, dass du wegmusstest. Ich möchte, dass du ihn kennenlernst. Und mir deine Meinung sagst. Das ist mir sehr wichtig.«

»Ach ja?«, sage ich und verschlucke mich am Keks zum Kaffee. Ich huste. »Echt jetzt?«

»Na klar. Ich könnte nicht mit jemandem zusammen sein, den du nicht leiden kannst.«

Okay, Julian, hier besteht keine Gefahr, ich mag ihn außerordentlich.

»Ich denke, er ist nett. Ich habe ein gutes Gefühl«, sage ich und weiß, dass ich mich mit jedem Satz weiter von der Möglichkeit entferne, über Noah und mich zu reden. Jetzt tue ich schon so, als ob ich ihn nicht gut kennen würde!

»Ja, stimmt. Dir ist er ja zuerst aufgefallen. Danke noch mal. Ich hätte nie den Mut gehabt, ihn anzusprechen.«

»Kein Ding, und das hat ja hauptsächlich Fiona gemacht.«

»Stimmt. Ich habe sie übrigens auch gefragt.«

»Was gefragt?«

»Weil ich doch so unsicher war, ob Noah schwul ist.«

»Und?«

»Sie meinte, sie hat nur im Schwulenreferat Zettel für die Party aufgehängt. Das war natürlich schlau.«

Ich lache. »Ja, so ist sie.« Doch innerlich werde ich immer entsetzter. Ich muss aufhören, Julian etwas vorzumachen. Ich muss endlich mit ihm – über mich reden.

Ich sauge den letzten Kaffee aus dem Glas.

»Noch einen?«, fragt Julian und springt hilfsbereit auf.

»Ja, gerne, noch mal das Gleiche«, sage ich. Einfach noch

mal von vorn. Auch mit dem Geständnis. Nenne ich es schon so? Doch mein Gehirn ist wie blockiert.

Julian kommt zurück. »Er bringt uns den Kaffee gleich«, sagt er, und ich habe das seltsame Gefühl, als ob der alte Spanier sich ein Bild davon machen will, warum und mit wem ich hier draußen sitze.

Julian lehnt sich zurück, seufzt tief und schiebt sich die Sonnenbrille in die Haare.

»Kennst du sein Tattoo?«, fragt er leicht abwesend. »Total abgefahren.«

Ich bin auf einmal wachsam und auch etwas eifersüchtig. Wieso kennt Julian Noahs Tattoo?

»Ach ja? Er hat ein Tattoo?«

»Ja, sieht man normalerweise nicht. Aber dann ... Ich hab ihm 'n Bier aufgemacht und dabei aus Versehen auf sein Shirt gespritzt.«

Wie unglaublich bedeutungsvoll.

»Und du hast ihm ein Shirt von dir gegeben?«

»Nein. Wollte ich, aber er meinte, das trocknet schon. Ich habe dann drauf bestanden, es wenigstens kurz in den Trockner zu tun.«

Und wie selbstlos.

Ich sauge an meiner Unterlippe. Ich stelle mir vor, dass Noah mit nacktem Oberkörper bei Julian in der Küche gestanden hat. Dass mein bester Freund scharf auf meinen Lover ist.

»Und? Wie sieht das Tattoo aus?«, frage ich und gebe meiner Stimme einen beiläufigen Ton.

»So cool!« Julian dreht sich seitlich zu mir, beschreibt mit den Händen den Umfang des Tattoos. »Ein Vogel, der gerade landet. Riesig. Der geht von der Achsel bis zum Hüftknochen.«

»Ein Vogel, der landet?«

Mir fällt auf, dass das stimmt. Es ist keine Krähe, die auffliegt, es ist eine, die landet, sich fallen lässt. Auf einen Ast. Oder vielleicht sogar eine Beute ergreifen will. Wie konnte ich das verwechseln?

»Aha. Cool. Und? Würdest du dir auch eins machen lassen? Also, ein Tattoo?« Meine Stimme klingt seltsam distanziert und kühl. Ich höre es selber.

Er lacht laut. »Weiß nicht, eher nicht. Ich bin nicht der Typ. Aber zu Noah passt es.« Er senkt seine Stimme und beugt sich zu mir. »Er ist einfach unheimlich sexy, Em.«

DREIUNDZWANZIG

»Du hast es ihm also nicht gesagt, Emmy!«

»Sorry, Fi, ich habe es versucht.«

Fionas Fuß tappt rechts, rechts, rechts, dann links, links, links. Dann mit Armen. Oben rechts, Seite, unten, links. Ich komme raus, lasse die Arme weg, Hauptsache, die Beine stimmen. Aber ich bin nicht allein mit dem Problem, in der Sporthalle kämpfen über hundert Leute jeden Alters mit den anspruchsvollen Bewegungsabläufen der absolut genialen Übungsleiterin und mit dem Im-Takt-Bleiben zu *Eminem*.

»Wie konntest du ihm diese Geschichte mit den Zetteln im Schwulenreferat erzählen? Jetzt glaubt er doch, dass Noah schwul ist.«

»Mein Gott, Em, du warst ja nicht da, du hast ihn ja nicht gesehen! Er war wie in Trance. Total verliebt. Und es war ja wohl nicht gelogen.« Sie zuckt mit den Schultern, was mitten in der Übung ein echtes Kunststück ist. »Vielleicht ist Noah ja auch, weiß nicht ... bi.«

»Großartig«, zische ich.

Die Musik wechselt, etwas Ruhiges, nun die Dehnübungen im Stehen. Ich stehe auf einem Bein, das andere klemme ich mit beiden Händen an meinen Po und versuche, das Gleichgewicht zu halten.

»Und Julian meinte echt, er findet ihn sexy?«

Fiona hüpft auf einem Bein näher zu mir. »Wie war es denn mit Noah?«

Das Blut steigt mir in die Schläfen, aber ich bekomme beim Sport sowieso immer einen roten Kopf.

»Das wäre doch eigentlich ein guter Ansatzpunkt gewesen«, überlegt Fiona laut weiter. »Julian findet ihn sexy, und du sagst ...«

»... ich *habe* Sex mit ihm? Das findest du *gut*?«

»Em, wann willst du es ihm denn sagen? Es ist immer unangenehm, aber es wird nicht besser, wenn du noch länger wartest.«

Auf einmal ist es nur noch meine Sache. Ich wanke und bohre meinen Blick in den Boden. *Immer einen fixen Punkt suchen.*

»Vielleicht bin ich mir ja noch gar nicht sicher. Ich meine, wer weiß, wie lange das mit Noah noch geht?«

Fiona hebt die Augenbrauen. »Emmy, die wieder wegläuft? Angst vor einer Bindung hat? Warum? Ich vermute mal ...«, sie lächelt, »... der Sex war umwerfend.«

Wir wechseln das Bein. Auf dem linken kann ich schlechter stehen, ich wanke und schwanke und setze schließlich das rechte Bein ab. Gleichgewicht ist heute nicht meine Sache. Dazu kommt die Hitze. Mir ist schwindelig.

Nächste Übung, wir beugen uns nach vorne, Beine gegrätscht, dehnen uns. Ich denke an Noahs Berührungen, ihn in mir, mir wird noch heißer und noch schwindeliger.

»Vielleicht ist es nur der Sex«, raune ich Fiona zu.

Sie schnellt hoch, obwohl wir uns langsam aufrollen sollen.

»Nur?«, protestiert sie. »Weißt du, wie lange man suchen muss, bis man jemanden findet, mit dem man guten, wirklich guten Sex hat? Ich kann es dir sagen.«

Ich komme vorschriftsmäßig langsam hoch, auch weil es mit dem Schwindel gar nicht schneller geht, und versuche, nicht mehr an Noah zu denken.

»Kleiner Break und dann weiter am Boden«, ruft die Übungsleiterin. Wir gehen zum Rand, um einen Schluck Wasser zu trinken.

»Also was soll ich machen?«, sage ich. Ich bin bereit, jeden Ratschlag anzunehmen.

Fiona seufzt. »Du meinst echt, es könnte mit Noah nur eine kurze Sache sein? Du könntest es abwarten? Aussitzen?«

Nein, das glaube ich nicht.

Es ist eine Ausrede, die ich mir selber zurechtgelegt habe. Etwas, womit ich mich schützen will. Vor Fionas Vorwürfen, vor Julian und vor allem vor Noah und meinen Gefühlen ihm gegenüber. Ich will nicht verletzt werden. Und ich war noch nie so nah dran, von einem Jungen überhaupt tief verletzt werden zu können. Es gab eine kurze Phase, kurz nach der Schule, in der ich Sex mit Liebe verwechselt habe, doch sie war schnell vorbei. Dann kam London, eine Zeit der Enthaltsamkeit und Einkehr, und dann Johannes. Und ab da war klar: Entweder die große Liebe oder Verzicht. Schluss mit den Halbheiten.

»Ich brauche noch etwas Zeit«, sage ich und komme mir wie eine Katastrophenexpertin vor, die weiß, dass sie nicht eine Sekunde Zeit zum Überlegen hat, aber noch mal klarmachen will, dass sie nicht einfach überstürzte Notentscheidungen trifft. Auch nicht angesichts größter Gefahr.

Fiona stellt sich vor mich, Standbein, Spielbein, eine Hand in der Seite. »Okay, wie lange?«

»Ich treffe ihn nach dem Sport.«

Ihre Augen weiten sich. »Aber Julian wohnt bei dir! Du kannst Noah doch nicht mit zu dir nehmen. Und Leo ist heute zu Hause und – du kannst auch nicht in die WG kommen, Suse ist wieder da, und dann ... weiß es die ganze Uni.«

»Da wissen es sowieso schon alle ...«, sage ich düster und denke an Kolja und Bella.

»Du darfst ihn nicht treffen«, sagt Fiona streng.

»Aber es geht doch nicht nur um Sex. Ich meine, ich muss ihn doch kennenlernen und herauskriegen, was los ist. Mit uns.«

Fiona trinkt von ihrem Elektrolytgetränk, setzt ab, sieht mich an.

»Na, mir hat euer Tanz bei Matti gereicht, um das beurteilen zu können.«

»Ach ja?«

»Ganz einfach: Ihr seid ein Sexcouple.«

»Was?«

»Na, so ein Pärchen, das ständig übereinander herfällt: Fahrstuhl, Flugzeugtoilette, Partygarderobe.«

»Quatsch! Und wo wir gerade dabei sind: *Ich hol mal eben die nassen Sachen aus dem Bad?* Wie professionell war das denn?«

Wir starren uns wütend an und kichern dann albern los. Es gibt keinen Grund, dass *wir* uns nun streiten.

Aus den Lautsprechern in der Halle kommt softe Bluesmusik.

»Okay, also weiter am Boden«, sagt Fiona und grinst.

Noah wartet schon an der Straße auf mich. Ich parke an derselben Stelle wie das letzte Mal, steige ab, nehme den Helm herunter. Er grinst. »Steht dir gut, die XT.«

Abenddämmerung, es ist nicht mehr so heiß wie tagsüber, aber angenehm warm, und ich lasse meine Stiefel an.

»Heute keine Verwandlung?«

Wir gehen aufeinander zu, küssen uns sofort, finden uns wieder. Hat Fiona recht? Sind wir ein Sexcouple? Ich löse mich von Noah, nicke zum Biergarten hinüber.

»Was trinken?«

Die körperliche Anziehung ist eine Sache, aber ich denke auch an das, was ich Fiona gesagt habe. Ich muss Noah besser kennenlernen. Ich habe ja noch nicht mal eine Handynummer von ihm oder kenne seinen Nachnamen.

Wir treten an den Ausschank. Ich entscheide mich für eine Apfelsaftschorle, kein Alkohol beim Motorradfahren, erkläre ich Noah, und er holt sich eine Cola. Wir laufen zu einem der vielen freien Plätze im Biergarten, setzen uns.

Ich nehme einen Schluck, dann noch einen, mein Mund ist trocken. Das macht die Aufregung, wie bei einem Vortrag an der Uni, wo sie dem Referenten auch immer ein Wasserglas hinstellen, was man erst versteht, wenn man selber einen Vortrag halten muss.

»Also ... ich weiß eigentlich gar nichts über dich.«

Noah lächelt, breitet die Arme aus. »Alles, was du wissen willst.«

»Mal sehen, was ich schon weiß.« Denn ich finde, dass es eigentlich gar nicht so wenig ist. »Ich weiß, dass du in Berlin geboren bist, deine Eltern Ärzte sind und du in einer WG in Hamburg wohnst. Dass Leo dein bester Freund ist und ihr zusammen gerudert seid. *Fight Club* ist dein Lieblingsfilm, du isst gerne Fleisch, kannst aber darauf verzichten. Du hast eine unglaublich große Mediathek auf deinem iPhone, verstehst etwas von Metal- und Rockmusik, und du hast immer viel Sport getrieben, bis zu deinem Unfall.«

Noah nimmt einen Schluck Cola aus der Flasche und grinst. »Du weißt noch viel mehr.«

»Ach ja?«

»Dass ich gerne Cola trinke, nicht schwul bin, schwimmen und Motorrad fahren kann, tätowiert bin und …«

»Was?«

»… dich toll finde.«

Ich blinzele verlegen. »Wusste ich das?«

Er streckt beide Arme über den Tisch, ich lege meine Hände in seine.

»Und jetzt zu dir«, sagt Noah.

Mein Herz rast. Es ist ja nicht so, dass ich nicht über mich reden will, es gibt eine Menge Dinge, die ich ohne Probleme erzählen kann. Allerdings gibt es auch ein paar Dinge, über die ich lieber nicht reden will. Keine Geheimnisse, nur Vorfälle, an die ich nicht erinnert werden möchte. Das ist so wie mit radioaktivem Material, man vergräbt es ganz weit unter der Erde und hofft, dass die Fässer nie durchrosten, in die man es gesteckt hat.

»Was willst du denn wissen?«, frage ich neutral.

»Tja, mal sehen, was ich schon weiß«, sagt Noah und kneift die Augen zusammen. »Du studierst Psychologie, weil du lieber über andere als über dich redest. Du fährst Motorrad, trägst meistens Jeans und entweder Boots oder

Flipflops, liebst Superheldenfilme und guten Kaffee. Du hast immer Appetit und trotzdem eine wahnsinnige Figur, du bist nicht eitel und siehst trotzdem immer gut aus.« Er grinst. »Ganz besonders in Pyjamahosen. Du hast tolle Freunde, coole Eltern und zum Glück gerade keinen Lover. Da wäre dein hervorragender Musikgeschmack und ...«

»Hey, wer sagt, dass ich gerade keinen Lover habe?«, unterbreche ich Noah und lächele.

Er legt den Kopf schräg. »Hm, stimmt, wenn ich es mir recht überlege, gibt es da einen Typen. Aber ist er schon ein Lover? Oder nur ...«

»Was?«

»Jemand, mit dem sie spielt?«

Unsere Blicke verhaken sich ineinander. Da ist das Licht der tief stehenden Sonne, der Geruch des Wassers, die milde Luft. Etwas flattert in mir, als wollte es auffliegen, ein aufregendes Gefühl, als ob das Leben jetzt erst losginge. Mit Noah.

Er lächelt. »Wollen wir schwimmen gehen?«

Wir finden eine kleine Badestelle, an der wir allein sind, und ziehen uns aus. Ich habe keine Badesachen dabei, Noah auch nicht, aber es ist noch nicht mal einen Kommentar wert. Ich gehe mit meinem Slip ins Wasser, Noah in seinen Boxershorts. Die Sonne hat den Tag über auf das Wasser geschienen, es ist warm, viel wärmer als die Luft. Wir tauchen kurz unter und nebeneinander wieder auf. Ich streiche meine Haare zurück, Noahs sind fast genauso lang wie meine, im Wasser sind wir Zwillinge, Seelenverwandte, verbunden. Am Uferbereich ist es nicht tief, wir stehen zur

Hälfte im Wasser und in der Sonne. Noah fasst mich an der Hüfte, wir küssen uns. Ich schmecke den Sommer, die süße Cola, lasse meine Finger über die Krähe an Noahs Seite gleiten, als müsste ich sie um Erlaubnis bitten. Noahs feuchte Haut auf meiner, er streicht mir eine Haarsträhne aus dem Gesicht, küsst meine Augen. Von einer anderen Badestelle aus johlen ein paar betrunkene Typen.

»Geile Brüste!«

»Ey, Alter, und wer küsst mich?«

Noah zieht mich auf eine beschützende Art ins Wasser und weg vom Ufer und den grölenden Jungs. Wir schwimmen weiter hinaus. Wir haben all unsere Sachen in ein Gebüsch am Ufer gelegt, aber zum ersten Mal mache ich mir keine Sorgen, dass etwas wegkommen könnte, es ist mir sogar egal, nur der Augenblick zählt.

Das sanfte Licht der untergehenden Sonne legt sich wie eine Schicht auf das Wasser, verwandelt unsere Haut, die Haare, alles in Gold. Ich sauge das Licht auf, schließe die Augen. Noah ist neben mir, blinzelt gegen die Sonne, die sich langsam rot färbt und immer weiter hinter den Bäumen am See verschwindet.

Wir schwimmen eine kleine Runde, bis die Sonne sich zurückzieht und das Licht auf dem See sich verändert. Ohne uns abzusprechen, wenden wir uns wieder Richtung Ufer.

Außerhalb des Wassers ist es kühl. Ich lege die Arme um meinen Körper, auch Noah friert, seine Lippen sind ganz blau. Wir suchen unsere Sachen zusammen. Noah steht neben mir, und ich betrachte verstohlen seinen trainierten Hintern, während er die Jeans überzieht. Auch ich ziehe mich an, nur die Jeans auf der Haut, es ist neu und erregend.

Noah sitzt barfuß am Strand und winkt, als ich mich umdrehe. Er trägt ein Sweatshirt, ich ein T-Shirt und meine Lederjacke, aber als er mich frieren sieht, besteht er darauf, dass ich sein Sweatshirt auch noch überziehe.

»Ich hab doch die Lederjacke«, sage ich, aber er lächelt nur.

»Ich friere nicht.«

Wir sitzen nebeneinander im Sand, ich habe die Füße eng an den Körper gezogen und die Arme um meine Knie geschlungen. Noah setzt sich hinter mich und hält mich zwischen seinen Schenkeln, seinen Armen, wärmt mich.

Kaum ist die Sonne untergegangen, wird es noch kühler.

»Was machen wir jetzt?«, flüstert Noah, gräbt sein Gesicht in meinen Nacken und küsst meinen Hals. Die Sonne ist schon fast hinter den Bäumen verschwunden. Ich spüre eine Traurigkeit, weil ich mit Noah zusammenbleiben will, ihn lieben will, wir aber nirgendwo hingehen können.

Ich drehe mich zu ihm, wir küssen uns, lassen uns fallen. Auf einmal ist mir warm, sogar heiß, ich brenne. Noahs Hand fährt sanft unter mein T-Shirt, liegt kühl auf meiner Brust, seine Augen sind dunkel und tief. Von der anderen Badestelle glotzen die Jungs herüber, sie warten nur darauf, dass wir uns lieben, aber selbst das ist mir jetzt egal.

Ein Gitarrenriff. Ein Klingelton, irgendwo an meinem Körper, in der Lederjacke. Noah gibt mich leicht frei, ich suche ohne Eile nach meinem iPhone. Ich habe drei verschiedene Klingeltöne eingestellt. Einen für meine Eltern, einen für Julian und Fiona und einen für alle anderen Leute, die mich anrufen. Das Gitarrenriff für meine Freunde. Julian, vermute ich, Fiona weiß, dass ich mit Noah zusammen bin, und würde nicht stören. Also Julian, und den Anruf kann ich nicht ignorieren. Ich werfe Noah einen entschuldigenden Blick zu. »Ja?«

»Emmy?«

Julian. Er klingt atemlos. Im Hintergrund höre ich Stimmen. *Wo ist er?*

»Es ist etwas passiert. Deine Mutter ist gestürzt. Ich bin im Krankenhaus.«

»Wieso denn gestürzt?«, frage ich entsetzt, als ob das gar nicht möglich wäre. Nicht bei meiner Mutter. Doch tief in mir weiß ich, dass etwas die ganze Zeit schon nicht gut war, jetzt aufplatzt, sich zeigt.

»Die Treppe, sie ist irgendwie gestolpert, ich war nicht dabei, ich habe es nur gehört.«

Sie war betrunken. Und die Tabletten. Oder der Kreislauf. Ich denke an den Beipackzettel.

»Wie schlimm ist sie denn gestürzt? Hat sie sich verletzt?«

Noahs Augen weiten sich, er sieht sich um, er begreift viel schneller als ich, dass wir losmüssen. Sofort. Er steht auf, sammelt unsere Sachen ein, reicht mir die Hand.

»Wo bist du, ich komme«, sage ich zu Julian.

»Die Feuerwehr ist ins Martin-Luther gefahren.«

»Hast du einen zweiten Helm dabei?«, fragt Noah, als wir zur Straße rennen. Ich nicke.

Ich öffne den Koffer, reiche Noah den Helm und will die Maschine antreten, doch er legt die Hand auf meinen Arm.

»Lass mal, ich fahre.«

Es stimmt, ich bin viel zu aufgeregt und durcheinander.

»Nimm die Lederjacke«, biete ich ihm an, aber er lehnt ab.

Ich gebe ihm den Schlüssel, er steckt ihn ein, setzt sich auf die Maschine, klappt den Ständer zurück und tritt die XT beim ersten Versuch an. Als wäre es sein Motorrad. Die XT knattert los, ich atme erleichtert aus und steige hinter Noah auf. Lege die Arme um seinen Körper und den Kopf an seinen Rücken.

Als wir abfahren, ist es endgültig dunkel.

VIERUNDZWANZIG

Was wäre passiert, wenn Julian nicht da gewesen wäre? Diese Frage kreist ununterbrochen durch meinen Kopf, während wir ins Krankenhaus fahren. Nie bin ich da, wenn es wichtig ist. Damals nicht, als das Unglück passiert ist. Und als die Ehekrise meiner Eltern begann, war ich in London. Und auch jetzt war ich nicht da, als meine Mutter gestürzt ist. Wäre ich da gewesen, wären diese Dinge nicht passiert. Ich hätte sie verhindern können. Also bin ich schuld. Ich bin so dankbar, dass Julian da war.

Bitte, lass nichts Schlimmes passiert sein.

Bitte, lass alles gut sein.

Noah kennt das Krankenhaus und hält nur einmal an, um sich auf seinem iPhone den besten Weg anzeigen zu lassen. Ich bin wie gelähmt, lasse mich fahren, ohne genau zu realisieren, welchen Weg er nimmt. Irgendwie auf die Avus, Richtung Funkturm, Charlottenburg, Autolichter, Reklame, die Straße. Noah fährt schnell, aber ich habe mich selten so sicher, so geborgen gefühlt.

Als wir ankommen, hält er direkt vor dem Gebäude und nickt Richtung Eingang. Ich steige ab, er schiebt das Visier hoch.

»Ich parke die Maschine und komme nach.«

Ich nehme den Helm ab und renne hinein.

»Charlotte von Manstein, sie müsste vorhin eingeliefert worden sein. In die Notaufnahme.«

Ich weiß, dass es wenig Sinn machen würde, wenn die Schwester hinter dem Glaskasten mir und allen anderen panischen Angehörigen zuliebe hektisch und aufgeregt in ihrem Computer nach der Information suchen würde, aber ihre gleichgültige Professionalität macht mich fertig. *Geht es nicht schneller?*

»Sie wird gerade untersucht … versuchen Sie es in der Notaufnahme, es ist noch nicht klar, ob wir sie hierbehalten.«

»Ist es schlimm?«, frage ich und weiß im selben Moment, dass ich mich wie eine Fünfjährige anhöre und auch so benehme.

»Das kann ich Ihnen leider nicht sagen«, erklärt die Schwester sachlich, »da müssen Sie mit dem behandelnden Arzt sprechen.«

Als ich in den Warteraum der Notaufnahme komme, springt Julian von einem der Plastikstühle auf und kommt mir entgegen. Wir umarmen uns kurz.

»Wo ist sie?«

»Sie untersuchen sie gerade.«

»Was war denn?«

Julian führt mich aus dem Warteraum in den Gang, ich spüre selber, dass ich zu viel Panik in den Raum bringe.

»Ich glaube, es war nicht so schlimm, sie hatte eine kleine Platzwunde an der Stirn und war bewusstlos, und ich hab die Feuerwehr angerufen.«

»Danke. Wie lange ist das her?«

»Ich bin jetzt seit einer halben Stunde hier. Ich habe dich gleich angerufen, aber du bist nicht rangegangen. Dann habe ich es bei Fiona versucht, ich dachte, du wärst bei ihr.«

»Angehörige von Frau von Manstein?«

Ein junger Arzt schaut aus dem Wartezimmer. Ich gehe auf ihn zu, wir bleiben auf dem Gang. Julian kommt und stellt sich neben mich. Ich bin froh, dass er da ist.

»Sind Sie die Kinder?«

»Ich bin die Tochter, ja.«

»Ihre Mutter ist gestürzt, hat eine leichte Platzwunde am Kopf, mehr konnten wir bisher nicht feststellen. Sie war bei Bewusstsein, ist ansprechbar und schläft jetzt. Wir vermuten eine leichte Gehirnerschütterung, im Grunde nichts Schlimmes. Was uns mehr Sorgen macht, ist ihr Allgemeinzustand. Der Alkohol und ... hat sie Tabletten genommen?«

»Antidepressiva«, sage ich, und Julian sieht mich überrascht an.

»Wohnt sie allein?«

Ich höre die Frage nach einem Selbstmordversuch heraus.

»Meine Eltern haben sich vor Kurzem getrennt, aber ich wohne noch zu Hause.«

Der Arzt nickt, als hätte er sich schon etwas Ähnliches gedacht. »Wir würden sie gerne noch ein, zwei Tage zur Beobachtung hierbehalten und eine genaue Blutanalyse machen.«

Ich nicke.

»Nur zur Sicherheit.«

Er reicht mir die Hand. »Kommen Sie morgen wieder, dann wird sie wach sein.«

Er nickt mir zu, dreht sich zum Gehen, kommt dann aber

doch noch einmal zurück. »Sie sollten sich jetzt vielleicht schon mal ein paar Gedanken zur Nachbehandlung machen.«

»Nachbehandlung?«

»Der Unfall scheint mir nur die Folge anderer Probleme zu sein. Ich denke, Ihre Mutter sollte sich vielleicht einmal psychologisch beraten lassen.«

»Okay.«

»Alles Gute.«

Er dreht sich um, sein weißer Kittel schwingt rechts und links hinter ihm her, wie in einer Krankenhausserie, denke ich, nur dass das hier die Realität ist. Aber so richtig unterscheiden kann ich das nicht, alles fühlt sich gerade unreal an.

»Ich muss meinem Vater Bescheid sagen.«

Ich setze mich auf einen der Stühle im Gang, lege den Helm ab. Julian setzt sich neben mich, nickt mir zu.

Ich wähle die Nummer, mein Vater nimmt sofort ab.

»Papa, Mama ist gestürzt, ich bin im Krankenhaus, kannst du kommen?«, platze ich heraus.

Stille.

»Ich bin in Oslo. Ich komme erst morgen zurück.«

Ich erläutere ihm die Lage und versuche, etwas zu erklären, was ich selbst noch nicht richtig verstanden habe. Ich weiß nur eins: Ich will nicht allein sein mit dem Problem.

»Der Arzt meinte, es wäre eher psychisch.«

»Natürlich ist es psychisch«, sagt mein Vater. »Aber seit wann nimmt Charlotte Tabletten gegen Probleme?«

Und trinkt so viel.

Ich höre einen leichten Vorwurf heraus. Wie konnte ich

das zulassen. Bin ich dafür verantwortlich? Ich kann doch nicht alles auf mich nehmen.

»Kommst du dann, wenn du zurück bist?«

»Ja, sofort. Bis dann.«

Ich lasse das Handy sinken, starre auf den Boden. Mein Kopf ist hohl, ein leerer Raum, in dem Schwalben segeln und nach Futter suchen oder Möwen, die kreischen.

»Emmy?«

Julian nimmt meine Hand. »Es wird bestimmt alles gut. Es ist nur eine Gehirnerschütterung, ich hatte auch schon eine.«

Ich weiß, damals, als ich mit Julian auf einen Baum geklettert bin und er heruntergefallen ist. Aber die Gehirnerschütterung ist auch für mich das kleinere Problem. Was ist mit den Tabletten, dem Trinken, ihrer Einsamkeit? War ich zu selten zu Hause? Hätte ich da sein müssen? Auch heute? Stattdessen habe ich mich hinter Julians Rücken mit Noah getroffen.

»Kommt er?«, fragt Julian.

»Wer?«, frage ich geistesabwesend, und Noah fällt mir ein. *Er darf nicht kommen. Auf keinen Fall. Nicht jetzt.*

»Dein Vater.«

»Morgen.«

Ich höre schnelle Schritte am Ende des Gangs und sehe auf. *Noah.* Ich springe auf.

»Ich komme gleich wieder.«

Ich weiß, dass mir Julians Blick folgt, während ich Noah entgegenlaufe. Mein Herz donnert gegen meinen Brustkorb.

Das ist nicht gut.

»Alles okay?«, fragt Noah, sein Blick ist liebevoll, offen, emotional. Seine Haare sind noch feucht, er hat den Helm in der Hand. Er schaut über meine Schulter, entdeckt Julian und nickt ihm zu. Ich weiß, dass er sich fragt, was Julian hier macht, wieso er schon da ist, aber ich will das nicht erklären.

Ich steuere auf einen Kaffeeautomaten zu, der etwas weiter in der Richtung steht, aus der Noah gekommen ist.

Noah folgt mir. »Was ist mit ihr?«

»Eine Gehirnerschütterung«, sage ich.

»Schwer?«

»Nein. Sie behalten sie nur zur Beobachtung noch hier.«

Ich kehre Noah den Rücken zu und starre auf die Getränkeauswahl. Kaffee, Cappuccino, Milchkaffee. Schwarz, mit Milch, mit Zucker, mit Zucker und Milch. Ist das nicht alles das Gleiche?

»Danke, dass du das Motorrad geparkt hast.«

»Was ist?«, fragt Noah und berührt mich leicht an der Schulter. Ich weiß, ich bin abweisend.

»Ich hätte nicht weggehen dürfen«, sage ich mehr zu mir selbst als zu ihm. Etwas klickt in mir, der Schalter, der sich wieder umlegt. Ich bin schuld, es ist die Strafe, für die Lügen, die Heimlichkeiten. Ich denke nur an mich. Egoistisches Einzelkind. Wer hat das noch mal gesagt?

Ich drehe mich zurück zu Noah, strecke meine Hand nach dem Helm aus, er reicht ihn mir.

»Und der Schlüssel?«

»Emmy, du solltest jetzt nicht fahren«, sagt er und reicht mir widerwillig auch den Schlüssel.

Was weiß Noah schon von mir? Gar nichts.

»Noah, ich glaube, das war ein Fehler.«

»Was?«

»Das mit uns.«

Noahs Augen weiten sich, wie gut ich das schon von ihm kenne, werden dunkel, verschattet. Doch da ist noch ein anderer Ausdruck auf seinem Gesicht, als ob er von einer Klippe stürzen würde. Er fällt.

Bis er sich fängt, mitten im Flug.

»Ach so«, sagt er knapp, und ich bewundere, wie schnell er umschalten kann. Wie *Ironman*, dessen Panzer in der Luft angeflogen kommt und sich sofort um seinen Körper legt. Ihn unverletzlich macht. Ich wusste, dass Noah das kann, von Anfang an. Er wird das aushalten.

Und ich? Ich spüre einen Schmerz tief in mir. Ich weiß, das ist alles ein Fehler, auch das hier, vermutlich der größte von allen. Denn der Schmerz ist stärker als alles vorher. Doch das wird nicht lange anhalten.

»Es tut mir leid, es ist meine Schuld«, sage ich.

Es ist der erste Schritt, um eine Sache zu beenden, zu begraben. Wenn ich die Schuld auf mich nehme, muss niemand sich Vorwürfe machen. Das war immer der Trick, die Taktik, darum brauche ich auch keine Rüstung. *Rescue*. Rettung, Bergung, Hilfe. Noah muss verstehen, dass auch ich eine Mission habe, gebraucht werde. Es war ein Fehler, Julian zu hintergehen, zu lügen, meine Mutter allein zu lassen. Dann wäre das nicht passiert. Auch Superhelden machen Fehler, und dann erinnern sie sich wieder daran, was wirklich wichtig ist. Und es ist niemals eine Beziehung oder Liebe.

»Bist du sicher?«, fragt Noah, und für einen Moment ist er wieder offen, verletzlich.

Ich schaue in seine Augen. Mir ist schwindelig. »Ja.«

»Okay.«

Er dreht sich um und geht. Ich sehe ihm nach, halte mich an dem Automaten fest, schließe die Augen. Gleich ist es vorbei. Gleich wird der Schmerz nachlassen, gleich habe ich mein altes Leben und meine Unverletzlichkeit zurück.

FÜNFUNDZWANZIG

»Em?«

Julian steht neben mir, mit dem anderen Helm, ich habe ihn gar nicht kommen hören.

»Wieso war Noah hier?«, fragt er eher verblüfft als misstrauisch.

»Er hat mich hergefahren.«

Ich weiß, dass das keine ausreichende Antwort ist, aber für den Moment muss es genug sein.

»Wollen wir zurückfahren?«

»Okay.«

Wir gehen schweigend zum Ausgang, ich weiß noch nicht einmal, wo mein Motorrad steht, vermutlich auf dem Parkplatz.

Ich folge Julian, sehe seinen Beetle und entdecke meine XT am Rand des Parkplatzes.

»Ich fahre mit dem Motorrad zurück.«

Doch Julian geht nicht zu seinem Auto, sondern folgt mir.

»Willst du wirklich? Du kannst bei mir mitfahren, wir holen es dann morgen.«

Ich kann sie nicht hierlassen, unmöglich. Nicht nach all dem, was passiert ist, aber das kann ich Julian nicht erklären. Ich packe den zweiten Helm in den Gepäckkoffer, stecke den Schlüssel ins Zündschloss. Julian bleibt unentschlossen neben mir stehen.

»Dann fahren wir zusammen zurück. Kolonne.«

Ich setze den Helm auf, steige auf die Maschine, trete den Kickstarter nach unten. *Nichts.*

Bei Noah bist du sofort gestartet und jetzt?

Ich trete die XT erneut an. Nichts.

»Sie startet ja auch gar nicht«, sagt Julian, und ich funkele ihn an.

»Doch, gleich.«

Ich bin wütend. Auf meine Eltern, auf Julian, auf Noah, auf mein Motorrad und am meisten auf mich.

Dritter Versuch, und der Kickstarter schnellt zurück. Knallt gegen meinen Stiefelschaft, die Wade. Der Schmerz ist genauso unangenehm, heftig und scharf, wie ich ihn mir immer vorgestellt habe. Tränen schießen mir in die Augen. Ich halte still, beiße die Zähne zusammen, warte. Bewege vorsichtig die Zehen.

Bitte, lass nichts gebrochen sein.

»Emmy?«

Erst jetzt versteht Julian, dass ich mich ernsthaft verletzt habe.

Shit, shit, shit.

»Sollen wir wieder reingehen? Musst du versorgt werden?«

Ich winke ab, obwohl mir von dem Schmerz schwarz vor Augen wird. Julian hilft mir vorsichtig, von der Maschine abzusteigen. Hält mich, weil ich nicht auftreten kann.

»Ich denke, wir nehmen dann doch mal den Beetle«, sagt er trocken.

»Ich muss sie noch abschließen.«

»Mach ich.« Diesmal ist er energisch, nimmt mir den Schlüssel ab, erledigt alles.

Julian stützt mich, ich humple zu seinem Wagen, halte mich am Dach fest, während er aufschließt und mir auf den Beifahrersitz hilft.

»Sollten wir nicht mal nachsehen, was ist?«

So weit habe ich das Bein schon bewegt, dass ich weiß, es ist nichts gebrochen.

»Nein, schon okay.« Ich bemühe mich um ein Lächeln. »Es spritzt jedenfalls noch kein Blut aus dem Stiefel.«

Ich will einfach nur weg, in Sicherheit, schnell.

Als wir bei mir ankommen, muss mir Julian wieder aus dem Auto helfen und mich stützen. An der Haustür lehne ich mich an die Wand, warte, dass er aufschließt. *Verdammter Schmerz.* Nicht nur in der Wade, auch im Herzen. Noah.

»Weißt du was …« Julian öffnet die Tür und hebt mich entschlossen hoch, bevor ich protestieren kann.

»Ich bin viel zu schwer!«

Julian lacht sein tiefes, schmutziges Lachen.

»Für einen schwachen Mann wie mich?«

Ich grinse, lege meine Arme um seinen Hals und lasse mich die Treppe hochtragen und in mein Zimmer bringen. Auf meinem Bett rolle ich mich sofort zusammen. Julian macht die Lichterkette an meiner Wand an, sein Blick schweift durchs Zimmer.

»Hier könnte man auch mal aufräumen.«

Ich stöhne. »Ich will ausziehen.«

»Wir fangen mal mit den Stiefeln an«, sagt Julian und grinst.

»Vorsichtig.«

»Ich reiß schon nichts ab.«

Julian zieht erst den einen Stiefel langsam vom gesunden Bein, dann den anderen noch vorsichtiger. Ich muss an Noah denken, auch wenn ich nicht will, es mir verbiete.

Das ist vorbei.

Julian schiebt meine Jeans am verletzten Bein bis zum Knie nach oben. »Das wird blau werden.«

Ich blinzele zu meiner knallroten Wade, schon jetzt sehe ich einen dunklen Streifen.

»Und grün und gelb, und überhaupt.« *Shit, shit, shit.*

»Ich hol was zum Kühlen.« Er geht zur Tür, dreht sich im Türrahmen noch mal um. »Und was zu essen.«

Kaum bin ich allein, springt mich die Erinnerung an. Irgendwo gab es die Hoffnung, dass alles wieder in Ordnung kommt, wenn ich mich von Noah trenne, einfach so tue, als ob nichts gewesen wäre, aber genau das Gegenteil ist der Fall. Ich drücke das Gesicht in mein Kissen, fluche, aber auch dieser Trick scheint nicht mehr zu funktionieren. Statt dass die Schmerzen aufhören, habe ich nur noch mehr. Alles ist explodiert und in alle Richtungen verstreut. Meine XT steht allein auf einem Parkplatz, ich lasse sie im Stich. Aber hat sie mich nicht auch im Stich gelassen? Bei Noah anzuspringen und nicht bei mir?

Ich schäle mich im Liegen aus der Lederjacke und lege sie neben das Bett. Noahs Geruch strömt mir entgegen, ich habe sein Sweatshirt noch an, ich spüre seine Berührungen, seine Haut, höre sein leises Lachen, sehe seine blauen Augen. Ich will das Sweatshirt nicht ausziehen, stattdessen vergrabe ich meine Nase in dem weichen Stoff, atme seinen Geruch ein. Nichts ist vorbei.

Kurz darauf klopft es, und Julian kommt mit einem Tablett mit Broten und Tee. Er stellt alles aufs Bett, reicht mir ein blaues Kühlkissen und grinst. »Ist ja eigentlich mein Accessoire.«

»Blau steht dir doch gar nicht.«

Er lacht. »Oh, warte mal, und dir stehen Grün und Gelb nicht.«

Julian hat mir Erdnussbutter und Käse auf die Brote gemacht und meinen Lieblingstee gekocht. Earl Grey.

»Julian, wir sollten heiraten.«

Er setzt sich an das Fußende.

»Meine Mutter wäre begeistert.«

Er sieht mir einen Moment beim Essen zu. Ich halte ihm ein Brot hin, aber er lehnt ab. Er wirkt nachdenklich.

»Was ist?«

»Und du hast Noah beim Sport getroffen?«

Ich werde rot und hoffe, dass Julian es nicht bemerkt.

»Ich habe ihn nach dem Sport getroffen. Als du anriefst, war ich so aufgeregt, da hat er angeboten, mich zu fahren.«

Die Halle, wo der Sportkurs stattfindet, ist groß. Dort sind ständig Kurse. Basketball kommt vor unserem Kurs, danach Badminton. Julian weiß das, und ich weiß, dass es sich so anhört, als hätte ich Noah zufällig beim Sport getroffen.

»Da ist nichts ...«, sage ich. Das *mehr* verschweige ich.

Julian nickt, akzeptiert. Er weiß, dass ich oft Dinge in mir vergrabe und dann nicht mehr über sie reden will. Er kennt mich gut. Und wir beide wissen, dass ich Julian manchmal verletzt habe, aber es nie mit Absicht getan habe. Es kommt vor. Unsere Freundschaft bleibt.

Die Nacht ist kurz, ich wache ständig auf, und als ich am Morgen endlich einschlafe, weckt mich kurz darauf der Blues-Klingelton, den ich für meine Eltern eingestellt habe. Ich taste nach meiner Lederjacke, wie spät ist es eigentlich? *Sieben Uhr?!*

»Ja?«

»Emilia?«

Meine Mutter klingt erstaunlich frisch.

»Wie geht es dir?«, frage ich.

»Oh, ganz gut, ich hab noch Kopfschmerzen, und der Kreislauf ist schwach, aber morgen oder übermorgen wollen sie mich dann entlassen. Tut mir leid, dass ich euch diesen Schreck eingejagt habe. Zum Glück war Julian da. Sag mal, kommst du nachher? Ich bräuchte meinen Morgenmantel, damit ich aufstehen kann. Ich soll herumlaufen, mich bewegen.«

Ich überlege, wie ich die Sache mit meiner Wade ansprechen kann, ohne sie zu beunruhigen.

»Klar, das kriegen wir geregelt. Ich habe mit Papa telefoniert, er kommt heute aus Oslo zurück und wird dann auch vorbeikommen.«

Ein kurzes Schweigen in der Leitung.

»Das wäre nicht nötig gewesen.«

Doch, denke ich, es ist nötig, ich brauche Unterstützung.

»Jedenfalls: Wir kriegen das alles hin, und bald bist du ja schon wieder raus. Wir holen dich ab.«

Kaum haben wir das Gespräch beendet, falle ich zurück auf die Matratze, schlafe noch drei Stunden und werde erst wieder wach, als es klopft. Es ist Julian, er bringt Frühstück.

»Und? Was macht das Bein?«

»Ist noch dran.«

Julian stellt das Tablett vor mir ab. Zwei Milchkaffee, Croissants, Obst. Er ist lässig gekleidet, in Jeans und Sweatshirt, und setzt sich zu mir.

»Ich nehme an, du gehst nicht zur Uni?«, fragt er.

Ich richte mich leicht auf, die Wade schmerzt.

»Ich fürchte, ich kann nicht gehen. Was ist mit dir? Hast du nicht Kurse?«

»Einer muss dich doch versorgen. Aber ich gehe nachher zu meinem Tutorium.«

Wir trinken den Kaffee, essen die Croissants, planen den Tag, wobei ich eine fixe und feste Größe bin, hier auf dem Bett, unfähig, mich selbst zu versorgen.

»Hast du schon was von deiner Mutter gehört?«

Ich erzähle von dem Gespräch. »Sie will ihren Morgenmantel haben.«

»Den kann ich ihr bringen.«

»Okay, ich komme mit. Und meine XT?«

»Tja, ich habe ja leider keinen Motorradführerschein. Aber sie läuft nicht weg. Und du kannst sie sowieso nicht antreten.«

»Vielleicht kann mein Vater sie abholen«, überlege ich.

»Oder Noah. Er kann doch Motorrad fahren.«

Ich sehe Julian nicht an, ich weiß, das ist ein Test, ob ich reagiere, es tatsächlich in Betracht ziehe.

»Nein.«

»Okay.« Julian steht auf. »Dann werde ich mal fahren. Und du bleibst hier. Wo finde ich den Morgenmantel?«

Ich protestiere schwach und gebe dann nach. Mit der Verletzung bin ich nur eine Last.

»In ihrem Zimmer, es ist das zweite hinter dem Bad. Er hängt immer hinter der Tür.«

Es dauert eine Weile, bis Julian zurückkommt.

»Ist er das?«

Er hält einen beigefarbenen Seidenmorgenmantel hoch.

»Ja. Ich denke mal, im Krankenhaus sind eher Frottee und Streifen angesagt, aber das ist ihrer.«

Er hockt sich neben die Matratze. »Da ist noch was.«

»Ja?«

»Da stand ein Zimmer offen ...«

Mein Herz rast los, ich starre Julian an. Ich weiß, mein Blick ist panisch. Das verschlossene Zimmer. Das Zimmer, das nicht mehr geöffnet worden ist, seit ich denken kann. Wieso stand es offen? Aber dann gibt es ein Bild: meine Mutter, das Zimmer, die Treppe.

»Ja, und?« Meine Stimme ist piepsig, als wäre ich klein und sehr jung. So klein wie damals.

»Ist es das, was ich denke?«, fragt Julian.

Ich zucke mit den Achseln. Was weiß denn ich? Ich habe das Zimmer seit fünfzehn Jahren nicht mehr gesehen.

»Es war immer abgeschlossen.«

Er sieht mich an, fragend. »Sollte man das nicht irgendwann mal ... loslassen? Noch dazu, wo du ...«

Whoa! Julian kommt verdammt nah an eines meiner Atomlager.

Ich reiße die Augen auf, eine Warnung, aber er spricht einfach weiter.

»Du machst dir doch heute noch Vorwürfe, denkst, dass du Schuld daran hast, dabei warst du sechs. Und an dem Tag gar nicht da.«

»Ich hätte da sein sollen.«

»Hätte, hätte ... du warst aber nicht da«, sagt Julian entschieden, und ich weiß, dass er mich in Schutz nehmen will.

Ja, ich war bei Julian. Ich wollte bei ihm übernachten, meinem Prinzen. Ich war sechs und bis über beide Ohren verliebt in den kleinen Jungen, meinen besten Freund, der mit mir eingeschult worden war und neben mir saß.

»Julian, wir reden da nicht drüber.«

Ich muss ihn nur daran erinnern, dann hört er auf zu sprechen. Hoffe ich.

»Okay, ihr redet nicht darüber, aber da ist ein vollständig eingerichtetes Babyzimmer. Wiege, Wickeltisch, Emmy, das ist wirklich krank. Em, *weinst* du?«

Julian ist so verblüfft wie ich. Er hat mich noch nie weinen gesehen. Von ein paarmal als Kind vielleicht abgesehen. Er setzt sich neben mich, legt den Arm um mich. Ich weiß selber nicht, was mit mir los ist, warum ich gerade jetzt alles loslasse, oder doch: Man kann sich nicht öffnen und alles andere verschlossen halten. *Noah*. Ich weine auch, weil ich nicht mehr zu ihm zurückkann und auch nicht mehr in den Sicherheitsbereich meines vorherigen Lebens. Ich drücke mein Gesicht an Julians Schulter, ich will aufhören, gleich, so bin ich doch nicht, keine Heulsuse, kein typisches Mädchen, ich habe das doch immer so gut versteckt.

»Emmy, ist doch gut.« Julian streicht mir über das Haar, küsst meinen Scheitel, hält mich fest.

Als ich aufhöre zu weinen, fühle ich mich hohl und leer, erschöpft und seltsamerweise erleichtert. Ich weiß, es gibt diese Therapien, über die wir im Studium reden, alles rauslassen, und ich dachte, ich wäre mit meinem Geschrei ins Kissen, das ich manchmal veranstalte, irgendwie in der Nähe dieser Therapie, aber nein. Vermutlich ist eher etwas wie dieser Heulkrampf damit gemeint, als ob der Körper sich mal eben auf links stülpt und man sich danach kaum wiedererkennt.

»Emmy, du hast mir echt einen Schreck eingejagt.«

Julian lächelt erleichtert, dass ich noch da bin und mich nicht ganz in Tränen aufgelöst habe.

Ich lächele zurück. »Ich mir auch.«

SECHSUNDZWANZIG

Julian fährt ins Krankenhaus und will danach noch zur Uni. Ich vergrabe mich unter der Bettdecke und tauche nur auf, um *Adele* zu hören und alle Songs zu umschiffen, die mich an Noah erinnern könnten. Lange kann ich das nicht machen, aber gerade habe ich die perfekte Ausrede. Meine Wade. Sie ist blau und lila, und ich brauche eine halbe Stunde, um zum Klo und zurück zu hüpfen. Mit den Schmerzen in der Wade komme ich noch am besten klar, sie lenken mich von dem anderen Schmerz ab, der sich immer mehr in mir festsetzt, statt endlich zu verschwinden. Ich vermisse Noah, seine Nähe, die Gespräche mit ihm und, ja, auch seinen Körper.

Das muss aufhören.

Und auch die Gedanken sollen aufhören und die Stimme, die mir sagt, dass ich nicht mehr so weitermachen kann wie bisher, alles verdrängen und in mir wegschließen. Das Zimmer steht offen, ich muss mich mit ein paar Dingen auseinandersetzen. Als angehende Psychologin sollte ich das eigentlich wissen.

Gegen Mittag klingelt mein Handy. *Gitarre.* Fiona. Ich habe den Anruf schon den ganzen Vormittag erwartet. Ich hätte sie anrufen müssen.

»Hallo?«

»Emmy, was ist los? Wieso hast du mich nicht angerufen? Und wieso hast du aufgehört, dein Handy zu beantworten?«

»Sorry, ist gerade etwas chaotisch hier.«

»Allerdings. Erst ruft mich Julian an, will dich unbedingt sprechen, weil es dringend ist, und ich habe nichts von Noah und dir erzählt, und dann einen Tag später höre ich von Leo, dass Noah total fertig ist. Was hast du gemacht? Was ist denn überhaupt passiert?«

Ich erzähle von dem Unfall meiner Mutter, der glücklicherweise nicht so schlimm war, dann von meinem Missgeschick. Fiona zeigt mildes Beileid, dann kommt sie in Fahrt.

»Und was war das mit Noah? Verstehe ich nicht. Er fährt dich da hin und dann sagst du auf einmal: *Tschüs!?*«

»Was sollte er denn im Krankenhaus? Er gehört doch nicht zur Familie.«

»Aber Julian?«

Irgendwie schon. Fiona weiß nichts von dem Zimmer und dem Bruder, den ich einmal gehabt habe. Als unsere Freundschaft begann, war er schon sechs Jahre tot. Fiona weiß auch nicht, dass Julian wie der Bruder für mich ist, der damals gestorben ist. Wichtiger als alles andere.

»Du hast es doch selbst gesagt: Noah und ich sind ein Sexcouple. Aber die Freundschaft zu Julian ist wichtiger.«

»Ich nehme dann also mal an, du hast nicht mit Julian über Noah geredet? Hast es ihm nicht gesagt?«

Sie stöhnt, als ich nicht antworte.

»Weißt du, du hast meine One-Night-Stands nie verstanden, aber das hier begreife *ich* nicht. Tut mir leid.«

Um ehrlich zu sein, verstehe ich mich selber nicht. Es ist wie ein Programm, das abläuft, ein Trieb. *Selbsterhaltung.*

Wir schweigen einen Moment.

»Du weißt, dass du uns alle da mit reinziehst?«, sagt Fiona nicht ganz ernst.

»Wieso das denn?«

»Fangen wir bei Leo an, der sich jetzt um seinen besten Freund kümmern muss. Oder wenden wir uns deiner besten Freundin Fiona zu, deren gerade mühsam aufgerichteter Ruf wieder in Gefahr gerät, wenn ihre Freundin sich verhält wie eine rücksichtslose Herzensbrecherin.«

Ich muss lachen, was sie natürlich beabsichtigt hat.

»Ich habe nur mit Noah Schluss gemacht. Und wie oft hast du das in der letzten Zeit getan?«

»Ich habe nie Schluss gemacht, weil nie irgendetwas war. Das ist die Regel bei einem O. N. S. Es ist eben keine Beziehung.«

»Ich hatte keine Beziehung zu Noah«, sage ich wieder ernst. »Wir ... kennen uns doch gar nicht richtig.«

Fiona stöhnt nun so laut, dass ich mein Handy vom Ohr weghalten muss.

»Was?«

»Emmy, ich weiß, das Wort erschreckt dich in letzter Zeit, aber wie wäre es mit: Ihr seid verliebt? Das sehen alle. Und weißt du was? Man hat eine gewisse Verantwortung den Menschen gegenüber, in die man sich verliebt, und denen gegenüber, die sich in einen verlieben.«

»Du meinst das Sexcouple?«

»Man kann ein Sexcouple sein UND verliebt ineinander.«

Ich schweige. Ich liebe Fiona, aber mit Vorwürfen kann sie mir nicht kommen. Ich bin ein Meister darin, mir Selbstvorwürfe zu machen, und sie gehen weit über das Aufkündigen einer Liebesbeziehung hinaus. Ich krieche unter die Decke, ich brauche Hilfe. Aber Fiona weiß nicht alles, und ich kann ihr nicht alles erzählen. Nicht jetzt.

»Emmy? Bist du noch dran?«

»Ja«, sage ich unter der Bettdecke.

»Du hörst dich so komisch an.«

Ich schiebe meinen Kopf unter der Decke hervor.

»Und, Em? Noch was.«

»Was?«

»Jetzt raste bitte nicht aus …«

»Okay.«

»Ich glaube, Noah geht es ziemlich schlecht.«

Mein Herz schlägt schneller, hoffnungsvoll. *Verräter.* Erst meine XT, jetzt mein Herz. Beide springen bei Noah an, aber mich lassen sie im Stich.

»Wieso?«, frage ich. Mein Mund ist trocken.

»Wieso? Weil du ihn einfach wegschickst, als ob nichts zwischen euch gewesen wäre? Deshalb trifft sich Leo heute nicht mit mir, sondern geht mit Noah ins Kino. Siehst du, das meine ich: Auch andere Leute sind betroffen von dieser Geschichte. Emmy?«

Ich hätte nicht gedacht, dass noch Tränen zum Herausweinen in mir sind, und mir ist unangenehm, dass Fiona miterlebt, wie ich mich zum zweiten Mal an diesem Tag auflöse. Auch sie kennt mich nicht so. Doch ihre Stimme verändert sich, und ich erlebe eine neue Fiona. Anteilnehmend und liebevoll. Sie wird eine großartige Medizinerin werden, denn sie kann notwendige und brutale Schnitte setzen, sie aber auch sehr gut wieder vernähen.

»Das wird schon wieder, Em. Warte mal, bis dein Bein

wieder okay ist und deine Mutter aus dem Krankenhaus kommt. Dann gehen wir mal weg oder machen eine Pyjamaparty und sehen nur Superheldenfilme.«

»Ja«, schniefe ich.

»Und ich koche dir Tee und besorge Prinzenkekse.«

Sie weiß nicht, dass Pyjama, Prinzenkekse oder Superhelden mich immer an Noah erinnern werden, aber ich bin froh, dass sie mich auch als heulendes Elend noch mag.

Danke, Fi!

Als ich mich beruhigt habe, beenden wir das Gespräch, und ich stürze mich auf meine Studienaufgaben. Ich muss Stoff aufholen, und natürlich will ich mich auch ablenken. Und ich habe Angst, dass mir alles entgleitet, nicht nur meine Beziehungen, auch das Studium. Wie soll ein psychisches Wrack überzeugend ein Psychologiestudium bewältigen? Also nehme ich mich zusammen, versuche mich auf Professor Steiners Seminar am Montag vorzubereiten und lese über Assoziationstheorie:

Der Versuchsperson werden Reizwörter gesagt. Auf jedes wird mit dem Wort geantwortet, das einem sofort dazu einfällt. Mit dieser Methode lassen sich in der Psychologie Gesetzmäßigkeiten im Denken feststellen. In der Psychotherapie werden damit verdrängte Komplexe aufgedeckt.

Worte fallen mir ein und Assoziationen.

Liebe – Verlust – Trauer.

Bruder – Freund – Vater.

Leben – Liebe – Noah.

Ich höre auf zu lesen und krieche wieder unter die Decke. Es hat keinen Sinn, überall lauern Fragen, auf die ich keine Antworten habe. Wo hat sich meine Psyche zwischen sechs und einundzwanzig hinverkrochen? Wieso reagiere ich wie eine Sechsjährige auf das alles? Wie konnte das alles so lange unentdeckt bleiben?

Etwas später kommt mein Vater. Ich höre seine Schritte auf der Treppe, er hat einen Haustürschlüssel und benutzt ihn, denn Julian ist noch in der Uni.

»Emmy? Charlotte?«

»Hier!«, rufe ich aus meinem Zimmer.

Mein Vater ist groß und kräftig, und kaum steht er im Zimmer, bin ich erleichtert und entspanne mich. Er muss sich ab jetzt um alles kümmern, ich bin froh, dass er da ist.

»Bist du auch krank?«, fragt er irritiert.

Ich schiebe mein Bein unter der Decke vor, das noch nicht von Violettblau zu Grün gewechselt hat und dementsprechend eindrucksvoll aussieht.

»Verdammt, Emmy, der Kickstarter?« Es ist eher eine Feststellung als eine Frage.

»Sie steht noch am Krankenhaus, meinst du, du kannst sie abholen?«

»Na klar.« Er lächelt. »Ganz meine Tochter.«

Ich weiß nicht, ob das eine Auszeichnung ist, denn in letzter Zeit kommt es mir eher wie ein Fluch vor. Ich hole den Schlüssel aus meiner Lederjacke.

»Besuchst du Mama?«

»Ja. Ich wollte erst sehen, ob sie schon wieder hier ist. Martin-Luther-Krankenhaus, oder? Dann nehme ich ein Taxi und komme mit der XT zurück«, sagt er sachlich. »Wie geht es Charlotte?« Das klingt schon unsicherer.

Ich erzähle, was ich weiß, und dann noch einmal alles, was der Arzt gesagt hat. Auch das mit der Therapie.

»Es gibt ja auch Paartherapien ...«, sage ich.

»Oder sie entspannt sich einfach ein wenig«, sagt mein Vater. Er ist nicht gerade der Typ, den ich mir gut auf einer Couch bei einem Psychiater oder auf einem Sofa mit meiner Mutter bei einem Paartherapeuten vorstellen kann.

»Das wird schon wieder«, versichert er.

Ich bin da nicht so sicher, auch wegen dem Atommüll in den Rostfässern. Und ich muss es ansprechen.

»Papa? Das Zimmer war offen, als ich zurückkam. Julian hat es gesehen, er wohnt zurzeit hier.«

Er nickt. *Leugnen zwecklos*, sagt sein Blick. Er seufzt.

»Das Zimmer sollte schon längst nicht mehr da sein. Das war ein ständiger Streitpunkt zwischen uns. Sie wollte es behalten, ich wollte ... aber was habe ich da zu sagen? Sie hat einfach gedacht, es klappt vielleicht noch mal. Doch eigentlich haben wir es danach nicht mehr wirklich gewollt. Ich meine, noch ein Kind. Es war schon bei Theodor sehr kompliziert.«

Er spricht den Namen aus. Und er redet mit mir wie mit einer Erwachsenen. Erst bin ich geschockt, und es ist seltsam, dann erkenne ich die Chance. Ich bin groß genug. Ich kann endlich Fragen stellen.

»Wie ist es überhaupt passiert?«

»Weißt du das gar nicht?«

»Nicht so richtig. Ihr habt mir erzählt, er wäre nicht mehr wieder aufgewacht.«

Mein Vater setzt sich auf mein Bett, räuspert sich.

»Nun, du warst sechs, da haben wir versucht, es dir sehr

einfach zu erklären. Der Fachbegriff hätte dir auch nicht mehr gesagt.«

»Fachbegriff?«

»Plötzlicher Kindstod.«

Er fährt sich durch sein Haar, das er wieder länger trägt. Mir fällt auf, dass er es nicht mehr färbt und sich an den Seiten breite graue Streifen zeigen.

»Was heißt das genau?«

»Dass ein Kind in den ersten Monaten nach der Geburt einfach sterben kann.« Ich spüre, dass er sich nur ungern erinnert. »Ich habe danach das Internet durchsucht, alle Studien gelesen. Etwa 300 Kinder sterben im Jahr hier in Deutschland. Meist über Nacht und öfter im Winter als im Sommer, und man weiß nicht, wieso. Nur dass es meistens im ersten halben Jahr passiert und Jungen öfter betroffen sind. Es ist die häufigste Todesursache bei Säuglingen, abgesehen von den Geburtskomplikationen. Aber was rede ich hier ... was nützen einem die Statistiken, wenn man selber betroffen ist? Gar nichts.«

Er fährt sich über das Gesicht.

Ich beiße mir auf meine Unterlippe. *Ich sollte fragen.* »Hätte ... es etwas geändert, wenn er nicht allein in dem Raum gewesen wäre?«

»Wieso?«, fragt mein Vater überrascht.

»Ich habe doch immer bei ihm geschlafen. Sonst. Und war an dem Tag nicht da. Weil ich bei Julian übernachtet habe.«

Er überlegt einen Moment. »Es gab die Verbindungstür zu unserem Zimmer, die war in der Nacht offen. Natürlich macht man sich Vorwürfe, fragt sich, warum man nicht näher dran war, es nicht bemerkt hat. Das ist normal. Aber du? Du konntest absolut nichts dafür.«

»Ich dachte …«, sage ich und breche dann ab. Habe ich mir die ganzen Jahre eingebildet, alle würden mir die Schuld am Tod meines Bruders geben?

Er steht auf. »Ich werde mal rüber ins Krankenhaus fahren. Und du ruhst dich aus. Schlaf am besten ein wenig.«

Ich warte, bis ich die Haustür klappen höre, dann rolle ich mich in meine Bettdecke und schließe die Augen.

Ich bin in der Uni, in einem Seminar. Vorne steht Steiner und erzählt etwas von Assoziationen: »Man verbindet die Worte, so wie die Menschen. Liebe und Verlust. Schwester und Bruder, Geliebte und Geliebter, Emmy und Noah. Leider war die Studie, an der Sie beide teilgenommen haben, ungültig. Zu viel Liebe, zu viel Herzschlag. Wir wollten nur das normale Maß, den Durchschnitt. Das, was alle empfinden. Aber Sie waren ja schon immer maßlos, nicht wahr, Frau von Manstein?«

»Sie isst ständig«, sagt Bella. »Meine Kirschmuffins und die süßen Jungs.«

Ich will mich verteidigen, aber niemand hört mir zu. Ich zeige meine verletzte Wade, doch das interessiert keinen, hier zählt nur der Kopf, und der ist unverletzt. »Jedes Kind kann über seine Gefühle sprechen, weinen, das ist doch nichts, wofür Sie ernsthaft einen Schein haben wollen, Frau von Manstein? Das ist doch hier keine sentimentale und gefühlsduselige Schmonzette. Das ist ein

Studium. Dafür müssen Sie schon etwas mehr leisten«, dröhnt Steiner. Ich sehe zur Tür, wo Noah steht, aber er sieht mich nicht an.

SIEBENUNDZWANZIG

Spätnachmittag, auf der Terrasse scheint die Sonne. Der Himmel ist nicht mehr so stahlblau wie in den Wochen davor, es gibt viele kleine, feine Wolken, und man hat das Gefühl, es könnte in den nächsten Tagen regnen, aber es ist immer noch sehr warm.

Wir liegen auf Gartenstühlen auf der Terrasse in der Sonne. Meine Mutter, mein Vater und ich. Wir pflegen unsere Wunden, vor allem die nicht äußerlichen. Nach einem Wochenende im Bett, an dem uns mein Vater bekocht hat, hatte ich eigentlich vorgehabt, heute, am Montag, wieder zur Uni zu gehen, aber die Vorstellung, Cafédienst mit Bella zu machen, die mir Fragen stellt, oder noch viel schlimmer, Noah zufällig zu treffen, hat mich abgehalten. Bestimmt war es wichtiger, hierzubleiben und mit meinen Eltern über ein paar Dinge zu reden. Ich würde jetzt gerne sagen: *Und jetzt ist alles geklärt!* Aber natürlich ist es nicht so. Trotzdem wird es besser, jeden Tag ein wenig. Meine Mutter hat die Zimmereinrichtung meines verstorbenen Bruders sofort nach ihrer Rückkehr an eine karitative Einrichtung gespendet. Sie werden alles in den nächsten Tagen abholen, mein Vater hilft beim Ausräumen. Er will mir auch beim Umzug helfen, Fiona hat den Termin um eine Woche verschoben, und auch hierüber sind wir uns alle einig. Ich werde ausziehen. Mein Vater hat Umzugskisten besorgt, und morgen fange ich mit dem Einpacken an.

»Hast du genug Helfer?«, fragt mein Vater.

»Ja.«

Fiona, Leo, Bella und Julian wollen helfen.

»Ich denke, es wird schnell gehen.«

»Wir wollen dir gerne eine Waschmaschine zum Einzug schenken«, sagt meine Mutter. »Ihr habt doch keine, oder?«

»Ja, und die Waschbretter sind einfach noch nicht wieder in Mode gekommen«, sagt mein Vater und grinst.

Ich habe ihm *Kadavar* vorgespielt, und er konnte im ersten Moment nicht glauben, dass es Musik von heute ist.

»Ja. Und man findet auch keine Frauen mehr, die sie bedienen wollen«, sagt meine Mutter und zwinkert mir zu. »Wir lassen sie dann nach dem Umzug gleich zu euch liefern.«

Das Handy meiner Mutter klingelt. »Das wird Margret sein.« Sie steht auf und geht zum Telefonieren ins Haus.

Mein Vater und ich wechseln einen kurzen Blick. Julians Outing hat die beiden Freundinnen wieder zusammengebracht. Sie haben sich schon im Krankenhaus getroffen und lange unterhalten. Meine Mutter findet Julians Schritt mutig und gut. Und Margret will ihren Sohn nicht verlieren und gewöhnt sich daher langsam an den Gedanken, dass es keine Schwiegertochter geben wird.

»Und dass ihr Sohn nicht krank ist«, sage ich.

»Und dass man ein Leben mit Homosexualität führen kann«, sagt mein Vater, und wir grinsen uns an. Margrets Konservatismus hat uns schon immer zu frechen Bemerkungen verleitet.

Mein Vater wird ernst. »Wie geht es Julian? Kann er das mit seinen Eltern klären?«

»Ich denke schon.«

Tatsächlich weiß ich, dass Julians größtes Problem seine Gefühle Noah gegenüber sind. Da geht es ihm wie mir, obwohl es nicht infrage kommt, dass ich jetzt mit Julian über Noah und mich spreche. Es gibt gerade genügend andere Probleme, da brauche ich nicht noch eines hinzuzufügen. Von Julian weiß ich, dass Noah abgetaucht ist und weder auf Anrufe noch auf Mails reagiert. Und von Fiona weiß ich, dass Leo ihn abschirmt. Doch gerade ist es vielleicht am besten so, obwohl ich weiß, dass ich auch das bald klären muss. Bis dahin höre ich genau wie Julian nicht auf, an Noah zu denken und von ihm zu träumen.

Am Abend essen wir ein letztes Mal zusammen: Meine Eltern, Julian und ich, mein Vater hat Spaghetti gekocht, und auf einmal weiß ich, wie ich mir das Leben als Kind immer vorgestellt habe. Wir vier. Meine Eltern, mein Bruder und ich. Ich bin kein gutes Einzelkind, ich habe mir immer Geschwister gewünscht. Das habe ich allerdings nur Julian so offen gesagt. Meine Eltern hätten ja selber gerne noch mehr Kinder gehabt. Es ist ein schmerzhaftes Thema. Stattdessen reden wir über die Zukunft, mein neues Zimmer bei Fiona.

»Willst du auch in eine WG ziehen, Julian?«, fragt meine Mutter.

»Ich weiß noch nicht. Mal sehen.«

»Du kannst hier übrigens so lange wohnen, wie du möchtest.«

»Danke«, sagt Julian, doch er leidet schon jetzt darunter, getrennt von seinen Sachen zu sein.

Nach dem Essen räumen wir gemeinsam ab, ich kann mein Bein schon wieder etwas belasten, und wenn ich den grünblauen Fleck auf meiner Wade nicht ansehe, fühle ich mich schon fast wieder gesund. »Ich gehe morgen zur Uni«, kündige ich an. »Ich stehe früh auf.«

»Und ich fahre wieder«, sagt mein Vater. Wohin, weiß keiner so genau, und niemand fragt, wahrscheinlich zu seiner Freundin oder einem Kumpel. »Wir sehen uns dann am Samstag zum Umzug. Ich kann den Umzugswagen fahren«, bietet er an.

Er geht, und meine Mutter legt sich hin, und Julian und ich kochen uns noch einen Kaffee in der Küche, wobei ich eher herumsitze und Julian alles erledigt.

»Hast du jetzt mal mit deiner Mutter gesprochen?«, frage ich, da ich weiß, dass Margret ein paarmal für Julian angerufen hat.

»Ja. Gestern.«

»Und?«

»Ich glaube, ihre größte Angst ist, dass es die anderen Leute erfahren. Du weißt schon, ihre ...« Er setzt Anführungsstriche in die Luft. »Freundinnen.«

»Du darfst dich also ruhig outen, du sollst es nur niemandem erzählen?«

Er lächelt. »So ähnlich.«

»Willst du dir wirklich eine eigene Wohnung suchen?«

Julian wohnt bei seinen Eltern wie in einem Palast. Früher wollte ich immer bei ihm einziehen.

Julian gießt uns zwei Tassen Kaffee ein und stellt Milch dazu. »Auf jeden Fall. Kannst du dir vorstellen, dass ich einen Freund dorthin mitbringe?«

»Eher nicht.«

»Genau. Ich muss ausziehen.«

»Finde ich gut.«

Wir diskutieren die Möglichkeiten, von einer Eigentumswohnung, von denen seine Familie einige besitzt, bis zum Zimmer in einer WG. Es wird spät, und ich gähne.

»Gehst du morgen auch zur Uni?«, frage ich Julian.

»Ja. Ich kann dich mitnehmen. In meinem A-U-T-O.«

Ich grinse. »Ich wäre nicht aufs Motorrad gestiegen. Ich kann sie ja doch nicht antreten.«

Julian blinzelt. »Dir ist alles zuzutrauen.«

Wir gehen nebeneinander die Treppe hoch, ich benutze das Geländer als Stütze. Ich habe mich gut erholt. Ohne Julian wäre das alles viel schwieriger gewesen.

»Danke für deine Hilfe die letzten Tage.«

Julian winkt ab. »He, kein Problem, Sis.«

Ich bleibe mitten auf der Treppe stehen.

»Hast du mich gerade *Sister* genannt?«

Julian lächelt. »Also, wenn ich eins die letzten Tage verstanden habe, dann, dass dir ein Bruder gefehlt hat. Ich bin zwar älter als du, aber ich würde mich anbieten.«

Es ist irgendwie kitschig, aber ich falle ihm um den Hals. Natürlich auch, weil ich nicht länger auf einem Bein stehen kann, und überhaupt. Ich bin gerührt und glücklich. Einen besseren Bruder als Julian kann ich mir nicht vorstellen. Er hebt mich hoch und nimmt mich auf den Arm.

»He, was soll das, ich kann wieder laufen!«

Ich strampele mit den Beinen, aber Julian ist unerbittlich.

»Ich bin jetzt dein Bruder, ich darf das. Ich kann dich

endlich so oft ärgern, wie ich will.« Er lacht sein dreckiges Lachen, das ich so an ihm mag. »Jetzt brechen neue Zeiten an.«

Ich bekomme einen meiner Lachkrämpfe, die normalerweise nur Fiona bei mir auslöst.

Julian grinst. »Ich bin froh, dass es dir besser geht.«

Er setzt mich erst vor meiner Tür wieder ab.

»Wir sehen uns dann morgen. So um neun?«

»Okay, unten in der Küche.«

Julian geht ins Gästezimmer. Ich bleibe noch einen Moment vor meiner Tür, wo die Umzugskisten an die Wand gelehnt stehen. Eigentlich will ich Freitag packen, aber dann nehme ich die Kisten doch schon in mein Zimmer und beginne, die halb ausgeräumten Kisten, die ich vor London gepackt hatte, wieder ordentlich zu verschließen und meine Bücher einzupacken. Ich schließe meine Beats-Kopfhörer an mein iPhone an, setze sie auf, drehe die Lautstärke hoch und tauche ganz ein in mein neues Leben.

Am Morgen fällt mein erster Blick auf die Umzugskartons, und mir wird klar, dass es nun wirklich geschieht, Ende der Woche ziehe ich aus und um.

Ich dusche und stehe dann unschlüssig vor dem Rest der Kleidung, die ich noch nicht eingepackt habe. Da ich nicht Motorrad fahre, könnte ich eigentlich ein Kleid anziehen, draußen ist es leicht bewölkt, aber warm, doch der bunte Unterschenkel hält mich davon ab, und ich wähle eine leichte Hose im Pyjamastil und ein enges weißes T-Shirt.

Ich packe meine Crumplertasche und bin kurz nach neun in der Küche. Von Julian keine Spur. *Verschlafen?*

Zwanzig nach neun humpele ich die Treppe nach oben zum Gästezimmer. Die Tür steht leicht offen, und als ich sie aufstoße, ist das Zimmer leer, das Bett gemacht, und ein Zettel liegt darauf.

Liebe Emmy,

gestern hat es geklingelt, und als niemand reagiert hat, habe ich aufgemacht. Es war Noah. Er wollte zu dir, und ich habe ihm gesagt, du schläfst schon. (Was ich dachte.)
Ich habe ihm erzählt, dass du dich verletzt hast, und er hat von euch erzählt.
Ich verstehe nicht, dass du mir nichts über dich und Noah gesagt hast. Du kennst meine Gefühle. Du hättest mit mir reden müssen.
Ich dachte, wir sind Freunde und offen zueinander. Ich denke, es ist besser, wenn wir uns eine Weile nicht sehen.

Julian

ACHTUNDZWANZIG

»Er ist sehr verletzt«, sagt Fiona und hilft mir, die breite Matratze hochkant auf den Flur zu stellen.

»Aber wieso meldet er sich nicht? Was hat er überhaupt vor?«

Ich weiß von meiner Mutter, dass Julian zu seinen Eltern zurückgezogen ist, aber nur, um seine Sachen zu packen.

Fiona zögert. Sie hat in den letzten Tagen versucht, zwischen Julian und mir zu vermitteln, aber viel gebracht hat es nicht.

»Ich habe keine Ahnung. Ich glaube, das weiß er selber nicht so genau.«

Seit ich Julians Brief gefunden habe, bin ich in heller Panik. Wir hatten noch nie einen so ernsten Streit, Julian hat mir immer verziehen. Und jetzt?

»Ich weiß ja, dass ich Fehler gemacht habe. Aber warum will er nicht mit mir sprechen? Ich habe ihm gemailt, einen Brief geschrieben und seine Mailbox mit Entschuldigungen vollgesprochen. Was soll ich denn noch tun?«

Es ist mein Umzugstag, und Julian ist nicht gekommen, was ich gehofft, aber offen gestanden auch nicht erwartet habe. Natürlich will er mich nicht sehen. Dafür ist Bella dabei und hat Kolja mitgebracht, und das sind mehr als genug Helfer für den kleinen Umzug. Da ich mein Bein immer noch nicht ganz belasten kann, bin ich froh über die Hilfe, auch wenn ich längst nicht mehr so euphorisch bin.

Vor ein paar Tagen war der Umzug eine wichtige Sache, jetzt muss er nur erledigt werden, denn was nützt mir eine neue Wohnung, wenn ich all meine Freunde verliere?

»Hey, wir sind doch noch da«, sagt Fiona. »Ich bin da! Hallo?«

Natürlich. Ich habe Fiona in der letzten Zeit ununterbrochen von meinen Problemen erzählt, ich wundere mich, dass sie überhaupt noch Lust hat, mit mir zu reden.

Wir stellen die Matratze ab, jetzt noch die Bettteile und zwei Umzugskisten, dann ist mein altes Zimmer leer. Fiona schaut mich mit diesem Blick an, den sie später für ihre krebskranken Patienten verwenden wird.

»Er braucht Zeit, das ist doch wohl normal. Erstens hast du ihn hintergangen, und dann muss er damit leben, dass Noah nun wohl eindeutig auf Mädchen steht.«

Wir tragen die Einzelteile meines Betts nach draußen, wo Leo und Bella sie uns gleich abnehmen und nach unten zu dem kleinen Pritschenwagen tragen, in dem mein Vater sitzt und laut *Kadavar* hört. Ich wusste, dass ihm die Musik gefällt.

»Und ... wie geht es Noah?«, frage ich leise.

Fiona seufzt. »Leo erzählt nicht viel. Aber soweit ich verstanden habe, will Noah wieder nach Hamburg gehen. Glaube ich. Und ... wie geht es dir?«

»Ich träume jede Nacht von ihm.«

»Ruf ihn doch an.«

»Ich habe noch nicht mal eine Nummer.«

»Die kann ich rauskriegen.«

Fiona stellt die Umzugskiste, die sie gerade aufgenommen hat, wieder ab. »Du bist immer noch verliebt, oder?«

Es stimmt. Auch wenn ich die letzten Wochen dagegen angekämpft habe. Statt dass es besser wird, wird es immer schlimmer. Ich vermisse Noah. Aber ich muss erst meine Freundschaft mit Julian in Ordnung bringen.

Leo steckt den Kopf ins Zimmer.

»Nur noch die beiden Kisten?«

Ich nicke. Er nimmt die Kiste, die vor Fiona steht, auf und packt sich die zweite, die vor mir steht, einfach obendrauf.

»Sollen wir nicht helfen?«, rufe ich, aber Leo ist schon wieder auf der Treppe.

Fiona sieht ihm hinterher. »Männer können so nützlich sein, Emmy!« Sie grinst. »Und der Sex mit ihm ...«

»Okay, okay, schon verstanden.«

Ich sehe mich um. Das Zimmer ist leer. Ich bücke mich nach einem Ohrring, den ich lange vermisst habe. Da war er also, unter meinem Bett. Vielleicht können Dinge, die man verloren hat, einfach wiederauftauchen? Menschen?

»Emmy? Gehst du übrigens zu diesem Segel-Charity-Event?«, fragt Fiona.

Ich sehe vom Boden auf.

»Julians Mutter wollte, dass ich mit ihm hingehe, aber ich denke mal, das hat sich nun erledigt. Er hasst diese Veranstaltungen sowieso. Wieso fragst du?«

»Äh, also ... die haben Leo, also, über den Ruderclub, eingeladen. Es gibt etwas günstigere Karten, und er hat mich gefragt, ob ich nicht mit ihm hingehen will.«

»Toll«, sage ich lasch. Das alles interessiert mich gerade gar nicht.

»Er kann sicher auch eine Karte für dich besorgen.«

Fiona weiß, dass auch ich diese gesellschaftlichen Events hasse. Genau wie Julian. Nur mit ihm ist es dort einigermaßen auszuhalten.

»Und dann hänge ich da alleine rum? Nein, das muss nicht sein.«

»He, ich bin doch da. Ich schicke dir eine Karte. Okay?«

Ich gehe mit Fiona auf den Flur und schließe mein Zimmer.

Goodbye und danke für die Zeit!

Ich hatte erwartet, dass es mir schwererfallen würde, mein Zimmer und dieses Haus zu verlassen. Aber nein. Ich freue mich auf die Zukunft.

»Komm doch mit.« Fiona sieht mich bittend an.

»Fi, ich war schon ziemlich oft auf diesen Events. Da geht man ganz feierlich in Begleitung hin, zieht sich oberhübsch an, trinkt Champagner, macht Small Talk und langweilt sich zu Tode.«

»Aber es ist für einen guten Zweck!«

»Es ist immer für einen guten Zweck. Auch wenn sie die Schiffsschrauben ihrer Boote vergolden. Ich spende lieber und muss da nicht rumsitzen.«

Wir gehen die Treppe hinunter, verlassen das Haus. Meine Mutter schiebt mein Fahrrad aus der Garage. »Das wolltest du doch bestimmt mitnehmen.«

»Danke.«

Ich nehme es ihr ab, und mein Vater lädt es ein. Ich umarme meine Mutter, sie fehlt mir auf einmal. Jemand, der mich so gut kennt und versteht und hoffentlich immer lieben wird, egal was für einen Mist ich baue.

»Alles Gute«, sagt sie und lächelt.

In der Prenzlauer Allee laden wir den Wagen aus. Während Kolja und Leo die Sachen hochtragen, bereiten Bella und mein Vater in der Küche etwas zu essen vor.

»Ich bin zu alt zum Hochtragen«, erklärt mein Vater Bella nicht ganz ernst, aber sie nickt verständnisvoll.

Eine Stunde später stehen alle Umzugskartons und Möbel in meinem neuen Zimmer.

»Sollen die aufgehängt werden?«, fragt Kolja und zeigt auf eine Tüte mit weißen, dünnen Gardinen, die meine Mutter ihm im letzten Moment noch mitgegeben hat.

»Nicht nötig, das kann ich alles später machen.«

»Warum nicht jetzt?«, sagt Kolja und holt eine Leiter.

Die anderen sind in der Küche, und ich bin mit ihm allein.

Ich habe das merkwürdige Bedürfnis, ihm alles von Noah und Julian zu erzählen, irgendjemandem, der beide kennt und meine Situation versteht und mir vielleicht einen Rat geben kann.

Kolja kommt mit der Leiter zurück. »Das geht doch ganz schnell, da hängt ja noch eine Gardinenstange«, sagt er, steigt auf die Leiter und holt die Aluminiumstange herunter.

Wir fädeln den Stoff gemeinsam auf.

»Wieso ist Julian nicht hier?«, fragt er beiläufig.

Ich zögere. Ich will nicht lügen, aber was geht Kolja unser Streit an?

»Wir haben uns gestritten«, sage ich dann doch.

Kolja sieht mich fragend an.

»Ja, du hattest recht. Ich habe da ein paar Dinge zu spät angesprochen.«

Da ist ein kleines, feines Lächeln auf Koljas Gesicht. Nicht hämisch, aber doch ein wenig triumphierend, dann wird er ernst.

»Weißt du, Emmy, als ich mich geoutet habe, da hat es auch eine Menge Chaos in meinem Freundeskreis und in der Familie gegeben. Ich würde das nicht alles persönlich nehmen.«

»Danke.« Er weiß gar nicht, wie gut mir das tut. »Auch für deine Hilfe.«

Er grinst offen. »Klar doch, wir Psychos halten zusammen.«

Fiona hat ihren Spezialkaffee gekocht, und Leo verteilt ihn auf die Tassen- und Bechersammlung der WG. Ich bedanke mich bei allen, wir essen zusammen, dann löst sich die Gruppe langsam auf. Kolja und Bella fahren zusammen Richtung Mitte, wo später noch eine Party ist. Leo muss den Wagen zur Autovermietung bringen, und Fiona begleitet ihn. Ich gebe den beiden das Geld für die Automiete, und nur mein Vater bleibt noch.

»Tja, nun bist du ausgezogen. Und? Wie fühlst du dich?«

»Gut.«

Ich bin selten mit meinem Vater allein, und noch seltener reden wir miteinander. Er steht auf, ich weiß, dass er auch gehen will. Doch schon seit Tagen beschäftigt mich eine Frage.

»Papa, warum hast du nicht eher mit Mama gesprochen, ihr gesagt, was los ist?«

Er räuspert sich überrascht und verlegen. Sicher keine Frage, die er hier in der WG-Küche erwartet hat.

»Ich … wollte sie wohl nicht verletzen.«

Ich nicke, schon klar, das, was alle sagen. Genau das würde auch ich zu meiner Verteidigung anführen. Aber wenn ich tiefer in mir bohre, finde ich ein anderes Gefühl.

»Es ist Feigheit, oder?«, sage ich leise.

Er schweigt einen Moment.

»Ich denke schon«, sagt er dann zögernd.

Ich dachte, dass ich meinem Vater seinen Seitensprung, seine Heimlichkeit und alles nie verzeihen werde, aber nun sind wir in derselben Situation.

»Ist es wegen Julian?«, fragt er vorsichtig. »Ich denke nicht, dass er dich verletzen wollte.«

Ich sehe überrascht auf. Mein Vater denkt, ich halte Julian für feige, dabei geht es um mich.

»Ihr … habt euch gestritten, nicht?«, hakt er nach. »Ist es, weil er schwul ist? Sich geoutet hat? Ich weiß ja, dass du schon als kleines Mädchen in ihn verliebt warst.«

Ich beiße auf meine Unterlippe. Es wäre einfach, jetzt Ja zu sagen. Mein Vater gießt sich noch einen Kaffee ein und setzt sich wieder. Er nickt mir zu. Ich setze mich zu ihm. Verrückt, dass mein Vater mich vermutlich gerade am besten verstehen kann.

»Nein. Ich war unehrlich zu ihm. Über einen Jungen, den er mochte. Ich war feige.«

Er lächelt. »Emmy, du bist nicht feige. Du warst es noch nie. Du hast früher sogar für Julian Prügeleien angefangen, ihn verteidigt. Du bist auf jeden Baum geklettert, hast deinen Motorradführerschein gemacht, und du bist allein nach London gegangen, obwohl es dir schwergefallen ist. Das ist alles andere als feige.«

Mir schießen die Tränen in die Augen, obwohl weinen gerade das Letzte ist, was ich will. Mein Vater lächelt.

»Sprich mit Julian.«

»Ich habe es versucht. Er will nicht mit mir reden.«

»Irgendwann wird er es tun. Gib ihm Zeit.«

NEUNUNDZWANZIG

Ich bereue es, ich bereue es, ich bereue es.

Ich habe mir sogar ein Kleid gekauft, ein kleines schwarzes, enges Kleid mit kurzen Ärmeln, aber jetzt, wo ich den hell mit Blumen und Stoff geschmückten Raum des Segelclubs betrete und all die Mädchen und Frauen in ihren Cupcake-farbenen Ballkleidern sehe, scheint das die vollkommen falsche Entscheidung gewesen zu sein. Ich bin wie ein schwarzer Rabe unter lauter weißen Tauben.

Ich will fliehen, aber es geht schließlich nicht darum, ob ich richtig angezogen bin und wie ich mich fühle. Ich bin wegen Julian hier, denn ich habe die irrwitzige Hoffnung, dass er vielleicht doch seiner Mutter zuliebe auf diese Veranstaltung gegangen ist. Wenn er weder auf meine Mails noch auf meine Anrufe reagiert, dann muss ich ihn eben treffen.

Fiona kommt auf mich zu und umarmt mich. »Ich dachte, du springst ab!«

»Warum denn. Ich bin ja nur im falschen Kleid und in der falschen Stimmung. Wo ist die Beerdigung?«

Fiona schubst mich sanft. »Jetzt hör doch mal auf, du siehst umwerfend aus.«

Fiona deutet auf meine schwarzen Schnürstiefeletten von *Anna Field.* »Schicke Schuhe.«

»Nicht meine. Ich hatte die Auswahl zwischen Sandalen, Flipflops und meinen Boots, also habe ich mir Schuhe von meiner Mutter geliehen.«

Sie wirft einen Blick auf meine Wade. »Und man sieht gar nichts mehr.«

»Ich habe heute Morgen die meiste Zeit damit zugebracht, einen grün-gelben Fleck zu überschminken.«

»Also, wenn du deine Beine mal überhast, kannst du sie mir gerne abtreten.«

»Schätze, ich brauche die gleich selber zum Weglaufen.«

Fiona lacht. »Kommt gar nicht infrage.«

Sie trägt ihr neues Sommerkleid, zusammen mit einer pastellfarbenen Strickjacke und hohen Slingpumps.

»Du bist jedenfalls richtig angezogen und siehst großartig aus«, sage ich.

Sie lächelt. »Oh, danke. Komm, lass uns nach draußen gehen.«

»Wo ist Leo?«

Sie deutet auf eine Gruppe von großen, breitschultrigen Jungs in blauen und grauen Anzügen und hellen Hemden. Aha, sogar die Männer tragen heute kein Schwarz.

»Ruderfreunde«, erklärt Fiona und seufzt. »Fachgespräche!«

Der Garten des Clubhauses geht bis zum Ufer des Wannsees, wo die Boote der Clubmitglieder liegen. Die Masten der Boote sind mit bunten Bändern und kleinen Fähnchen geschmückt, genau wie der Steg. Auf dem Grundstück stehen zwei große Weidenbäume und zusätzliche Kübel mit Oleander, die dem Garten etwas Mediterranes geben. Dazwischen sind Stehtische verteilt, an denen schon Grüppchen stehen und sich unterhalten und trinken. Zwei kleine, vielleicht fünfjährige Mädchen jagen sich in ihren rosafarbenen Ballkleidern durch den Garten. Ich sehe in den Himmel. Die letzten Wolken sind verschwunden, und nun brennt die Sonne. Ich setze meine Sonnenbrille auf. Noch mehr Schwarz, aber das ist nun auch egal.

»Julians Mutter«, flüstert Fiona und nickt in Margrets Richtung.

Sie trägt eine Art Matrosenkleid und unterhält sich mit einem älteren Pärchen. Als sie uns entdeckt, verabschiedet sie sich von dem Paar und kommt strahlend auf uns zu. »Emmy! Schön, dass du gekommen bist.« Margret haucht mir zwei Küsschen auf die Wange, und ich stelle ihr Fiona vor. »Wo ist Julian? Seid ihr nicht zusammen gekommen?«

»Nein, er ...«

»Ja, ich weiß, ihr habt Streit. Das hat mir Charlotte schon erzählt. Ich dachte nur ... es wäre doch ein wunderbarer Anlass, alle Streitigkeiten zu begraben.« Sie redet, als wären wir noch fünf und es ginge nur um ein Stofftier, um das wir uns gezankt hätten. Und warum weiß sie nicht, ob er hier ist?

»Kommt er denn?«, frage ich hoffnungsvoll.

Margret zwinkert mir zu. »Ich denke nicht. Du warst mein Joker.« Sie entdeckt einen neuen Gast und zieht weiter.

»Joker?«, fragt Fiona.

»Sie dachte, ich kriege ihn dazu, hierherzukommen. Margret hat so ihre Pläne. Das ist ja hier Brautshow *und* Society-Event zugleich.«

Fiona sieht sich irritiert um. »Du meinst, wenn ich nicht die ganze Zeit neben Leo stehe, kommt eine dieser Sahneschnittchen und versucht, ihn abzuschleppen?«

Ich grinse. »Im Prinzip – ja. So läuft das auf diesen Gartenpartys.«

Fiona winkt lässig ab. »Weißt du, er ist kein Graf oder von-und-zu-sonst-was. Da muss ich mir wohl keine Sorgen machen.«

Sie deutet über den Rasen.

»Und schau mal, wer da kommt.«

Johannes. Er steuert direkt auf mich zu. »Hi, Emmy!«

»Hallo. Wo ist denn Nina?«, frage ich direkt.

»Wir haben uns getrennt. Und, äh ... ich habe gehört, du bist nicht mehr mit Julian zusammen?«

Womit das sofort geklärt wäre.

»Stimmt.«

Man müsste mich foltern, damit ich mehr sage.

»Du siehst toll aus«, sagt er, was mir nur wie ein Textbaustein aus seinem Höflichkeitsbaukasten vorkommt.

»Nicht zu schwarz?«

»Vielleicht ein bisschen.« Er lächelt unsicher. »Soll ich dir was zu trinken holen?«

»Gerne.«

Johannes macht sich auf den Weg. Fiona mustert mich kritisch.

»Fängst du wieder was mit ihm an?«

»Nein. Keine Sorge.« Fiona ist nicht gerade ein Fan von Johannes. »Ich bin überhaupt nur hier, um Julian zu treffen.«

»Und was ist mit Noah?«, flüstert Fiona.

Ich werde rot. »Wieso?«

Sie zieht mich hinter eine der Weiden. »Weil er gerade kommt.«

Mein Herz flattert.

»Ach ja?«

Sie nickt. »Mit Julian.«

Ich schiele zur Terrasse.

»Er hat sich die Haare geschnitten. *Wow!*«, haucht Fiona.

Tatsächlich. *Wow.* Noahs lange Haare sind verschwunden. Und er hat jetzt nicht etwa einen Fassonschnitt, sondern eher das, was passiert, wenn man am Abend den Haarschneider nimmt und beschließt, ein neues Leben zu beginnen. Seine Haare sind nur noch einen Zentimeter lang. Doch das Erstaunlichste ist: Es steht ihm. Er sieht sexy, männlich, umwerfend aus.

Ich sehe Julian, der neben ihm steht und Noah stolz präsentiert.

»Sind die beiden ein Paar?«, frage ich Fiona, weil ich langsam gar nichts mehr verstehe.

»Dummerchen!«

Sie deutet auf das Schauspiel auf der Terrasse. Margret hat Julian und Noah entdeckt, versteinert für einen Moment und läuft dann rot an.

»War das der Plan?«, frage ich, und Fiona nickt.

»Wusstest du davon?«

Statt zu antworten, legt sie die Hände zusammen und den Kopf schief. Ich kenne die Geste. *Sei bitte nicht böse.*

»Du wusstest, dass ich beide zusammen hier treffen würde, und hast mich nicht gewarnt?«

Fiona zuckt mit den Schultern, lächelt. »Ich wollte sehen, wie du reagierst.«

»Ich hasse dich.«

»Hass und Liebe liegen nah beieinander.«

Fiona hat recht. *Schluss jetzt!*

Natürlich bleibe ich nicht cool, wenn ich Noah sehe, und schon gar nicht, wenn er zusammen mit Julian kommt. Sind sie auf einmal beste Freunde? Aber seit wann bestimmen andere mein Leben, locken mich in Situationen, überrumpeln mich? Meine Füße kochen in den Schuhen, außerdem kann ich nicht gut darin laufen. Wieso trage ich sie überhaupt? Ich ziehe sie aus und stelle sie an den Stamm der Weide. Sie hindern mich nur an einer schnellen Flucht oder einem gezielten Angriff. Fiona schaut mich irritiert an.

»Keine Schuhe?«

»Ich will auf alles vorbereitet sein. Außerdem muss ich mit Julian reden. Und mit Noah.«

Sie grinst. »Endlich! Die alte Emmy ist zurück. Dieses Gejammer wurde ja schon unerträglich.«

Ich sehe Johannes mit zwei Gläsern durch den Garten irren und verstecke mich unauffällig.

»Emmy, das musst du dir ansehen«, kichert Fiona.

Ich wage einen Blick. Immer mehr Leute strömen zu Margret, Julian und Noah auf die Terrasse, begrüßen Julian, den Sohn der Gastgeberin, und er stellt ihnen Noah vor. Ein echter Auftritt. Ein Mega-Outing.

Julian ist wie immer perfekt gekleidet, heller Anzug, die richtige Wahl. Noah trägt einen schwarzen Anzug und hat beide Hände in den Taschen vergraben. Wir hatten heute wohl beide keine glückliche Hand bei der Kleiderwahl.

Fiona kichert. »Zwei schwarze Löcher, in die früher oder später alles hineingerissen wird.«

»Sehr witzig.«

Noah sieht sich unauffällig um.

»Weiß Noah, dass ich hier bin?«

Fiona presst ihre Lippen aufeinander und macht eine Reißverschlussbewegung über ihren Mund.

»Du musst nur nicken.«

»Sagen wir so: Er hofft es.« Sie deutet über den Rasen.

Johannes kommt auf uns zu und hält mir ein Glas Champagner hin.

»Ach, hier bist du.«

Er sieht auf meine nackten Füße. »Ist dir ... zu warm?«

Ich nehme das Champagnerglas, kippe es in einem Zug hinunter und gebe es ihm zurück. »Danke.«

Ich bin immer noch durstig.

»Soll ich dir noch ein Glas holen?«

Alles klar, Johannes nimmt lieber wieder Abstand von seiner verrückten Begleiterin.

Ich lächele. »Das wäre nett.«

Ich bin mir noch nicht sicher, welcher Schritt jetzt sinnvoll ist, und der Champagner auf nüchternen Magen macht es nicht gerade leichter. Erst Julian ansprechen? Oder NOAH?

Gerade beschäftigt mich aber noch eine andere Frage: Wieso wusste Margret nicht, dass Julian heute kommt?

»Fiona? Wohnt Julian noch zu Hause?«

Sie schüttelt abwesend den Kopf.

»Wo wohnt er denn?«

Ich folge ihrem Blick auf die Terrasse, wo sich gerade eine Gruppe von Cupcake-Mädchen um Julian und Noah schart. Sie dreht sich zu mir und presst wieder ihre Lippen zusammen.

»Warum ist das ein Geheimnis?«

»Er will nicht, dass du es weißt. Okay? Aber du kannst ihn ja selber fragen.«

Sind hier eigentlich alle verrückt?

Nach Wochen voller Tränen, Verletzungen und Verzweiflung finde ich mich auf einmal in einer absurden Komödie wieder. *Ist das mein Leben?* Offenbar ja. Der Champagner wirkt, und ich verliere den Rest von Hemmungen, von denen ich sowieso nicht viele habe.

»Wohin willst du?«, ruft mir Fiona hinterher.

Doch ich weiß es selber nicht so genau. Was ich auf jeden Fall nicht vorhabe: mich hinter den pastellfarbenen Röcken anzustellen, um einen hungrigen Blick auf Noah und Julian zu werfen. Vernünftiger wäre, etwas zu essen. Also erst mal ins Haus.

»Emilia!«

Meine Mutter. Sie trägt ein cremefarbenes, lockeres Kleid, dazu ihre Perlenkette und halbhohe Sandaletten. So sollte man hier aussehen. Perfekt. Die Schatten unter ihren Augen sind gut überschminkt, sie sieht gesund und entspannt aus.

»Hey, das hätte ich nicht gedacht, dass ich dich hier treffe«, sagt sie und lächelt.

»Du gehst doch sonst auch nicht zu ... so was.«

»Stimmt. Ich tue es Margret zuliebe. Sie hat so viel Energie in diese Veranstaltung gesteckt. Sag mal, hat Julian einen Freund?« Sie nickt zur Terrasse. »Der sieht nett aus.« Sie lächelt zufrieden. »Das ging ja schnell.«

Was soll ich sagen? Nein, das ist eigentlich mein Exlover, Julian hat ihn sich nur ausgeliehen, um seine Mutter zu schockieren?

»Ja, er ist nett. Er heißt Noah.«

Sie stutzt. »Noah wie ...«

»Wie Noah! Ich hole mir mal was zu essen.«

Sie winkt mir elegant hinterher. »Bis nachher.«

Das Buffet ist im Clubhaus und umlagert, weshalb ich nach den Mädchen, die heute aushelfen und Tabletts mit Häppchen herumtragen, Ausschau halte. Diesen Job machen meist die Teenager der Clubmitglieder. Ihr Beitrag zum Event. Ich habe das auch schon gemacht und als Kind sogar geliebt. Doch gerade entdecke ich niemanden mit Tablett, vermutlich stehen sie alle draußen bei Julian und Noah und kichern. Ist es zu fassen, dass ich wegen Julian auf Noah verzichten wollte und er ihn mir jetzt offenbar vorzieht?

»Emmy?«

Ich drehe mich nicht um. Kommt gar nicht infrage.

»He, Emmy!«

Ohne Schuhe bin ich kleiner als Noah und muss etwas zu ihm aufsehen, was vielleicht romantisch ist, wenn man sich liebt, aber schlecht, wenn man einen Superheldenkampf um seinen besten Freund führt.

»Hi, Noah«, sage ich betont entspannt, obwohl mein Herz mit doppelter Geschwindigkeit schlägt. Ich gebe meiner Stimme einen professionell höflichen Klang, ich kann das. *Milde interessiert.* »Wo ist denn Julian?« *Und besonders freundlich.* »Ihr seid übrigens ein schönes Paar.«

Er blinzelt, seine Augen verdunkeln sich leicht.

»Wir sind kein Paar. Ich tue Julian einen Gefallen, und du weißt das.«

»Nein, ehrlich gesagt weiß ich das nicht, da Julian seit

eurem Gespräch nicht mehr mit mir redet.« Das kommt jetzt allerdings genauso angepisst, wie ich wirklich bin.

»Können Sie bitte mal kurz helfen.«

Einer der älteren Clubmitglieder, korpulent und mit Glatze, winkt Noah und mich in Richtung der privaten Räume. Noah und ich sehen uns verdutzt an. Er winkt erneut ärgerlich, und wir folgen ihm. *Das ist seltsam.*

Ein Büro. Regal mit Segelliteratur, ein Kartenschrank, zwei Schreibtische. Der Glatzköpfige, an den ich mich vage von den Segeltagen mit Johannes erinnere, drückt mir einen Beamer in die Hand und zeigt auf einen Sockel, den Noah tragen soll. »Wo sind Ihre Schuhe?«, fragt er streng. Noah verkneift sich ein Grinsen.

»Die liegen im Garten«, sage ich, und mir wird klar, dass er uns für angeheuerte Helfer hält.

Wir tragen die Sachen in einen der größeren Clubräume, wo noch keine Gäste sind, und stellen den Sockel auf und den Beamer darauf.

»Können Sie den anschließen?«, fragt er Noah und legt einen Strauß von Kabeln auf einen Stuhl. Noah nickt. Mich nimmt er wieder mit ins Büro und drückt mir eine Leinwand in die Hand. Er trägt den Ständer. Als wir zurückkommen, kniet Noah am Boden und sucht nach einer Steckdose.

»Ich bräuchte noch eine Verlängerungsschnur.«

Der Typ zieht leicht genervt wieder ab. *Hallo?*

»Weil wir schwarze Klamotten tragen wie der Catering-Service«, erklärt Noah.

»Der müsste mich vom Segeln kennen.«

Noah steht auf, sortiert die Kabel, sieht mich nicht an. »Du siehst eben heute etwas anders aus.«

Seine Stimme hat einen neuen Klang. Sanft, freundlich, liebevoll. Überhaupt hat diese kleine Unterbrechung uns aus dem Takt gebracht. Eigentlich hatten wir gestritten, aber ich finde meine Wut auch nicht wieder.

»Du siehst auch anders aus«, sage ich. »Der Haarschnitt steht dir gut.«

Noah legt die Kabel ab und kommt einen Schritt auf mich zu.

Ich denke an Fiona und »Sexcouple« und dass ich Noah küssen möchte, seine Haut spüren, ihn lieben. *Sofort.* Es ist wie mit einer Droge, man kann nicht auf Entzug gehen, wenn man so in Versuchung gebracht wird.

»Was?«

Noah lächelt. »Ich habe gefragt, wie es dir geht?«

Mir ist heiß, leicht schwindelig, ich bin etwas betrunken.

»Gut, wieso?«

Er kommt noch ein wenig näher.

Warum habe ich mich noch mal von ihm getrennt?

»Und dir?«, frage ich lässig.

»Auch gut. Ich fahre morgen wieder nach Hamburg.«

Hamburg? Das ist ein ziemlich gut platzierter Schlag in die Magengrube.

»Hamburg soll ja eine sehr schöne Stadt sein«, sage ich kühl, und Noahs Blick flackert leicht. Wir sind wieder in Kampfstellung.

Der Mann kommt zurück und reicht Noah die Verlängerungsschnur. Dann nickt er zur Leinwand, offenbar hatte er erwartet, dass wir in seiner Abwesenheit hier weiter vorankommen. Er stellt den Leinwandständer auf die richtige Höhe und verschwindet wieder. Er hat die Stimmung erneut entschärft, vielleicht ist er eine Art glatzköpfiger Schutzengel?

Ich hänge die Leinwand auf, Noah schließt den Beamer an. Jetzt könnten wir gehen, doch wir zögern.

Ich sortiere überflüssigerweise die Kabel, Noah schaut mir dabei noch überflüssigerer Weise zu.

»Du ... wolltest mich mit Julian verkuppeln, oder? Darum ging es die ganze Zeit?«, platzt er heraus.

Ich lasse die Kabel fallen, was geht mich der Beamer hier überhaupt an?

»Ich dachte, du wärst schwul. Fiona hat extra nur Einladungen am AStA aufgehängt für die Party. Das habe ich dir doch gesagt.«

Noah sieht mich an, die kurzen Haare machen ihn härter, entschlossener.

»Aber dann war dir klar, dass ich nicht schwul bin und ... was war das dann zwischen uns?«

Ich beiße auf meiner Lippe herum. Ich erinnere mich an die Worte meines Vaters. *Ich bin nicht feige.* Aber das hier ist kein Moment für eine Liebeserklärung. Ist es das überhaupt? *Liebe?* Tut das so weh?

Ich starre auf den Staub, der vor dem Fenster tanzt, die halbhohe Holztäfelung im Raum, die Zeit steht still.

»Was denkst du denn?«, frage ich schließlich.

Noah blinzelt. Niemand will den ersten Schritt machen, verletzt werden, sich öffnen.

»Dass es ... ernst war?«

»Für mich auch«, sage ich sofort, und wir atmen beide unauffällig erleichtert aus. Darüber sind wir uns immerhin einig. Waffenstillstand.

»Hey, was machst du denn hier?«

Johannes. Er sieht mich durch den Spalt der offen stehenden Tür. Wer hätte gedacht, dass er überhaupt noch mal zurückkommt? Er lächelt und steuert mit zwei Gläsern Champagner auf mich zu. Jetzt erst entdeckt er Noah.

Noah macht instinktiv einen Schritt auf ihn zu, schirmt mich ab, und mir wird klar, dass er Johannes' Verhalten für eine billige Anmache hält.

»Noah! Das ist Johannes. Johannes: Noah.«

Ich nehme ihm das in der Luft schwebende Glas ab und nippe höflich daran.

Noah fängt sich, versteht und schaltet schnell um. »Könntest du nicht noch was zu essen für Emmy holen?«, sagt er charmant.

Johannes starrt ihn sprachlos an. Ich weiß, was er denkt: *Was bildet der Typ sich eigentlich ein.* Und: *Was geht ab?*

»Das wäre sehr schön«, stimme ich Noah zu.

Ich weiß, Johannes ist zu höflich, um jetzt nicht zu gehen, auch wenn er es eher widerwillig tut. Aber Noah und ich brauchen noch einen Moment.

Johannes dreht sich um, geht, schaut dann aber noch einmal zurück zu Noah. »Julian sucht dich übrigens.«

Noah wird rot, etwas, das ich bei ihm noch nie gesehen habe. Er dreht sich zu mir. »Du und Julian ... ihr solltet euch vertragen«, sagt er unvermittelt.

»Es liegt nicht an mir.«

Wir sehen durch die Tür, die Johannes weit offen gelassen hat. Da steht Julian mit zwei Gläsern mitten in der Festhalle und schaut sich suchend um.

»Komm«, sagt Noah und zieht mich mit sich.

Julians Augen weiten sich, als er uns auf sich zukommen sieht. Ich habe keine Ahnung, was er denkt, er ist mir in den letzten Wochen seltsam fremd geworden.

Noah schnappt sich eines der Gläser von Julian, hebt es hoch.

»Auf die Freundschaft!«

Julian blinzelt in meine Richtung. Ich forme ein lautloses *Es-tut-mir-leid*. Ich weiß, dass Julian von meinen Lippen lesen kann, das haben wir früher stundenlang geübt. Julian reagiert nicht, hebt aber genau wie ich das Glas. Wir stoßen an, die Stimmung ist angespannt. Der Fluchtgedanke taucht wieder auf. *Einfach wegrennen*. Ich sehe durch die geöffneten Terrassentüren nach draußen in den Garten, wo Fiona und Leo stehen. Er füttert sie mit den kleinen *amuse-gueules*, die herumgereicht werden, beide lachen. Warum kann das bei mir nicht auch so einfach und entspannt sein?

»Ich hol mal was zu essen«, sagt Noah.

Es ist nett gemeint, er will Julian und mir Raum geben, er weiß, dass das zuerst geklärt werden muss. Vor allem anderen. Aber Julian und ich schweigen uns nur an, bis Noah mit Johannes zurückkommt. Julian sieht mich an, hebt minimal eine Augenbraue, als er Johannes bemerkt. *Was macht der hier?* Ich hebe meine Augenbrauen auch, nur schneller. *Du bist ja nicht mitgegangen*. Er rollt mit den Augen. *Du weißt genau, warum*. Ich lächele erleichtert. Er redet wieder mit mir! Wenn auch nur in einer unserer Geheimsprachen.

Noah hat einen Kirschmuffin auf einem kleinen Teller mitgebracht, Johannes hat einen großen Teller mit Krabbensalat, Würstchen, Lachs, gefüllten Eiern und einem

Stück Kuchen vollgepackt. Von dem Anblick des Durcheinanders wird mir leicht übel. Ich hasse es, wenn zu viele verschiedene Dinge zusammen auf einem Teller liegen, und Julian weiß das und nimmt Johannes den Teller ab. »Danke, Johannes. Wirklich nett«, sagt er formell. Mir wird zum ersten Mal klar, dass er Johannes auch nicht besonders leiden kann. Genau wie Fiona.

Bevor Johannes sauer wird, drückt Noah mir den Kirschmuffinteller in die Hand und nimmt Johannes beiseite. »Sag mal, du segelst doch bestimmt, oder?«, sagt er betont interessiert, verwickelt ihn in ein Fachgespräch und zieht ihn außer Hörweite. Ich weiß, er tut das wieder für Julian und mich, und jetzt muss ich reden.

»Was muss ich noch tun?«

Julian zuckt mit den Schultern.

»Für mich ist das auch neu«, sage ich, und mir fällt auf, dass einer der Ruderer zu Julian hinschaut und ihn taxiert.

»Wo wohnst du überhaupt?«

Julian sieht mich nicht an und pikst in dem Krabbensalat herum. Er mag auch keine überladenen Buffet-Teller und Krabbensalat schon gar nicht.

»Bei deinem Vater«, sagt er schließlich leise, wie ein Geständnis.

Bei meinem Vater?

»Er wohnt bei einem Musiker, der auf Tournee ist. Er hat es mir angeboten, als Übergang.« Ich höre ein schlechtes Gewissen heraus. *Zu Recht!*

»Bei meinem Vater? Ausgerechnet?«

Julian lächelt entschuldigend.

Ich weiß nicht, ob ich das gut oder unverschämt finde,

mit mir Streit zu haben und dann bei meinem Vater zu wohnen, aber dann ist da ein Gefühl der Erleichterung. Wenn er meinen Vater mag, muss er mich auch noch mögen. Dann sind wir noch eine Familie.

»Aber mein Vater ist nicht schwul, oder?«, scherze ich.

Julian grinst. »Aber er ist ziemlich cool.«

DREISSIG

Ich sehe noch mal auf mein iPhone:

16 Uhr WIWISS-Wiese,
Nähe Veggie-Mensa.

Das Semester ist fast zu Ende, noch eine Woche, aber im Grunde ist der Campus schon halb verwaist. Sonst habe ich mich immer auf die Semesterferien oder, wie Professor Steiner gerne betont, die *vorlesungsfreie Zeit* gefreut. Doch nun ist es anders. In der letzten Woche habe ich mich am Studium regelrecht festgehalten. Eine der letzten Konstanten in meinem Leben. Alles andere wankt und schwankt, die Freundschaft zu Julian, der mir zwar vergeben hat, aber trotzdem noch auf Abstand geht, die Beziehung zu Fiona, die ihre Nächte überwiegend bei Leo verbringt.

Was Noah angeht, ist es sogar noch schlimmer. Ich habe keine Ahnung, wie wir zueinander stehen, seit er sofort nach dem Charity-Nachmittag im Segelclub wieder nach Hamburg zurückgefahren ist. Ich habe immer noch keine Handynummer, und ich träume immer noch fast jede Nacht von ihm. Doch ich bin einen Schritt weiter. Zumindest auf psychologischer Ebene. Ich weiß jetzt, dass das mit dem Vergessen von Noah und Aufhören-an-ihn-zudenken nicht klappen wird. Ich bin heillos verliebt, verloren und habe Angst. Was, wenn das nie aufhört?

In der Psychotherapie gibt es für Ängste aller Art die Konfrontationstherapie, und gerade ist das meine Lieblingsmethode, um meine Probleme zu lösen. Deshalb laufe ich auch zur WiWiss-Wiese. Ich will Julian hier treffen und ihm bei einem weiteren Schritt seines Outings beistehen. Ihm beweisen, dass ich eine gute Freundin bin und dafür Dinge tun, die ich eigentlich nicht so gerne tue. Mich öffnen, mich in Menschengruppen begeben. Allerdings weiß ich noch nicht mal, ob er vorhat, zu kommen. Es soll eher eine Überraschung sein.

Das Wetter ist gut, die Sonne scheint, und ich sehe etwa zwanzig Leute auf der WiWiss-Wiese, die ein Laken ausgebreitet haben. Aufgerissene Brötchentüten, Obst, Frischkäse, Scheibenkäse, Plastikmesser, Pappbecher, Thermoskannen und ein paar Flaschen Rotkäppchen-Sekt. Ein typisches Studentenpicknick. Ich bin nicht gut auf diesen Gruppenveranstaltungen, werde auf einmal schüchtern, ganz davon abgesehen, dass mich drei Mädchen schon mal abschätzen. Ich trage meine Lieblingsjeansshorts zu Flipflops, ein Flanellhemd über einem weißen T-Shirt, und ich habe noch nicht mal eine Ahnung, ob das irgendein Signal ist, wie die Ohrringe bei Männern, rechts oder links? Was die queere Welt angeht, bin ich komplett unerfahren.

»Hallo.«

»Hi, Emmy«, höre ich eine vertraute Stimme neben mir und bin erleichtert, dass wenigstens einer da ist, den ich kenne.

»Hi, Kolja.«

Er nimmt mir die Ananas ab, die ich mitgebracht habe,

und platziert sie mitten auf dem Laken. Wenn das keine sexuelle Anspielung ist, dann weiß ich es auch nicht, aber darauf habe ich beim Einkauf natürlich nicht geachtet. Kolja nimmt mich beiseite.

»Was machst du denn hier?«

»Ich dachte, ich treffe Julian.«

»Du machst einige Mädchen ganz schon nervös, ich weiß nicht, ob das so eine gute Idee ist.« Kolja grinst.

»Dann gehe ich wieder.«

Ich sehe Julian sowieso nicht. Es ist schon halb zehn, er kommt bestimmt nicht mehr.

Kolja hält mich am Arm fest. »Warte. Wollte Julian denn kommen?«

»Keine Ahnung.«

»Habt ihr immer noch Streit? Wegen Noah?«

Ich hole meine Sonnenbrille raus. Wenn wir über Noah reden, muss ich mich schützen.

Ich sehe mit Brille zu Kolja auf, der eine Pilotenbrille trägt. Sehr cool. »Bist du auch scharf auf Noah?«, frage ich genervt. Ich habe keine Kraft mehr für Einleitungen.

»Wieso?«, fragt Kolja verblüfft.

»Na, also was war das denn im Pi-Café? Du hast ihn doch die ganze Zeit angemacht und zugetextet.«

Kolja lacht. Belustigt, rau, sexy.

»Moment mal. Er wollte mit *mir* reden. Bei uns in der WG ist ein Zimmer frei. Er hat sich auf die Anzeige gemeldet. Er wollte da einziehen. Wir haben die Details besprochen.«

Mir wird heiß. Noah hatte schon ein Zimmer gesucht? »Ach so. Und? Zieht er bei euch ein?«, frage ich aufgeregter, als ich will.

Kolja schüttelt verwundert den Kopf. »Nein. Er hatte ja noch nicht mal Zeit, es sich anzusehen.« Er grinst. »War zu viel mit seiner neuen Freundin beschäftigt. Und er ist jetzt doch wieder nach Hamburg zurück. Hat mir Leo jedenfalls erzählt.«

Ich habe das Bedürfnis, mich zu setzen. Oder fallen zu lassen. Ich fange den Blick eines Mädchens auf. Sie ist hübsch, sexy. Wäre alles einfacher, wenn ich lesbisch wäre? Wohl kaum.

»Julian sucht ein Zimmer«, sage ich automatisch.

Kolja antwortet nicht, und auf einmal weiß ich es. Es ist ganz offensichtlich, wieso habe ich das nicht schon viel eher bemerkt?

»Du ... bist in Julian ...?«

Kolja nickt, weicht meinem Blick aus und lächelt verlegen. »Schon immer.«

Wir setzen uns zu den anderen. Mit Kolja an meiner Seite ist das ganz einfach, denn er redet, verteilt Komplimente, lacht, erzählt witzige Geschichten. Ich kann schweigen und mich an die Gruppe gewöhnen.

»Sekt, Emmy?«, fragt ein dunkelhaariges Mädchen, das wie *Zooey Deschanel* aussieht. Ich nehme ihr einen Pappbecher ab und trinke den lauwarmen, süßen Sekt. Kolja stößt mit mir an, und Zooey gießt nach. Im Nu bin ich beschwipst und steige lieber auf O-Saft um.

Kolja schneidet die Ananas auf und erklärt mir, wie man das macht: Strunk abschneiden, vierteln, den holzigen Kamm abhobeln, von der Schale trennen. Mit einem Plastikmesser eine echte Herausforderung, und ich bekomme einen Lachkrampf, als Kolja grandios scheitert. Er schubst mich in die Seite.

»Langsam verstehe ich, was Julian an dir mag«, sagt er und grinst.

»Ja, und leg dich nie mit mir an, wenn du etwas von Julian willst«, sage ich. »Er hört auf meinen Rat.«

»Ja?«, sagt Kolja auf einmal ganz ernst und hoffnungsvoll.

Doch was soll ich ihm sagen? Dass Julian ihn für arrogant und eingebildet hält? Schon genervt ist, wenn irgendjemand seinen Namen erwähnt? Dabei ist Kolja eigentlich ganz nett. Freundlich, einfühlsam.

Kolja beugt sich zu mir. Sein Atem riecht nach Sekt.

»Und? Was ist mit Noah? Wieso ist er wieder nach Hamburg gefahren? Da hat doch die Luft gebrannt, wenn ihr zusammen in einem Raum wart.«

Ich versuche, es ihm zu erklären. Eine konfuse Erklärung, die viele *aber* und *weil* enthält. Und Kolja fragt nach und stellt die richtigen Fragen. Er könnte ein guter Therapeut werden. Ich rede sogar über meinen verstorbenen Bruder, spüre einen dicken Kloß im Hals und könnte sofort wieder losheulen. Kolja nimmt mich kurz in den Arm.

»Du möchtest doch mit ihm zusammen sein, oder?«

Ich nicke. »Und mit ihm Veggieburger essen.«

Kolja seufzt.

Ich lache. »Und wovon träumst du?«

»Mit Julian auf Partys zu gehen.«

Er lässt sich wieder Sekt nachgießen, bestimmt sein dritter Becher.

Ich grinse. »Julian auf einer Party? Vergiss es.«

»Oder mit ihm einen Sonnenuntergang anzusehen.«

»Romantisch«, stimme ich zu. »Oder mit ihm im See schwimmen.«

»Nackt«, sagt Kolja, schiebt seine Sonnenbrille hoch und blinzelt. Er hat schöne bernsteinfarbene Augen mit dunklen Punkten und dichten Wimpern. Dinge, von denen ich Julian berichten werde. Ich schiebe meine Brille hoch.

»Oder ihn auf den Nacken küssen«, sage ich.

Kolja lacht. »Oder die Hände in seinen Haaren vergraben.«

Ich nicke.

Kolja lächelt. »Tja, Emmy, bei Noah geht das ja nun leider nicht mehr.«

»Oder meine Hände auf sein Tattoo legen«, sage ich trotzig.

»Ach, er hat ein Tattoo? Sexy.«

»Oder ihn küssen.«

»Oder Sex mit ihm haben«, flüstert Kolja, und ich weiß, dass er mich provozieren und auch etwas schocken will und außerdem betrunken ist. Ich grinse. Keine Chance bei mir. Wir schweigen einen Moment.

»Hilfst du mir?«, fragt Kolja leise.

Er ist wirklich schwer verliebt in Julian. Und er leidet. Ich zucke mit den Schultern. »Wie denn?«

»Stell mich ihm vor, mach eine Party, irgendwas!«

»Damit habe ich nicht so gute Erfahrungen.«

Er steht auf und reicht mir seine Hand.

»Was?«

»Komm!« Er winkt ungeduldig, bis ich zugreife. Sein Griff ist entschlossen, er zieht mich hoch. Ich wanke leicht und halte mich an ihm fest. Alkohol und Sonne, keine gute Mischung.

»Wohin?«

»Nach Hamburg.«

»Wieso?«

»Ich helfe dir mit Noah.«

Er braucht nur den Namen auszusprechen, und mir wird heiß.

»Wie denn?«

Kolja grinst. »Ich weiß, wo er in Hamburg wohnt.«

»Und?«

»Da fahren wir jetzt hin.«

»Sofort?«

»Warum nicht?« Er winkt vage in die Runde, verabschiedet uns und nimmt mich an die Hand.

»Du hast ja gerade ein paar Mädchen sehr unglücklich gemacht«, flüstert Kolja, als wir uns von der Wiese entfernen.

»Und du ein paar Jungs.«

Er winkt ab und grinst. »Die meisten hatten mich schon einmal.«

Ich reiße die Augen gespielt entsetzt auf. »Und dich soll ich mit Julian verkuppeln?«

Er zieht mich an sich. »Ich bin auch ganz vorsichtig.«

»One-Night-Stands sind nicht Julians Style.«

Kolja bleibt stehen und reißt beide Arme hoch. Er ist wirklich sehr betrunken. »Emmy, ich bin verliebt.«

Ich lache. »Wie bitte? Ich habe das gerade nicht verstanden.«

»ICH BIN VERLIEBT!«, brüllt Kolja, und die Gruppe von

der Picknickdecke erstarrt kurz und sieht in unsere Richtung.

»Und jetzt werde ich ein Mädchen sehr glücklich machen«, sagt er leiser. »Komm, mein Auto steht da drüben.«

Ich denke an Konfrontationstherapie und dass ich vielleicht doch nicht so überzeugt von der Methode bin. Außerdem sind wir beide betrunken.

»Echt jetzt?«

»Klar«, sagt Kolja entschieden. »Du bist doch die mutige Emmy! Du wirst doch jetzt nicht kneifen.«

Interessant, dass auch er das denkt. Wie mein Vater.

»Okay, aber erst nüchtern wir uns aus. Kennst du das *Coffee Cross*?«

»Logisch! Da trinkt ihr immer Kaffee. Julian und du.«

»Du weißt ja wirklich Bescheid.«

Mir fällt auf, dass ich ihn eigentlich mehr stütze als er mich. So laufen wir zum *Coffee Cross*.

»Hamburg, wir kommen!«, ruft Kolja, und ich muss wieder lachen.

»Wollen wir das wirklich machen? Einfach zu Noah nach Hamburg fahren?«

»Klar«, sagt Kolja und wirkt auf einmal ganz nüchtern. »Und wenn wir dein Problem gelöst haben, dann hilfst du mir bei Julian. Deal?«

Er hebt seine Hand, und ich grinse.

»Deal!«